西游记中的文化密码

詹石窗 著

巴蜀书社

图书在版编目(CIP)数据

《西游记》中的文化密码 / 詹石窗著．—成都：巴蜀书社，2021.7

ISBN 978－7－5531－1469－9

Ⅰ.①西… Ⅱ.①詹… Ⅲ.①《西游记》研究 Ⅳ.①I207.414

中国版本图书馆 CIP 数据核字(2021)第 072310 号

《西游记》中的文化密码

XIYOUJI ZHONG DE WENHUA MIMA

詹石窗 著

策划编辑	施　维
责任编辑	张琳婉　王　楠
出　　版	巴蜀书社 成都市槐树街 2 号　邮编　610031 总编室电话：(028)86259397
网　　址	www.bsbook.com
发　　行	巴蜀书社 发行科电话：(028)86259422　86259423
经　　销	新华书店
照　　排	成都推十文化传播有限公司
印　　刷	四川省南方印务有限公司
成品尺寸	170mm×240mm
印　　张	17.75
字　　数	355 千
版　　次	2021 年 7 月第 1 版
印　　次	2021 年 7 月第 1 次印刷
书　　号	ISBN 978－7－5531－1469－9
定　　价	58.00 元

本书若出现印装质量问题，请与本社发行科联系　电话：(028)86259422

目　录

第一章　作者之谜

百回本《西游记》是一部老少咸宜、雅俗共赏的文学巨著，它以离奇变化的情节、诙谐生动的故事，创造了性格鲜明、栩栩如生的人物，体现了中国特有的艺术手法。可以说，不读《西游记》，就不能真正了解中国神话具有的思维方式；不读《西游记》，也就难以体悟中华传统文化修身养性、人格教化的象征奥妙。《西游记》的内容非常丰富，要探讨的问题很多，我们就从这本书的作者说起吧。

（一）吴承恩还是丘处机

说到《西游记》的作者，可能有许多人马上就会想：那不就是吴承恩吗？这还有什么值得怀疑的呢？在当今，持有这种看法是不奇怪的。因为在最近数十年里，我国出版的《西游记》都把吴承恩当作唯一作者。所以，只要谈起《西游记》，人们就会想到吴承恩；只要涉及吴承恩，就不能不介绍《西游记》。

我国出版界为什么这么一致地把吴承恩当作《西游记》的作者呢？这是因为"五四"运动以来两位重量级学者胡适与鲁迅认为《西游记》的作者是吴承恩。胡适曾经写过一篇文章，叫作《西游记考证》，在这篇文章中，胡适认为《西游记》是吴承恩作的。鲁迅在《中国小说史略》里，也一样说《西游记》是吴承恩作的。大家知道，胡适与鲁迅向来被尊为大师，他们说的话影响巨大，所以《西游记》的作者是吴承恩的看法最近的几十年间在中国学术界差不多就成了定论。

作为现代文坛巨匠，胡适与鲁迅的看法当然有一定根据。清代的《淮安府志》里早有吴承恩撰《西游记》的记载，而黄虞稷的《千顷堂书目》卷八"地理类"也在吴承恩名下标示了《西游记》。可见，吴承恩与《西游记》的确有不解之缘。

吴承恩到底是一个什么人呢？吴承恩，字汝忠，号射阳山人，淮安府山阳县人，生于公元 1501 年，死于公元 1582 年，享年八十一岁。他一生勤奋好学，天启《淮安府志》评价他说：

> 性敏而多慧，博极群书，为诗文下笔立成，清雅流丽，有秦少游之风。复善谐谑，所著杂记几种，名震一时。

他自幼聪慧，喜欢读野言稗史、志怪小说，据说他特别喜爱隋唐人牛奇章、段柯古所作的传记。他善于摹写物情，颇受官府与名流赏识，还撰有志怪小说集《禹鼎记》以及题画诗《二郎搜山图歌》等，可以说是阅历丰富、才华横溢。故而，当胡适与鲁迅的观点提出以后，绝大部分文学爱好者也就相信了《西游记》的作者是吴承恩。

然而，关于吴承恩作《西游记》的说法其实早有人怀疑。最早怀疑这一说法的是著名学者俞平伯。1933 年，俞平伯在《驳〈跋销释真空宝卷〉》中即指出，《淮安府志》记载的吴承恩作《西游记》是不是小说《西游记》"也难定"。后来有许多日本学者相继提出质疑，尤其是太田辰夫、矶部彰、中野美代子数十年来笔耕不辍，他们从目录学、考据学、宗教学等不同角度进一步质疑了《西游记》"吴作说"的可靠性。

1983 年，复旦大学章培恒在《社会科学战线》第 4 期上发表了《百回本〈西游记〉是否吴承恩作》的长文。他针对前人关于吴承恩作《西游记》的论据展开深入分析，从根本上否认了吴承恩作《西游记》这个说法。章培恒的文章像一颗重磅炸弹，对《西游记》"吴作说"产生了极大的冲击。随着学术环境的日益宽松，有关《西游记》作者问题的讨论更加活跃，曾经占据主流的《西游记》"吴作说"大为动摇。

既然吴承恩撰《西游记》的说法有些"靠不住"了，那么到底谁是《西游记》的作者呢？各种猜测、推断相继出现。其中，有一种意见认为，《西游记》最早的作者是丘处机。

丘处机是个什么身份的人物呢？大家如果看过金庸的《射雕英雄传》，应该对他不会陌生。在小说里，他是一个武功盖世的豪侠，这当然是小说家的一种艺术创造。不过，金庸小说里写的丘处机也并非空穴来风。

实际上，丘处机是金元时期全真道的一位领袖人物。他生于公元1148年，登州栖霞滨都里人，字通密，号长春子，道门称他为长春真人。《金莲正宗记》卷四说他："家世栖霞，最为名族。敏而强记，博而高才。"这说明，丘处机不仅出身名族，而且有很好的天资。十九岁的时候，丘处机在山东宁海的昆嵛山出家，拜全真道创始人王重阳为师。他出家之后，广读三教经书，注重道法修行，后来成为全真道掌门人。在年过古稀的时候，他曾经率领十八个门徒远涉千山万水，进行了一次万里长征，到了西域大雪山，劝说元太祖成吉思汗减少杀戮，在历史上传为佳话。

为什么近年来丘处机这样受关注呢？当我查考十多年来的资料时，发现了一个有趣现象：许多人围绕虞集为《西游证道书》写的序言展开热烈讨论。这篇序言开头说：

> 有衡岳紫琼道人，持老友危敬夫手札来谒，余与流年浃月，道人将归，乃出一帙示余，曰："此国初丘长春真君所纂《西游记》也。"敢乞公一序以传。

丘处机画像

当时，南岳衡山有个“紫琼道人”，他带着虞集老朋友危敬夫的一封介绍信，千里迢迢地来拜访虞集。这个道人在虞集处流连了一段时间，要回去的时候，拿出了一部有套封的秘笈给虞集看，并说道：“这是元初丘长春真君所纂修的《西游记》，烦请您作一篇序言以广流传”。

《西游证道书》序言的作者虞集是个什么人呢？原来，他是元代中期的著名学者。他早年曾与弟弟一起建了一座两室的书舍，左室墙上书写陶渊明诗，称作陶庵，右室墙上书写邵雍诗，称作邵庵。他常常在邵庵中读书、写作，当时人就称他为邵庵先生。他官至翰林侍讲学士，被人奉为元代四大家之一，可见是一位很有影响的大才子。

虞集

虞集这样的大才子说《西游记》是全真道领袖丘处机作所作，当然很有说服力。所以，当有人把虞集为《西游记》写的序言重新发布出来的时候，很快引起轩然大波，争论之声此起彼伏。我在这里并不是想要做出评判，不过，在翻检《道藏》的过程中，倒是发现了一则以往专家们不太注意的资料。这则资料见于《正统道藏·洞真部·谱箓类》的《金莲正宗仙源像传·长春子》中，该书在讲述丘处机的生平事迹时说：

> 有《磻溪》《鸣道》文集、《西游记》行于世。今栖霞县太虚观即其故居，磻溪长春成道宫即修真之处，京师大长春宫即登真之所也。

这段话说丘处机道长有三种著作。前两种，作者明确指出是文集。至于《西游记》是什么类型的书，作者没有明说。

有人以为丘处机作的《西游记》其实就是他的门徒李志常撰写的《长春真人西游记》，因为长春真人是丘处机的号，所以《长春真人西游记》可以看作《丘处机西游记》，久而久之，以讹传讹，就变成了丘处机作《西游记》。我认为《金莲正宗仙源像传》言及的《西游记》并非丘处机之徒李志常所撰写的《长春真人西游记》。因为李志常写的这部游记在元代全真道高层中几乎人人皆知，所以《金莲正宗仙源像传》在介绍丘处机时谈到的《西游记》当是另外一部书了。

《金莲正宗仙源像传》前有刘至玄与太玄子分别写于泰定丙寅年(1326)、丁卯年(1327)的序言。相当巧合的是，虞集生于1272年，卒于1348年，恰好涵盖了《金莲正宗仙源像传》的成书年代。也就是说，虞集看到的《西游记》有可能就是《金莲正宗仙源像传》所记载的《西游记》。

不论情况如何，《金莲正宗仙源像传》的记载至少表明，早在元代中期就有了丘处机作《西游记》的说法。现在，我们面临的问题是丘处机所作的《西游记》是不是当今广泛流传的百回本《西游记》？这个问题值得深思。正如学术界至今无法说清吴承恩作的《西游记》是部什么性质的书一样，丘处机道长所作《西游记》的真实面目如何也不是一时能够解决的。不过，《西游证道书·序》及《金莲正宗仙源像传》的记载至少揭示了一个值得注意的研究线索。

（二）谁是华阳洞天主人

三四百年来，《西游记》的作者是谁的问题为什么一直没有定论？很关键的一个原因是该书早期版本的实际作者本来就不明确。

我们目前所见到的百回本《西游记》的最早版本是明代万历二十年(1592)金陵世德堂的《新刻出像官板大字西游记》，这个版本没有题撰著人的名字，而仅署“华阳洞天主人校”。稍后有福建杨闽斋清白堂刊刻的《新镌全像西游记传》，同样是署“华阳洞天主人校”。

正是这样的署名让后人如坠五里云雾之中，也引起了一波又一波的争论。有的说“华阳洞天主人”就是吴承恩，有的则说不是吴承恩，而是吴承恩的老朋友——那个当了宰相的李春芳，还有的说是为世德堂本《西游记》作序的陈元之，也有说是全真道龙门派道士闫希言师徒。各种说法都找到了一些资料支撑，各有各的道理。如何解读“华阳洞天主人校”这个让人颇感神秘的署名呢？

我们先来看看“校”这个词在署名中的意义。一般情况下，出版行业所谓“校”指的是校对、校勘，也有编校、订正的意思。这样看来，校当然不等于著。不过，如果考虑到写作全过程，那么这个“校”字也就别有一番含义了。我们知道，一部书稿从撰写初稿到完成，需要好几道工序，在付刊之前必须认真校勘、核对。这个工作，有时候是作者承担的，有时候则由他人代劳。因此，世德堂本与杨闽斋本《西游记》所题署的“校”就不排除作者自己校勘书稿的可能。大家知道，中国古人并不像现代人这样注重署名权，恰恰相反，为了使自己的著作能够流传或者为了避免某些麻烦，他们常常把自己的名字隐藏起来，署上一个既包容着作者部分信息但又比较神秘的笔名。“华阳洞天主人校”很可能就是作者不愿意让人知道自己是谁，因此用笔名代替真名，甚至连“著”也不愿意明说，而以“校”代“著”。那么，“华阳洞天主人”到底是谁呢？我们且从“华阳洞天”说起吧。

直观地看，华阳洞天当然是一个地理概念。“洞”是“通”的意思，“洞天”就是“通天”，表示神仙道人居处的名山胜境是与天相通的。在历史上，有所谓“十大洞天”“三十六小洞天”。在这些洞天中，就包括了华阳洞天。这个华阳洞天在哪里呢？就在江苏省南京市附近的茅山。《茅山志》等文献称之为“金坛华阳洞天”，简称为“华阳洞天”或“华阳洞”。因此，金陵世德堂本《西游记》所谓“华阳洞天主人”应该与道教有着十分密切的关系。

不过，我们还应该看到，道教的很多名称往往是象征性的，“华阳洞天”这个名称也是如此。根据天人合一的理论，道教把人体看作一个小天地，认为自然界有洞天福地，人体内也有洞天福地。“华阳洞天”既可以表示自然地理景象，也可以指代道人修炼的精神景象。为了表示这种精神景象，道人用了许多术语来形容，其中最为重要的就是“华阳”。

早在五代宋初，道士施肩吾就开始用“华阳”指代这种修炼的精神景象。施肩吾，号华阳子，人称华阳真人。相传出自他传授的《西山群仙会真记》卷四在描述内炼景象时说：

> 阴生水，水性常冷，而有华阳，温泉濡之，不胜其暖也。

这里的“阴”是什么意思呢？它首先是指先天图北方复卦的位置。宋代以来，许多道教学者用“伏羲六十四卦先天图”来解释丹道理论。这个图又称作“伏羲六十四卦方圆图”，中间是方形的，外围是圆形的，方代表地，圆代表天，所谓“天圆地方”说的就是这个道理。它的方位朝向与西方的地图相反，形成了上为南、下为北、左为东、右为西的四方定位。

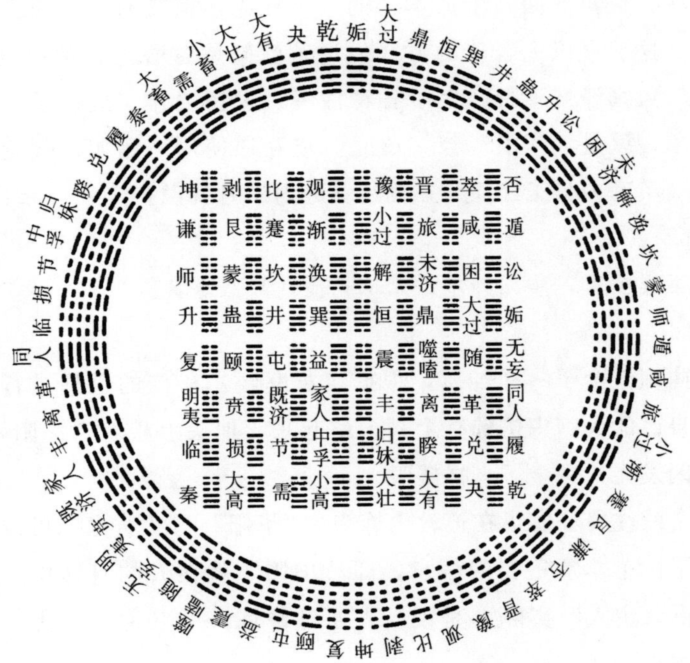

伏羲六十四卦先天图

从图中我们可以看出，六十四卦环列在一个圆形上，阳卦之首乾在正南，用十二地支表示就是午，阴卦之首坤在正北，用十二地支表示就是子。与坤卦紧紧相邻的那个卦叫作复卦（☷），这一卦六爻中有五个阴爻，一个阳爻。在时间上，复卦代表的是冬至，这时候虽然天气寒冷，但阴极生阳，生机勃发，所以复卦是五个阴爻在上，一个阳爻在下，表示阳气初生，所以称作华阳。这里的“华”是什么意思？“华”就是“发”，表示一阳发起，好像我们平常用电热棒烧水，一根小小电热棒可以让整壶水逐渐升温，这复卦的一阳也可以让整个湖泊里的水暖和起来，所以说“温泉濡之，不胜其暖也”。

按道教的说法，自然界有春夏秋冬的交替，人体内也有一年四季的转换。正如描写自然界的季节转换一样，施肩吾用华阳来表征精神内炼的特殊景象：一阳初生，像人在大雪天泡在温泉里，那是多么美妙的状态啊！

值得注意的是，道教描述的“华阳洞天”精神景象有时又被称作黄庭内景。“黄”指的是中央之色，也就是土色；“庭”指的是阶前的空地，比喻肚脐内中空的地方。“黄”与“庭”连起来形成“黄庭”，表示存神炼气的一种方法，也象征回归生命本初的一种状态。道教有一部重要经典叫作《黄庭经》，这部书以七言诗的方式叙说黄庭修炼方法与精神内景。长期以来，围绕《黄庭经》不断产生了各种注释、发挥之作。这些著作中有一个重要的现象，就是“华阳”与“黄庭”被互通使用。例如金代全真道士刘处玄撰的《黄庭内景玉经注》在描述黄庭内景时就说：

> 至理金真，华阳妙巾。六铢光显，二八金身。

黄庭内炼像金子一样纯真，根据《黄庭经》秘传的道理进行修炼，就会感受到自己的大脑中仿佛有个真人站起来，他头上戴着“华阳妙巾”，浑身上下闪闪发光，像金子一样耀眼。

刘处玄的注释证实了在道教内炼中，“华阳”与“黄庭”可以互通，同时还透露了一个非常重要的信息，即“华阳”就在人的身体中。因此，所谓“华阳洞天主人”实际上是说，人通过修炼，可以主宰自我生命，可以为自己做主！

现在，我们再回过头看《西游记》的作者，这个具有强烈自主精神的“华阳洞天主人”，他到底会是谁呢？回顾一下《金莲正宗仙源像传》以及《西游证道书》虞集序言的描述，我们不由得又想到了丘处机。

《道藏》中收有题为丘处机作的《大丹直指》，这部仅有一万多字的书先后五次引述了华阳真人施肩吾关于内炼的论述，十三次引述《黄庭经》或叙说黄庭景象！如此频繁地引述华阳真人和叙说黄庭，充分显示了丘处机对华阳或黄庭的重视。所以，我推测“华阳洞天主人”在最初极有可能

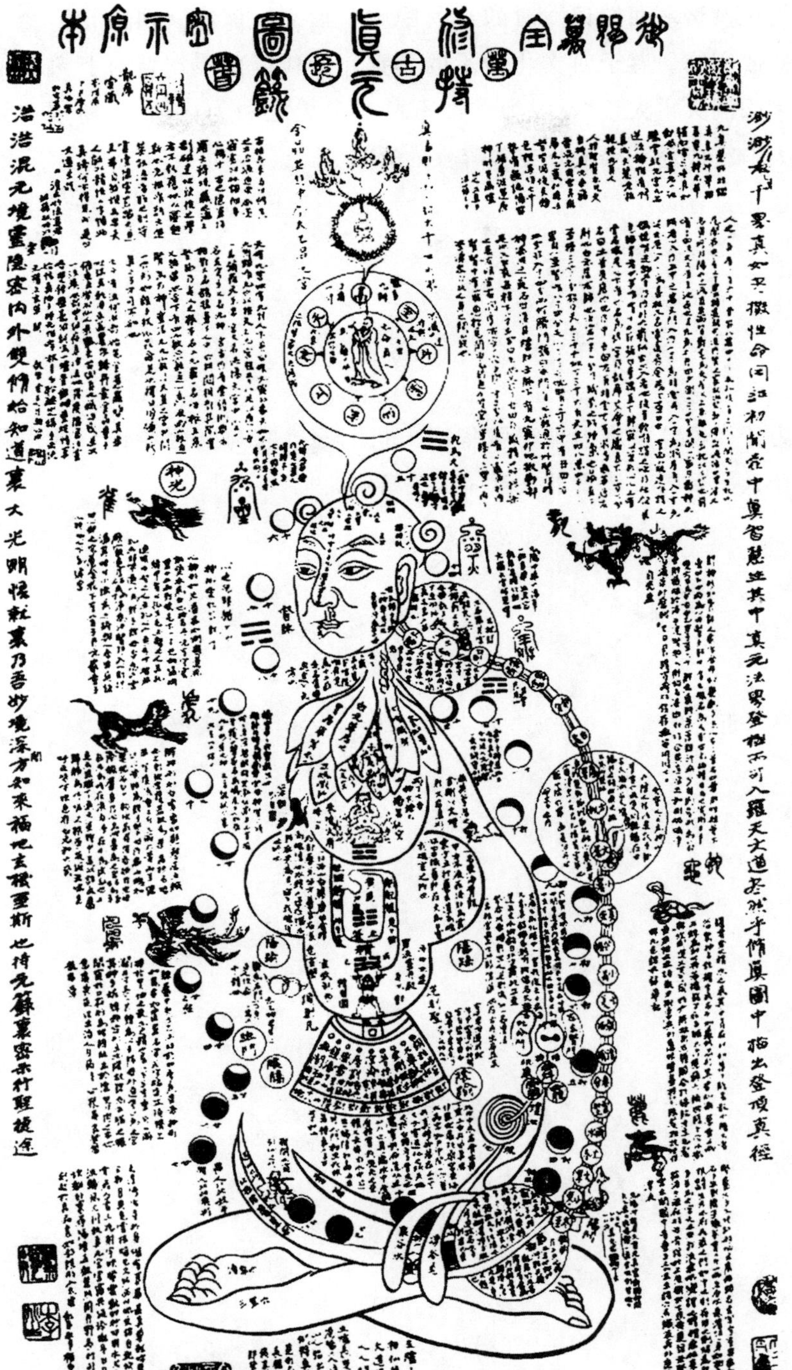

是丘处机撰著《西游记》时的自我隐喻。后来，该本《西游记》经过许多人的修改润饰。鉴于对文化传承的尊重，清代以前屡次修订刊刻时依然仅署“华阳洞天主人校”，因为谁都不敢“贪天之功为己功”，所以“华阳洞天主人”就成为一个最具有包容性的署名方式。

这正是：

华阳洞天，暗喻黄庭真意；
黄庭内景，秘藏华阳天机。

为什么说“黄庭内景秘藏华阳天机”呢？它与《西游记》的主题思想又有什么关系呢？请看下一章《机关密钥》。

第二章　机关密钥

上一章，我们从《西游记》作者署名入手，解释了清代以前各种早期版本中“华阳洞天主人”这个神秘的名称。这一章，我们将沿着考察华阳洞天的思路，谈谈《西游记》的主题思想。正如许多学者已经指出的，《西游记》的主题思想并不是那么容易看清的，所以我们应该努力寻找揭开主题思想的“密钥”。它隐藏在哪里呢？就在该书的字里行间。

（一）从游戏说到金丹大道说

《西游记》问世以来，给中国人带来了诸多欢乐，也引起了大家极大的探索兴趣。从明代到现在，人们一直没有停止过对《西游记》主题思想的探讨，自20世纪初期至今更趋于热烈。由于方法不同、立场差异，各种说法层出不穷。其中，影响较大的有三种：游戏说、政治说、金丹大道说。

所谓游戏说，就是把《西游记》当成一部游戏之作，这种说法在清代的阮葵生、焦循那里已经有了苗头。到了20世纪早期，这种说法得到了进一步发展。其中，比较有代表性的是胡适与鲁迅。胡适在《西游记考证》中说：

>（《西游记》）至多不过是一部很有趣味的滑稽小说、神话小说，他并没有什么微妙的意思，他至多不过有一点爱骂人的玩世主义。

胡适非常不满清朝道士、和尚、儒生对《西游记》主题思想的解读，提出应该用笨眼光来看《西游记》。他看来看去，就看出了“玩世”两个字，他讲的“玩世”也就是游戏人生的意思。胡适虽然没有使用“游戏”一词来概括《西游记》的主题思想，但其论述已经包含了这种涵义。

胡适像

在胡适大谈《西游记》"玩世"的时候，鲁迅在《中国小说史略》中也讨论了这个问题，他说：

然作者虽儒生，此书实出于游戏，亦非语道，故全书仅偶见五行生克之常谈，尤未学佛，故末回至有荒诞无稽之经目。

鲁迅明确使用了"游戏"二字来概括《西游记》的主题思想。他这个说法得到了20世纪80年代中期以及90年代初期许多学者的积极响应。有些学者明确指出：《西游记》是"一部游戏之作"，是作者"游戏笔墨的艺术结晶"。

《西游记》有没有"游戏"的内容呢？当然是有的。所谓游戏，就是写一些好玩的事，从而达到娱乐效果。这一点，《西游记》的确表现得很充分，所以受人喜欢。

该书第二十三回《三藏不忘本，四圣试禅心》中有这么一个情节：三藏在孙悟空、猪八戒、沙和尚的陪同下，骑着马到了一个门楼。这里住着一个"寡妇"，家里有三个女儿。她知道三藏一行是从东土来的，有意招亲，希望能够让自家四个女人与三藏师徒一对一地配上，但遭到了三藏谢绝。寡妇遭到谢绝之后，就对三藏说："既然你们四位无法都留下来，至少也得让招一个吧？"三藏被缠得没办法，只好叫悟空留下。悟空不乐意，推八戒留下，沙和尚也附和悟空的意见。这八戒表面推脱，但实际上乐滋滋的。他巴不得被招了亲，在这个庄园里享受荣华富贵。

可是招亲却又碰到了麻烦。什么麻烦呢？三个女儿不好摆平啊！那寡妇对猪八戒说："我把大女儿配给你，恐怕二女儿怪罪，把二女儿配给你，恐怕三女儿怪罪。没有办法呀！"你猜猪八戒怎么说呢？他说："既然她们相争，那就都给我吧，省得吵吵闹闹，乱了家法。"这寡妇故作生气地说："岂有此理！你一个人就占我三个女儿不成！"猪八戒厚着脸皮说："你看娘说的话。哪个男人没有三房四妾？就算再多几个，你女婿也笑纳了。"为什么猪八戒敢于笑纳呢？他自己讲："幼年间也曾学一熬战之法，管情一个个服侍得她欢喜。"什么叫"熬战之法"？就是传统的房中术，也就是男女性生活的技术。这猪八戒把他这张王牌亮出来，希望把寡妇的三个女儿都占了。寡妇却不同意，提出用"撞天婚"的方式来确定。

八戒撞天婚

什么是撞天婚？就是弄一条手帕绑在猪八戒头上，遮住眼睛，然后让三个女儿一一经过，猪八戒伸出手来抓，看他抓住哪一个就算哪一个。这猪八戒为了能够被招亲，非常遵守撞天婚的“游戏规则”，可是他却左也撞不着，右也碰不上。只好坐在地上，气喘吁吁地说：“娘啊，你女儿这等乖滑，捞不着一个，奈何！奈何！”那寡妇就揭开猪八戒头上的手帕说：“女婿啊，不是我女儿乖滑，她们大家相互谦让，不肯招你啊！”为什么不肯招啊？书上没有说出理由，但可以想见，大概是猪八戒那副怪相，还有那个啤酒肚，人家闺女们看不上呀！这时候，猪八戒“做出了一个非常艰难的决定”：如果姑娘们总是“谦让”扯皮，那就只好让丈母娘来招了！丈母娘招他没有呢？扫兴得很，猪八戒的美好愿望不仅没有实现，而且还因为穿上了丈母娘拿出来的汗衫而被捆绑了。原来，这丈母娘根本不是什么寡妇，而是女仙黎山老母。

像这样的故事情节在《西游记》中比比皆是，真让人忍俊不禁。可见《西游记》确实有很多游戏成分。不过，我认为游戏只是《西游记》的表层用意，在游戏背后还有更为深刻的思想内涵。

《西游记》的深刻内涵是什么呢？有相当多的学者把《西游记》看作是一部借助神魔故事来影射现实社会的政治小说，对《西游记》的神魔进行阶级划分，甚至将故事中的角色与现实生活中的阶级或者阶层对号入座，认为孙悟空代表了反封建的劳动人民。孙悟空大闹天宫、降妖伏怪的一系列情节，体现了劳苦大众企图摆脱封建压迫，掌握自己命运的强烈愿望。

《西游记》的人物情节是否有政治意涵呢？应该说在一些方面包含着这种因素。比如天庭的组织机构、用人制度等，基本上反映了封建社会的政治状况。唐僧取经的社会环境，更是真实地映射了那个时代君主统治的情况。但是，一定要让作品中的故事人物与现实中的阶级一一对应，则难免有牵强附会之嫌。

如何解释唐僧和他的团队所开展的取经活动呢？最近这十几年，有些学者从道教修炼的角度进行探索研究，提出《西游记》的主题思想是金丹大道。其理由是：这本书的回目以及行文中的诗词蕴藏着大量的金丹大道术语。所以，应该从金丹大道的立场来理解《西游记》的内涵。这种看法基本上是对清代著名道士刘一明《西游原旨》思想观点的继承和发挥。

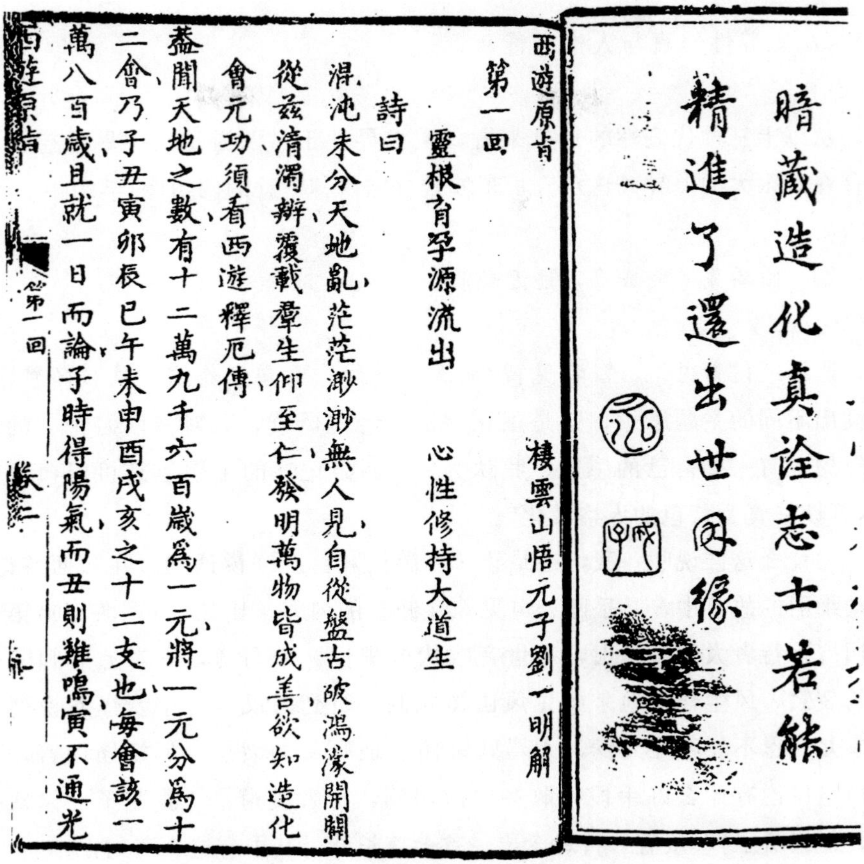
暗藏造化真詮志士若能
精進了還出世因緣

西遊原旨
第一回
靈根育孕源流出　心性修持大道生　棲雲山悟元子劉一明解
詩曰
混沌未分天地亂茫茫渺渺無人見自從盤古破鴻濛開闢
從茲清濁辨覆載羣生仰至仁發明萬物皆成善欲知造化
會元功須看西遊釋厄傳
蓋聞天地之數有十二萬九千六百歲爲一元將一元分爲十
二會乃子丑寅卯辰巳午未申酉戌亥之十二支也每會該一
萬八百歲且就一日而論子時得陽氣而丑則雞鳴寅不通光

西遊原旨　第一回

刘一明《西游原旨》书影

刘一明曾经写了一首《西游原旨歌》。在这首歌里，刘一明不仅明确阐述了《西游记》的原旨是金丹大道，而且透露了修炼金丹大道的秘诀在于抓住“元牝”。“元牝”就是“玄牝”，“玄”写作“元”，是古代为了避讳皇帝名号而做的文字改动。这个词本出自老子《道德经》第六章：“谷神不死，是谓玄牝。玄牝之门，是谓天地根。绵绵若存，用之不勤。”文中的“玄牝”本指母马的生殖器，老子用以形容化生天地万物的道。刘一明化用了老子的话，意思是说修炼金丹，要能够从根本入手，而《西游记》中扑朔迷离的故事就是告诉人们如何回归根本，以得大丹。刘一明的看法在近年来颇受一些《西游记》研究者的关注。许多关于《西游记》的著作、论文都是以刘一明的观点为基础展开的，虽然有的有所发挥和变通，但万变不离其宗，我们都可以从刘一明的《西游原旨》里找到源头。

（二）养性修真与人格完善

从以上三种代表性的意见来看，学术界关于《西游记》主题思想的认识存在着很大的差异。这正应了东坡公《题西林壁》的两句诗：

横看成岭侧成峰，远近高低各不同。

所谓“仁者见仁，智者见智”，不同时代、不同素养的人从《西游记》中读出不同的主题思想，这是很正常的。经过研读，我对《西游记》的主题思想也有一些自己的感想。我认为，《西游记》的主题思想可以概括为“以养性修真为特色的人格教化”。

为什么这样说呢？我们还是让《西游记》自己来说话吧。在《西游记》生动绚丽的故事中，几乎随处可见养性修真的内容。比如，《西游记》第十七回《孙行者大闹黑风山，观世音收伏熊罴怪》中写道，行者追寻师父被盗的袈裟，风尘仆仆地来到黑风山黑风洞，听到黑汉与几个妖怪叙说袈裟的事儿，忍不住猴性大发，大骂妖贼偷了他师父的袈裟。那妖怪闻言，要孙悟空说说有什么好手段，敢在门前叫骂，行者笑道：“我儿子，你站稳着，仔细听了！”接着，行者念出一首七言长诗，其中有这么四句：

自小神通手段高，随风变化逞英豪。
养性修真熬日月，跳出轮回把命逃。

大概意思是说，俺老孙从小就有奇妙的神通和高超的手段，可以随着风云大势变化无穷，因为俺老孙本是英雄豪杰。接着话头突转，叙说自己涵养心性、潜修本真的过程。他把“养性修身”与“熬日月”叠加在一起，一方面是要说明自己“养性修真”持续了很长时间，另一方面则是要显示自己的“养性修真”不是轻而易举的。

再比如第十九回《云栈洞悟空收八戒，浮屠山玄奘受心经》，这一回写的是孙悟空在云栈洞降伏猪八戒的事。书中这样写道：

却说那怪的火光前走，这大圣的彩霞随跟。正行处，忽见一座高山，那怪把红光结聚，现了本相，撞入洞里，取出一柄九齿钉钯来战。行者喝一声道："泼怪，你是哪里来的邪魔？怎么知道我老孙的名号？你有什么本事，实实供来，饶你性命！"那怪道："是你也不知我的手段！上前来站稳着，我说与你听。"

接着，那怪也念了一首长诗介绍自己的身世。诗中说：

自小生来心性拙，贪闲爱懒无休歇。
不曾养性与修真，混沌迷心熬日月。

文中所谓"那怪"指的就是天蓬元帅猪八戒，他因为调戏广寒宫的嫦娥被贬谪下界。哪知这个糊涂蛋投错了胎，进了母猪的肚子里，就变成了一头小公猪，俗名叫作猪刚鬣。什么叫刚鬣啊？"刚鬣"就是"肛裂"的谐音，暗示他在天庭犯了错误，挨了两千锤，打得肛门都裂开了。刚鬣看来还很老实，他不仅承认自己从小心性钝拙，游手好闲，而且也承认自己从来没有"养性修真"。你看，同样是"熬日月"，人家孙悟空是"养性修真熬日月"，而刚鬣同志却是"混沌迷心熬日月"。《西游记》在这里让猪刚鬣叙说自己没有"养性修真"，恰好从反面强调了"养性修真"的重要性。像这样的情节还有许多，限于篇幅，这里就不多讲了。接下来，我们就来看看什么是养性修真。

我们先说养性。"性"这个字，左边是竖心旁，右边为"生"字。竖心旁表示心思，或者出自内心的某种念头，而右边的"生"字，其早期字形是一棵树，象征生殖，有人说这表示男人的生殖器。由此看来，性的本意应是出自男女间的性关系。但是，在传统文化中，"性"字除了表示两性之"性"外，还逐渐引申出人性之"性"的意义，也就是人的本性或者天性。养性修真之"性"所指的就是引申后的人之本性。

关于人的本性善恶问题，向来有不同看法。比如《三字经》中说"人之初，性本善"，认为人的本性是善良的。但是，也有人不同意这种说法，他们认为"人之初，性本恶"，比如孔子的后学荀子就跟他的前辈唱反调，主张人性本恶。

主张人性本善的一派学者认为，人的恻隐之心与生俱来，例如看到一个小孩掉到井里，就会去抢救他，这种恻隐之心就是善良本质的反映。但是，由于后天社会环境的影响，善良的本性被掩盖而不能明朗，所以必须通过养的办法，去掉污染杂质，恢复善良天性。

主张性恶的一派学者则认为，人的天性本来就是恶的。因为人生下来就有私心，例如一个小孩看到别人来占有他的玩具就会愤愤不平地夺回，这种争夺心就是恶性的萌芽，如果不加以教导，任其膨胀起来，人就会铤而走险，干出坏事。教化的目的，就是要限制恶的本性，引导人去恶从善。

由上可见，不论是性善论还是性恶论都提倡以教化来完善人格。说到底，教化就是养性，一方面是培植善良与慈悲心，另一方面则注重自我反省，不断提升自我的人生境界。

那么，修真又是什么意思呢？从字形上来看，"真"在最初表示的是一个颠倒了的尸体，本意是死亡。至今，依然有人把死亡称作归真，就是古老意义的遗存。如此说来，修真岂不是要归于死亡吗？当然不是。道家认为，一般人出生之后，要经历少年、青年、壮年、老年，直到老死。为了解决生死的大问题，道家提出了"反者道之动"的奇妙观点，认为经过特殊的修炼，就能够返老还童，回归于天然质朴的状态，这就是成仙。道教把这个过程叫作修真，也就是修理掉"死亡"，让原先那个颠倒的尸体再颠倒过来，这就是老子《道德经》所说的"死而不亡者寿"。

在道学文化中，养性与修真是不可分割的生命理论。如果说养性是从伦理道德入手的一种修养方法，那么修真则是在养性基础上，为超越世俗生命局限而进行的实践活动与精神升华。

就艺术形象塑造来看，《西游记》可以说从头到尾贯穿着养性修真的精神。唐僧和他的三个徒弟孙悟空、猪八戒、沙和尚，还有白龙马，都经历了由恶到善的转变过程。唐僧本是如来佛的二徒弟金蝉子，因性情轻慢而被贬；孙悟空大闹天宫、偷改生死簿、胡作非为，而被压在五指山下；猪八戒调戏嫦娥，轻薄好色，被谪落人间；沙和尚因小错被贬落在流沙河中，却做了吃人不眨眼的妖怪，他们身上都曾经存在着恶的习性，后来，师徒四人到西天取经，一路上经历了千辛万苦，终成正果。这个取经的过程既是一个砺炼人性的过程，也是脱胎换骨、自我超越、顿悟生命真谛的过程。

这正是：

旷世奇书，机关密钥通本性；
嬉戏笑骂，字里行间藏修真。

《西游记》是怎样表现养性修真的人格教化主题思想的？请看下一章《仙石化猴》。

第三章 仙石化猴

上一章，我们讨论了《西游记》的主题思想。从本章开始，我们将沿着该书的情节脉络，发掘蕴涵其中的思想意义。本章要讲的是仙石问题。

（一）仙石的数字之谜

中国古代小说家，可以说对石头情有独钟。《红楼梦》是从女娲补天剩下的那块灵石开始的，《水浒传》是从洪太尉推倒石碑、掀起石板开始的，《西游记》则是从一块仙石开始的。可见，石头对中国古代小说家构造情节是非常重要的。难怪在改革开放初，邓小平说我们要“摸着石头过河”。在我们还不知道《西游记》这条河流深浅的时候，摸着那块仙石一步一步地向前，可能是最为可靠的行进方式了。

《西游记》开篇第一回告诉我们：世界之间有四大部洲，这就是东胜神洲、西牛贺洲、南赡部洲、北俱芦洲，这部书的故事是从东胜神洲开始的。就在那海外，有一国土，名曰傲来国，国近大海，海中有一座山，唤为花果山。这座花果山有什么奇妙的东西呢？

> 那座山正当顶上有一块仙石。其石有三丈六尺五寸高，有二丈四尺围圆。

大家知道，一丈约等于3.3米，那么高“三丈六尺五寸”就是12.045米，大约相当于现在一般民居的四层楼那么高。所谓“围圆”通俗讲就是周长，这“二丈四尺”表明周长有7.92米。根据这样的换算，我们可以明白，这块仙石十分高大。这块仙石为什么是“三丈六尺五寸高”和“二丈四尺围圆”呢？

原来那“三丈六尺五寸”是符合“周天三百六十五度”的原理的。所谓周天，在中国古代有许多不同的含义，或指绕天球一周，或指一定时间的循环，或指气功修炼时元气在体内运行十二经络的时间。按照中国古代的天文观察，太阳运行一个回归年是三百六十五又四分之一度，所以一年有三百六十五天，为了弥补太阳回归年和传统历法的误差，传统历法阴历有闰月的调整方式。“周天三百六十五度”就是按照传统太阳回归年的计算方式得出的。

至于“二丈四尺围圆”，据说也合于政历二十四气。在古代社会，农业生产、宗教祭祀、皇后的确立、带兵打仗、处理纠纷，甚至宫廷选美，都是重大的社会政治内容。其中，农业生产是摆在基础地位的头等大事，所以，历法既要合乎天体运行规律，又要能够服务于农业生产，这就形成了二十四节气。古代历书，以阴阳变化、五行生克为总纲，提供了政治活动的基本导向，所以称作政历。

《西游记》中这块仙石的大小暗含天文历法，可见这块石头并非一般，而是“天作地合”而成的。对于这块“天作地合”的仙石，《西游记》在第一回中有一句话形容：

> 上有九窍八孔，按九宫八卦。

九窍本来是用以表示人或者其他脊椎动物与外界联系的孔穴。早在《周礼·天官·疾医》中已出现九窍的名称。汉代经学家郑玄解释九窍说：“阳窍七，阴窍二。”所谓阳窍就是人体上部的孔穴，具体讲就是两目、两耳、两个鼻孔和嘴巴；所谓阴窍就是人体下部的孔穴，具体讲就是尿道口、肛门。

八孔又是指什么呢？其实就是九窍少掉一窍。为什么少掉一窍？因为有八窍是通的，但还有一窍没有通。说白一点，也就是一窍不通。什么叫一窍不通？我们先来看一个故事。古时候有个富翁的儿子愚笨。为了开启儿子的心智，不至于被他人耻笑，富翁花了大钱，请了一位名师来教儿子念书。一年过去了，富翁询问名师：“我的儿子学习怎么样啊？”名师说：“七窍通了六窍。”富翁很高兴，就付了学费，让名师回家过年。这位富翁觉得儿子有出息，给自己长脸了，就喜欢在客人面前夸自己的儿子。为了让客人信服，他不时地引用名师的“权威”说法：“我儿学习大有进步，七窍通了六窍。”大多数客人听了这句话总是微笑点头，表示“赞许”，有的甚至竖起大拇指说：“你儿子真能干。”后来，有个客人终于“惊叹”地说：“哦，原来是一窍不通啊!”

可见一窍不通乃带有嘲笑人的讥讽味道。但在最初是不是具有这样的意思呢？我们只要看看一窍不通这个成语的由来就明白了。这个成语最早出自《吕氏春秋·过理》篇：

杀比干而视其心，不适也。孔子闻之曰：“其窍通，则比干不死矣。”

比干，是商王太丁之子，很有才华，20岁就以太师高位辅佐帝乙，又受命辅佐帝辛。然而，他非常不幸，被惨无人道的纣王给杀了。相传他有一颗七窍玲珑心，所以非常聪明。比干因为不满纣王的胡作非为，常常进谏，他曾经到摘星楼向纣王强谏三日。纣王大怒，加上妲己暗中挑拨，纣王就杀了比干，要看看比干的心脏是否真的与众不同，结果发现他的七窍玲珑心有一窍没有通。

孔子对纣王杀比干的事，非常感慨。他讲的“其窍通”的“其”指的是谁，向来有不同理解。例如汉代的高诱在《吕氏春秋·过理》注中是这样解释的：

圣人心达性通。纣性不仁，心不通，安于为恶，杀比干，故孔子言其一窍通则比干不见杀也。

高诱认为，圣人应该是通情达理的，纣王不是圣人，他不仁不义、心窍不通、作恶多端，却没有一点罪恶感，所以杀了他的亲叔叔比干。我认为，高诱并没有理解《吕氏春秋》记载的孔子言论。其实，孔子讲的“其窍通”的“其”是指比干。按照孔子的意思，如果比干的心窍通了，就不会死。孔子是从中庸的哲学立场上来看这件事的。毫无疑问，孔子绝对不会赞成纣王杀比干，但是孔子也感到比干耿直得过头了。在孔子看来，你比干进谏是对的，但明明知道纣王要杀害你，为什么还要到摘星楼强谏三日呢？这不是白白送死吗？可见，孔子是以十分惋惜的心情来看待比干之死的。他讲的“心不通”带有对比干心智不明的批评。后来，人们就把这一故事概括为“一窍不通”。随着时间的变化，原先孔子那种对心智不明的批评就变成对愚昧无知的嘲笑、讥讽了。

那么，《西游记》说仙石“九窍八孔”所暗示的一窍不通是不是也蕴含着某种嘲笑或讥讽的意义呢？我认为恰恰相反。因为《西游记》所描绘的仙石是天然的，它当然还没有什么心智，这一点从“按九宫八卦”就可以看出来。所谓九宫就是东、西、南、北、东南、东北、西南、西北，加上中央，合起来就是九。至于八卦就是乾、坤、震、巽、坎、离、艮、兑，这八卦代表天、地、雷、风、水、火、山、泽，都是自然而然的。八卦代表八方，都是开窍的，唯有中央虚而不用，所以不开窍，这就是混沌。

《庄子·应帝王》有个寓言故事就是表现混沌的。南海的帝王叫儵，北海的帝王叫忽，大地中央的帝王叫混沌。儵和忽经常在混沌的地盘相遇，混沌对他们都很好。儵和忽商量着要报答混沌的恩德，就说人都有七窍，用来看、听、吃饭、呼吸，惟独混沌没有，他们试着帮混沌凿出七窍。于是他们每天给混沌凿一窍，凿了七天后，混沌就死了。

从道家的混沌思维和《易经》八卦象征来看，一窍不通并非都是坏事。就知识的学习而言，一窍不通当然不好；但从性命修养的角度讲，一窍不通却并非坏事，一窍不通能保持心性的淳朴、天真和自然。《西游记》正是从这种本性自然的立场暗示仙石的一窍不通。

（二）仙石何以灵通化猴

然而，必须指出，这块仙石也不是永远一窍不通的，后来它完全开窍了。只是这种开窍不像《庄子·应帝王》中那样通过人工来穿凿，而是自然风化而成。《西游记》第一回这么说：

> 盖自开辟以来，每受天真地秀，日精月华，感之既久，遂有灵通之意。内育仙胞，一日迸裂，产一石卵，似圆球样大。因见风，化作一个石猴。五官俱备，四肢皆全。

自从盘古开天辟地以来，这块仙石就一直在发育，它吸纳了天上的纯真之气，得到了地上的珍贵能量，渐渐有了“灵通”。什么叫作灵通？就是开窍。于是，仙石就孕育了一个胞胎。突然有一天，胞胎迸裂了，有个石卵冒出来。这一切是如何发生的？是“因见风”！在《易经》里什么代表风呢？是巽卦。这个巽卦为什么可以生长出“石猴”来呢？因为巽卦（䷸）在《易经》里是长女，作为长女，巽卦意味着成熟，富有魅力，能够生育。在这里，魅力的“魅”是“鬼”与“未”的结合。未在时间上代表阴历的六月，象征草木孕果而有味道。《易经》的巽卦充满了成熟女性的魅力，富含生殖内涵则是显而易见的。这有什么理论依据呢？依据就是《周易·巽卦·象传》中的一句话：

重巽以申命。

巽卦

这里所谓“重巽”指的是两个三爻的巽卦（☴）相重，成为六爻的巽卦（䷸）。至于“申命”这两个字，按照传统的说法，就是发布、传播命令。这虽然也对，但并不全面。从本义上看，申命指的是生命的孕育成长。这个问题，必须从十二地支说起才能明白。因为申是十二地支之一，它与其他地支构成一个整体，所以我们必须从整体上来把握十二地支的内涵。十二地支指的是：子、丑、寅、卯、辰、巳、午、未、申、酉、戌、亥。

就起源来说，十二地支是万物生长繁殖过程的一种符号表示。按照夏历，子对应十一月，以此类推，申对应七月。在十二地支中，申是一个关节点，对于生命的孕育和成长来说具有举足轻重的地位。

在甲骨文里，“申”与“电”的字形类似，都表示下雨时的闪电，像光那样快速。不是常常有人说，某人与某人“闪电结婚”嘛。这里的“闪电”背后就蕴藏着一个“申”字，因为他们的结合是闪电式的，所以人们常常会发出感叹说：“神啦!”神就是闪电，闪电就是神，而神说到底就是申。由申而神，因神而生，神就意味着生。我们回过头再看《周易·巽卦·象传》“重巽以申命”这句话，也就可以说“申命”就是生命。《西游记》说的“因见风”就是《周易·巽卦》的“申命”，这巽风一吹，种子传播，生命就孕育而诞生。

然而，“因见风”而有生命，为什么这种生命是石猴而不是石马、石猪，或者石羊呢？这个问题，依然还得从巽卦所讲的“申命”分析。我们知道，民间常用的十二地支与十二生肖是相对应的。申对应的生肖就是猴。因此，“申命”的特定内涵就是猴命。

周朝时有个诸侯国叫申国，这个申国以猕猴为图腾。相传申国出于姜姓，是炎帝神农氏的后代。神农氏的子孙传到了夏朝时，有主管祭祀的家族——“四岳”的后代被封于申，也就是当今河南省南阳市北面。这位被分封的人，位居侯爵，世称申侯。到了周朝，申侯的后代申伯被周王分封于申，并且建立了申国。从此，申伯的子孙以国名为姓氏，世代相传。春秋之际，申国虽然灭亡了，但原先的神猴崇拜却依然在民间保存着。

种种迹象表明，《周易·巽卦》所讲的申命与申侯具有非常密切的关系。申侯与神猴几乎同音，久而久之，申侯也就变成了神猴。这就是《西游记》中“因见风”而化猴的深层历史文化渊源。虽然我们不能说《西游记》的石猴就是申国世代崇拜的神猴，但无疑的，申国猕猴崇拜的历史文化传统为《西游记》的“仙石化猴”构想提供了艺术灵感。

近年来，中国大陆许多地方都在积极地开发所谓“神猴齐天大圣故里”之类的旅游胜地，一股争夺“齐天大圣故里”的风潮正席卷大江南北。不过，在中国的宝岛台湾却有另外一种“风”吹来。不久前，笔者与台湾一些崇拜齐天大圣的申姓人士接触，他们告诉我将组团到大陆寻根进香。我问他们准备到什么地方，他们告诉我，到湖北省随州市神农洞。一开始我对此感到疑惑，因为他们不是到大陆的齐天大圣庙，反而是要去那看起来不太相关的神农洞。这是为什么呢？仔细想一想，我豁然开朗，因为申姓本来就是姜姓的一个分支，而姜姓的鼻祖是炎帝神农氏，所以他们寻根寻到神农洞也就很自然了。

事实上，把神猴谱系的根推到炎帝神农氏，这在《西游记》中也有迹可寻。仙石化出石猴，号称千岁大王，得到群猴礼拜。《西游记》第一回有一首诗对此作了总结。这首诗的开头四句云：

> 三阳交泰产群生，仙石胞含日月精。
> 借卵化猴完大道，假他名姓配丹成。

第一句“三阳交泰”说的是天下万物都体现了《易经》泰卦（䷊）的原理。泰卦六爻，上三爻为阴爻，为坤（☷）；下三爻为阳爻，为乾（☰）。乾坤交合、阴阳交感而有生命，石猴就是这样化育产生的。然而，更为重要的是，“三阳”其实是谐音，阳通于羊。炎帝之姓的姜上面是个羊头，暗示了炎帝与十二生肖的羊有关。十分有趣的是，猴在十二生肖中的顺序恰好是在羊之后，我们可以简称：猴为羊后。这样看来，石猴也应该拜羊为先师了。

这正是：

> 盘古开天，花果山上聚仙石；
> 乾坤运化，巽风窍里出神猴。

仙石化育而成的石猴是不是去拜羊了呢？请看下一章《万里拜师》。

第四章　万里拜师

上一章，我们分析了仙石神秘数字的隐义，陈述了“九窍八孔”的内涵，结合《易经》的基本原理，阐发了仙石灵通而化猴的根据。这一章，我们要来回答上一章最后提出的石猴拜羊的问题。

（一）猴王洒泪拜师去

也许有人会说，猴与羊，乃是风马牛不相及，怎么会提出石猴拜羊这样的怪问题呢？按照一般的生活逻辑，猴子与羊属于两种类型的动物，生活习性相差甚远，不存在资源争夺的问题，彼此基本上不打交道。但是，如果从十二生肖的角度看，猴与羊就不是毫无关系了。它们之间不仅有关系，而且是亲邻关系，甚至是亲缘关系。

言归正传，我们得说说石猴是不是去拜羊了。经过多年研究，我得出的结论是：石猴不仅拜了羊，而且拜得很虔诚，很有成效。根据在哪里呢？就在石猴花费了二十多年时间拜师学习的过程中。因此，当务之急，应该好好考察一下石猴为什么拜师以及如何拜师的问题。这个问题搞清楚了，我们也就可以明白拜羊的深刻意涵了。

话说那块仙石“因见风”，化出石猴，他五官具备，四肢皆全，便学着这里爬那里走，并且拜了四方。那石猴在山里行走、跳跃，吃草木、饮涧泉、采山花、觅树果，日子过得有滋有味。日子久了，石猴结交了一帮兄弟。有一天，他们偶然找到了一个山洞，都对山洞非常好奇，但谁也不敢轻易进洞。于是，群猴约定：哪一个有本事的敢钻进去，即拜他为王。最终是石猴进了洞，所以群猴就拥戴他为千岁大王。自此，石猴高登王位，把那个带有野味的“石”字给隐去，改称美猴王了。这美猴王率领着猴群攀枝摘果、嬉戏打闹，过着无忧无虑的生活，真是痛快啊！可是有一天，美猴王突然烦恼流泪。他为什么流泪呀？原来是苦于：

将来年老血衰，暗中有阎王老子管着。一旦身亡，可不枉生世界之中，不得久注天人之内？——第一回

这是一个什么问题呢？就是生死问题。虽然众猴可以在玩耍中获得快乐，却不能避免死亡，这又是何等的揪心啊！难怪美猴王掉下眼泪，众猴也跟着伤心哭泣了。为了解决整个族群的生死问题，美猴王决定拜师去了。众猴依依不舍，上山寻找珍品，大开筵席，为美猴王饯行。他们轮番把盏，痛饮一日。到第三天，美猴王登上自己编制的筏子，尽力撑开，径向大海波涛之中，看起来是何等的壮观！有一首诗这样写道：

天产仙猴道行隆，离山驾筏趁天风。
飘洋过海寻仙道，立志潜心建大功。——第一回

这首诗里的“飘洋”两个字，尤其值得我们注意。“飘”字右边是风，暗含着《易经》的巽卦，而巽卦又蕴藏着“申”。《周易·巽卦》有“重巽以申命”的说法，前文提到过，这个“申”就是猴，即申侯、神猴。从这个角度看，“飘”的主体当然是猴，而“洋”字与“羊”读音相同。这猴子驾着木筏向羊飘过去，一个膝盖靠着木筏，那样子不是很像在“拜羊”吗？

美猴王这一路走得顺利不顺利呢？从诗歌的表面看，似乎很顺利。“天产仙猴道行隆”，表明起步的时候就很隆重。他驾着筏子，天风一吹，要飘多远有多远。

然而，如果我们认真推敲就会发现，在轰轰烈烈的背后蕴藏着天大的麻烦。为什么这样说呢？因为诗第二句中的“天风”暗藏着《易经》中一个象征麻烦的卦象。天是什么？是乾卦。而风又是什么？是巽卦。天在上，风在下，这就构成了姤卦（䷫），《周易·象传》说：“天下有风，姤。”

不过，最终是有惊无险，他摆脱了。所以，诗歌接着写道：

有分有缘休俗愿，无忧无虑会元龙。

料应必遇知音者，说破源流万法通。——第一回

其中，“有分有缘”分明是讲美猴王注定有一段凡间情缘，他得体验一下这种情缘，才能完成由猿猴到人的彻底转变。因为有缘分，所以“必遇知音者”。什么叫作知音？知音就是猴与羊相会。这个“知”字是八画，偶数，阴性，代表属羊的女性；“音”字九画，奇数，代表属猴的男性。我们知道，在十二生肖的排列中，羊居于第八，猴居于第九，羊在猴之前，羊比猴大。看样子，美猴王遇上的女性是个姐姐，彼此也不犯冲，所以他们能够“无忧无虑”地相会而领悟“元龙”之事。什么叫作元龙？那就是两情相悦的事。元者，玄也，神妙莫测，故谓之玄。什么是龙呢？在中国古代，龙具有丰富的象征含义，这里象征阴阳交合的性活动。《易经·坤卦》上六爻辞说：“龙战于野，其血玄黄。”这个属羊的女性可以说是美猴王实现由猿向人转变的第一个良师。只是《西游记》作者不好明说，或者故意留下一点想象空间，以便后人进一步发挥，所以写得遮遮掩掩、藏头露尾，让我们要猜老半天。

话说回来，这毕竟不能为美猴王解决整个猴群的生死大问题，美猴王不敢久恋，他不得不辞别。这位女子非常通情达理，就给美猴王指引了一个方向。美猴王离开了属羊的女子，继续漂流。他花了八九年时间，跨过南赡部洲，到达西牛贺洲。在这里，他找到可以解决族群生死大问题的神仙了吗？他遇上真正的“羊师”了吗？

（二）方寸山猴王拜师

美猴王到了西牛贺洲的地界，登岸遍访多时，忽然看见一座秀丽无比的高山，这座高山林麓幽深，风景独好。真可谓“日映岚光轻锁翠，雨收黛色冷含青”。美猴王正欣赏之际，忽然听到林深之处有人言语，他快步趋近，侧耳细听，原来是有人在唱歌呢！唱的歌叫《满庭芳》：

观棋柯烂，伐木丁丁，云边谷口徐行，卖薪沽酒，狂笑自陶情。苍径秋高，对月枕松根，一觉天明。认旧林，登崖过岭，持斧断枯藤。

收来成一担，行歌市上，易米三升。更无些子争竞，时价平

姤卦

平，不会机谋巧算，没荣辱，恬淡延生。相逢处，非仙即道，静坐讲《黄庭》。——第一回

这样的山歌，真是别有风味，它不是缠绵悱恻的，而是以松根、孤藤等自然景色象征宁静致远。其中，观棋柯烂的典故尤其有趣，它首见于《述异记》。该书记载，晋代衢州人王质曾经入石室山砍柴，在山中，见二人在下围棋，他就站在一旁观看。其中一人给他一种像枣核的东西，他含在嘴中，不觉得饥饿。到了局终的时候，二人对他说："你可以回家了。"王质拿起斧头一看，发现柯木已全烂了。他赶紧回家，一打听，才知道人世间已过了一百多年了。据说这位书生再度入山，成仙去了。《西游记》用这个典故，就是要彰显神仙世界与凡间的巨大差别。

这首《满庭芳》是谁唱的呢？是一个樵夫。所以，歌词里也洋溢着樵

观棋柯栏图

夫的生活气息，“伐木丁丁”让我们仿佛也听到了樵夫砍柴的声响。樵夫砍了柴，就挑到市井上去卖，换酒喝，买米做饭。他不与人争，没有漫天要价，这不是非常符合道家精神吗？尤其是最后“非仙即道，静坐讲《黄庭》”两句更把人们带进了一个道教的修炼世界。《黄庭》就是《黄庭经》，是讲述存神炼气的道教经典。道人讲述存神炼丹要理，进行静坐修炼的实践，真有飘飘欲仙之奥妙。难怪美猴王听了这《满庭芳》的曲子，非常兴奋。原来，这《满庭芳》曲子乃是樵夫邻居教的。

这位邻居就是一个修道的人，樵夫管他叫作神仙。既然是神仙，美猴王当然就一定要拜访了。因为美猴王离开花果山，不远万里来到西牛贺洲，就是要拜神仙，学习长生不死的本领。现在听说樵夫的邻居是个神仙，他又怎么会轻易放过！所以，他立刻请求樵夫给自己指路。在樵夫指点下，美猴王终于找到了菩提祖师。这位菩提祖师，是不是美猴王理想中的“羊师”呢？答案是肯定的。

首先，菩提祖师乃是“祖羊”的化身。这是从哪里看出来的呢？从他居住的名山洞府中看出的。菩提祖师居住的名山“灵台方寸山”，是一个寓

伏羲观天象

意深远的隐语。灵台本是《诗经》中的一篇。《毛诗序》说，灵台是用以观看天体气象、审察妖祥的。可以说，灵台就是上古的天文观察台。这种天文观察台，早在七八千年前的伏羲时代就有了。伏羲氏观察天象时，要把一个羊角挂在观察台上，这在伏羲氏的“羲”字上就已经表露了。“羲”字上半部分是羊角的形态，下半部分由“兮”和“戈”组成。“兮”是个坛场的样子，也就是观察台兼祭坛。“戈”表示在观察台边陈列武器，派兵把守。因为这是国家重大科研基地兼宗教活动场所，当然得有可靠的保卫措施；否则，遇上什么恐怖分子，科学观察就无法进行，所以布置一些尖端武器，比如石刀、石斧之类的，加强警卫，是非常必要的。至于挂上羊角，就像我们当今国家天文台悬挂国旗一样，属于宣示主权的国家礼仪，可谓郑重其事。这个羊角实际上是一种图腾，把它挂起来，体现了文化传统的不断延续。从这些情况来看，菩提祖师所居住的“灵台方寸山”无疑是羊图腾文化传统的一种象征。

我们再看方寸山与羊的关系。什么是方寸？有一句话叫作乱了方寸，也就是心乱了的意思。心在五行中属火，当火燃烧旺盛的时候，就叫作烈火。因此，方寸山实际上就是烈山。它在什么地方呢？学界有不同的说法，较多学者认为是在现在湖北省随州市辖区内。相传这里是炎帝神农氏的诞生地，所以炎帝神农氏又称作烈山氏。而炎帝神农氏又是姜姓的鼻祖，以羊为图腾，所以，方寸山也就留下了山羊的脚印。这当然不是普通的山羊，而是象征华夏文明源头的“祖羊”炎帝。美猴王历经八九年找到菩提祖师，是他的幸运，也是他的造化。

其次，菩提祖师也是伯阳的化身。伯阳是谁呢？历史上号称“伯阳”的有好几个，但最早的则是道家理论大师老子。菩提祖师与老子李伯阳的关系，我们可以从美猴王得姓的情节上来佐证。美猴王到了三星洞，“磕头不计其数”，被菩提祖师收为门徒。菩提祖师要美猴王走一走，看看样子，美猴王纵身跳起，拐呀拐地走了两遍。菩提祖师笑道：“你身躯虽是鄙陋，却像个食松果的猢狲。我就根据你的样子，教你姓‘猢’”。接着，菩提祖师又说：

> 猢字去了个兽旁，乃是古月。古者，老也；月者，阴也。老阴不能化育，教你姓“狲”倒好。狲字去了兽旁，乃是个子系。子者，儿男也；系者，婴细也。正合婴儿之本论。叫你姓“孙”罢。——第一回

菩提祖师的这段论说是根据测字方法来的。在中国古代民间社会，测字是颇为有趣的术数门类。无论是帝王将相、文人雅士，还是普通老百姓都喜欢测字这玩意儿。从技术上看，测字主要是根据汉字的字形结构来对事物未来走向进行分析。或者将一个字拆为几个字，或者在一个字上增加偏旁等，然后做出判断。测字的技术也影响到取名，菩提祖师为美猴王赐姓用的就是这种方法。他根据美猴王走路的样子，得出“猢狲”两个字，然后拆除字形结构的某个部分，根据其合理性最终确定了美猴王的姓。

从表面看来，菩提祖师让美猴王姓孙似乎很简单，但如果把这个姓与老子《道德经》的论述对照一下，就会发现其中的奥妙。菩提祖师论孙姓的含义，用了一个字眼——“婴儿”，这可以说是《西游记》全书的关键之一。而这种婴儿本论即出于老子《道德经》。该书第十章说：“专气致柔，能婴儿乎？”导引行气，修炼性命，能像婴儿那样柔软吗？该书第二十八章又说：

知其雄，守其雌，为天下溪。
为天下溪，常德不离，复归于婴儿。

知道什么是雄刚之性的人，反而会守住雌柔之道。因为这样的人，好像丛山之间的小溪流，以卑下自处，自然为众流所归。能够像小溪流，持守着美好德性，这样的人好像回归到婴儿时代，那样的天真，那样的淳朴。老子在这里把“复归于婴儿”作为性命修养的理想目标。菩提祖师给美猴王赐姓的论述，其精神与老子婴儿本论是完全一致的。菩提祖师让美猴王姓孙，挑明了是为了避免老阴不能化育，而“孙”则意味着可以不断繁衍。因为婴儿虽然弱小、柔顺，但生机勃勃，具有无穷的生命力，这一点恰好与羊的品行相符合。羊的性格温和、柔弱不争，虽然经常受到狼的威胁，但狼群到最后衰落了，而羊却不断地繁衍，数目越来越多。从这一点来看，老子的婴儿本论也蕴含着伏羲氏、炎帝神农氏的“山羊文化”精神。

我们甚至可以说，老子字伯阳本身就表征着可爱的山羊。为什么这样讲呢？只要看看伯阳之“伯”的笔画就清楚了。“伯”字七画，在先天八卦图里，艮卦的数是七，因此“伯”实际上就是暗示艮卦，而艮卦的本象是山，或者说艮卦代表山，所以“伯”又可以看作山，而“阳”字通绵羊之“羊”。将这一层内涵揭示出来，我们发现：“伯阳”就是“山羊”。美猴王在灵台方寸山三星洞里遇上的师父菩提祖师既然是伯阳的化身，当然也就传承着“山羊文化”了。

“山羊文化”的基本精神是什么呢？就在一个艮卦上。因为艮卦象征山，由两个三画“艮卦”（☶）相重为六画“艮卦”（䷳），这就叫作“连山”，表示两座山相连。有趣的是，炎帝神农氏又称作连山氏。他之所以称作连山氏，是因为伏羲氏开创的“大易八卦学”传承到炎帝的时候，形成了《连山易》，这部经典是以艮卦开头的，艮代表山，所以就以“连山”为名。《连山易》这部书在今天已经难于窥见其真面目，或许只在深山老林的隐士中秘传着，但从《周易》的论述中依然有蛛丝马迹可寻。《易经·艮卦·彖传》说：

> 艮，止也。时止则止，时行则行。动静不失其位，其道光明。

以山为本象的艮卦，意味着停止。停止与运动是相辅相成的。春夏秋冬，四季变换，该停止就停止，该行动就行动。动与静都合于自然秩序，前途远大，大道就熠熠生辉。

这正是：

> 强女挟持，猴王遇羊会元龙；
> 樵夫指路，灵台隐处合方寸。

美猴王在灵台方寸山里是否学会了艮卦精神呢？请看下一章《秘授妙道》。

第五章　秘授妙道

上一章，我们分析了美猴王为了解决生死问题，不辞劳苦，远涉重洋，受教于菩提祖师。这位菩提祖师既是伯阳老子的化身，也是作为“山羊文化”代表的炎帝神农氏的化身。美猴王拜了须菩提为师，自然要学习“山羊文化”，这种“山羊文化”的核心精神就在《易经》艮卦中。

美猴王跟随菩提祖师多年，他对艮卦的精神掌握得怎么样呢？这是本章将要着重探讨的问题。

（一）旁门虽道非大道

话说菩提祖师给美猴王取名孙悟空。这美猴王得了姓名之后十分高兴，就对菩提祖师施礼致谢。菩提祖师吩咐三星洞大众把孙悟空引导到二门之外，教他洒扫应对、进退周旋的礼节。孙悟空又拜了众师兄。管事的就在廊庑之间安排了一个小床位让孙悟空安寝。次早，孙悟空向众师兄学习言语礼貌、讲经论道、习字焚香。每日如此，天天照常。空闲的时候，他就扫地锄园、养花修树、寻柴燃火、挑水运浆。就这样，孙悟空在洞中不知不觉过了六七年时间。

突然有一天，祖师登坛高坐，唤集诸仙，开讲大道。孙悟空在旁闻听，高兴得抓耳挠腮，眉开眼笑，忍不住手之舞之，足之蹈之。忽然，菩提祖师看见了孙悟空的样子，就说：“悟空，你在班中，怎么颠狂跃舞，不听我讲道？”孙悟空回答说：“弟子诚心听讲，听到老师父妙音处，喜不自胜，故不觉作此踊跃之状。望师父恕罪！”祖师说：“你既识妙音，我且问你，你到洞中有多长时间了？”孙悟空说：“弟子本来懵懂，不知多长时间。只记得灶下无火，常去山后打柴，见一座山中好多桃树，我在那里吃了七次饱桃矣。”祖师说：“那山唤名烂桃山。你既吃七次，想是七年了。你今要从我学些什么道呢?”

菩提祖师为什么问起孙悟空在洞中多长时间呢?这其实是明知故问。他之所以这样问,是想通过这个话题,透露艮卦中蕴含的“山羊文化”。根据何在呢?就在“七”这个数字上。孙悟空虽然不明白自己在洞中有多久,却记得到山上砍柴吃了七次饱桃。按孙悟空的回答,菩提祖师推定时间已经过了七年,这里的“七”绝不是随便乱讲的,而是富有象征意味的。大家已经知道,在先天八卦里,“七”代表的就是艮卦,而“烂桃山”之“烂”也与艮卦有关。“烂”这个字的繁体写法是“爛”,共二十一画,是艮卦之数“七”的三倍,是对艮卦精神的进一步暗示。山上的桃子烂了,一方面表示桃子很多,另一方面则象征了一个重要的月份,即六月。桃子差不多在阴历五月份就成熟了,到了六月份,漫山遍野到处都是,吃也吃不完,所以就烂了。六月份对应的是十二生肖中的羊,孙悟空到山上吃烂桃子,可以看作猴子“拜羊”主题的变形表现。猴子拜羊彬彬有礼,最终又拜出一个艮卦来,因为羊图腾文化的代表是炎帝神农氏,秉承的文化传统就是以艮卦为宗的《连山易》,此可谓“条条道路入连山,颗颗烂桃醉心猿”。

既然易学之艮卦这么富有情趣,如此重要,菩提祖师是不是直截了当地为美猴王讲授艮卦理论呢?不是的。他用的是“天花乱坠”的启发式教学法。具体来讲,就是把三星洞长期以来教授的各种课程向美猴王逐一介绍,让他自己挑选,慢慢引导,迂回曲折地透露艮卦的信息。

菩提祖师告诉孙悟空,三星洞开设的课程很多,光是道字门中就有三百六十旁门,旁门皆有正果,不知他想学哪一门。悟空回答:“凭尊师意思,弟子倾心听从。”接着,菩提祖师重点介绍了四种道术:术字门、流字门、静字门、动字门。

术字门就是请仙扶鸾,问卜揲蓍之类道术;流字门就是儒家、释家、道家、阴阳家、墨家、医家等看经、念佛、朝真降圣一类道术;静字门就是休粮守谷、清静无为、参禅打坐、戒语持斋一类道术,这种道术,还包括睡功、立功、入定坐关等等;至于动字门就是采阴补阳、摩脐过气、用方炮制、烧茅打鼎、进红铅、炼秋石,并服妇乳之类的道术。

菩提祖师像药剂师抓药那样摆出了一大堆旁门,作为三星洞道坛的系列选修课,让孙同学挑选学习。菩提祖师表示这些旁门“皆有正果”,因为这些旁门在古时候也算是热门的技术课程，能够解决人生的部分问题。用今天通俗的话来说，学了这些课程，找一份称心如意的工作，保住饭碗是没有问题的。但是，就长生不老的目标来看，却是无济于事的。菩提祖师把社会上流行的诸多偏方奇术归入旁门，这本身就体现了一种批判立场。

作为三星洞道坛领袖，菩提祖师相当于当今道学院的院长兼首席专家、主讲教授。对于当时开设的一系列选修课，他老人家在介绍的时候照理应该多说一些好听的话才是，但他却一反常态，将各门技术课程所存在的缺陷或者不完善的地方如实相告，看起来他是不怕丢失生员，也不担心压缩课程体系，所以敢冒关闭大部分选修课的风险。菩提祖师对三星洞道坛大部分选修课只给了很小的肯定，同时承认这些课不具有长生的功效。他的这种反常态度和做法实在令人深思。

菩提祖师为什么敢于暴露自己开设的大部分选修课的缺陷呢？这除了教师职业道德要求他实事求是地说明情况之外，还与道教金丹派的立场休戚相关。

所谓金丹派就是以炼丹为长生成仙主要方式的道派。从东汉末开始，金丹派就已经有了正道与旁门的区分，并且正道对旁门展开了批判，例如魏伯阳所作的《周易参同契·旁门无功章》就说：

> 世人好小术，不审道浅深。弃正从邪径，欲速阏不通。

《旁门无功章》所谓“小术”就是偏方奇术，而“邪径”也就是旁门左道。在魏伯阳看来，世间许多人好偏方奇术，不明白大道的深浅，所以他们放弃正途，希望能够快速得道，实际上适得其反。

魏伯阳的立场对后来的金丹派产生了巨大影响。唐宋时期，钟离权、吕洞宾、张伯端等内丹学大师都有批评旁门左道的言论，尤其是题署为钟离权作的《破迷正道歌》更是充满着抨击旁门的火药味。该篇一开始就说：

> 堪嗟无限学仙者，总与天仙道不同。
> 俱被野狐涎昧定，鬼言妖语怎生听。
> ……
> 三千六百旁门法，不识随形昼夜人。

有缘遭遇明师指，顷刻之间造化生。

按照《破迷正道歌》的描述，当时社会上流传的旁门就有三千六百门，但到了菩提祖师被《西游记》作者聘任为三星洞洞主兼主讲教授时，却只剩下了三百六十门。我们不知道是因为菩提祖师为了减轻徒弟的作业负担，大刀阔斧砍掉过滥的公共课、选修课，还是因为任课老师缺乏，所以压缩课程体系。不论情况如何，《西游记》批评旁门的思想倾向与《破迷正道歌》应该说是一脉相承的。他批判旁门，实际上是启发孙悟空别赶时髦，追求那些应景式的快餐课程，而应该潜心于攸关人类生存与发展大道的学习与研究。为此，菩提祖师在后来又通过层层暗示来传授孙悟空道法正宗，真可谓煞费苦心啊！

（二）妙道口诀与七十二变

《西游记》第二回写孙悟空表示不学习术字门、流字门、静字门、动字门这些旁门之后，有这样一段描述：

> 祖师闻言，咄的一声，跳下高台，手持戒尺，指定悟空说："你这猢狲，这般不学，那般不学，却待怎么？"走上前，将悟空头上打了三下，倒背着手，走入里面，将中门关了，撇下大众而去。唬得那一班听讲的，人人惊惧，皆怨悟空道："你这泼猴，十分无状！师父传你道法，如何不学，却与师父顶嘴？这番冲撞了他，不知几时才出来呵！"此时俱甚抱怨他，又鄙贱嫌恶他。悟空一些儿也不恼，只是满脸陪笑。原来那猴王他打破盘中之谜，暗暗在心，所以不与众人争竞，只是忍耐无言。

以上这段情节既有伏笔，也有悬念。哪个细节是伏笔呢？菩提祖师在老孙同志头上打"三下"就是伏笔，还有菩提祖师关闭"中门"这个动作也是伏笔。先是打三下，接着是关中门，两个细节构成了所谓"盘中之谜"。哪个地方是悬念呢？作者在交代了三星洞道众埋怨孙悟空之后，紧接着说孙悟空揣摩着祖师为什么打他三下，为什么要关"中门"，然后说孙悟空已经“打破盘中之谜”了，但并没有马上写孙悟空如何根据自己的猜想采取行动，而只是说祖师“要秘传他道法也”，这就是悬念。

美猴王夜拜菩提祖师

菩提祖师到底秘传给孙悟空什么道法呢？《西游记》第二回在叙述了美猴王于三更半夜与菩提祖师见面之后，又记载了菩提祖师的一首口诀：

显密圆通真妙诀，惜修生命无他说。
都来总是精气神，谨固牢藏休漏泄。
休漏泄，体中藏，汝受吾传道自昌。
口诀记来多有益，屏除邪欲得清凉。

得清凉，光皎洁，好向丹台赏明月。
月藏玉兔日藏乌，自有龟蛇相盘结。
相盘结，性命坚，却能火里种金莲。
攒簇五行颠倒用，功完随作佛和仙。

人的生命，说到底就是“精、气、神”三个字最为根本。为了保护自己的生命，进而延年益寿，应该固精、惜气、存神，不要让精气神漏泄了。要做到这一点，必须摒除邪欲，这样才能让自己的内心清凉起来。

如何才能做到固精、惜气、存神呢？菩提祖师并没有将那修行的要领和盘托出，而是采用了许多隐语，例如：兔乌、龟蛇、精气神、性命、火里种金莲，等等。

口决中攸关整个大道法门的隐语，我认为是“火里种金莲”这个词组。所以，我下面就着重分析一下这个词组的隐意。

什么叫火里种金莲呢？这句话源于北宋张伯端《悟真篇》中的七言诗第十三首。其开头的两句说：“不识玄中颠倒颠，争知火里好栽莲。”后来，火里栽莲便成为金丹大道的一个隐喻，不时出现在内丹家的诗词曲赋作品中。大家知道，莲花本来是生长在水中的，照理应该是说水里栽莲，但在内丹家的诗文作品中却变成“火里栽莲”，这是为什么呢？因为内丹家用易学的坎（☵）离（☲）两卦表示人体后天的存在状态。在“后天八卦”方位里，离卦在南方，坎卦在北方，离卦代表火，坎卦代表水。离卦是由乾卦变来的，坎卦是由坤卦变来的。由乾坤变为坎离，表示人发端于天地，如此顺行，人就由婴儿而少年，再由少年而青年、壮年、老年，直至老死，这是一般人无法避免的结局。内丹修炼的基本思路就是调转人生方向，由老年而回复到婴儿状态，老子《道德经》把这叫作“复归于婴儿”。怎样复归呢？内丹家想出一法，叫作抽坎填离，也就是抽取坎卦当中的阳爻来填补离卦中的阴爻。这样一来，坎卦就回复到纯阴的坤卦，而离卦就回复到纯阳的乾卦。这个过程，称作后天返先天，意味着内丹修炼是要炼成纯阳之体。八仙之一的吕洞宾自号纯阳子就是源于此。然而，这与火里栽莲有什么关系呢？实际上，这是后天返回先天的一种比喻。本来，莲花代表的是坎卦中的阳爻，这时候是水里栽莲，当内丹修炼完成了抽坎填离程序的时候，就变成火里栽莲了。《西游记》所谓“火里种金莲”完全是由火里栽莲脱胎而出的。

后天八卦图

内丹家用火里栽莲来比喻后天返先天，是以修炼功夫体验为基础的。关于这一点，丘处机的《大丹直指》卷下有形象的记载：

> 围坐前有红光，状同莲花，遍身有真气，色若金光，五行真气，合而为精气神，三才异宝，合而为自然道也。

这段文字里最为重要的是用莲花来形容内丹修炼“起火”之后的状态。莲花是打坐练功时“红光”的写照，这种“红光”从哪里来？来自内丹修炼的“起火”功夫。既然因“起火”而显示出“莲花”的状态，这不正是火里种金莲么？由此看来，菩提祖师传授给孙悟空生命大道的这首口诀并非没有根据。说不定，这位菩提祖师就是元代全真道领袖丘处机的代言人呢！

在菩提祖师为美猴王秘授的课程中，除了修道口诀之外，还有神奇无比的“七十二变地煞术”。如果说那首口诀属于非常高深的道学理论课程，那么这“七十二变地煞术”就是技术实践课。从现代学科分类上看，口诀大概属于理学，而“七十二变地煞术”大概属于工学。如果美猴王两项考试都过关，应该授予理学与工学双学士学位。可惜我们不知道三星洞学位制度是怎样设定的，这个问题我们不必深究。我这里比较关心的是："七十二变地煞术"是否也贯彻了艮卦的精神？回答当然也是肯定的，因为不论哪一种变化都既有动又有静。例如变成一只蜜蜂，到花间采蜜，这就是动；再如，变成一座庙宇，把尾巴作为旗杆竖起来，这就是静。当然，"七十二变地煞术"中的动、静都只是相对的，而不是绝对的。你看蜜蜂飞行，那是动，但它落在花瓣上，也有静的时候；而那竖着旗杆的庙宇，香烟缭绕，徐徐上升，就是动。此可谓动中有静，静中有动。"时行则行，时止则止"，艮卦的精神的确都在"七十二变"之中了。

对于菩提祖师传授的艮卦精神，美猴王是不是都学会了呢？我认为，经过了十年的苦读，美猴王的确有很大的长进。不过，他尚未达到炉火纯青的地步。例如"霞举飞升"这项基本功，美猴王在开头并不是掌握得很熟练，他起飞时"连扯跟头"。这是什么动作呢？也就是连续翻跟头，或者叫作连续空翻吧。因为是"连扯"，所以小腿肚子收不拢，飞行不远。针对这种情况，菩提祖师又教给美猴王"筋斗云"功夫，这种功夫的动作要领是"跌足而起"，两脚用力向地上一蹬，靠巨大的反弹力把人送上云天，犹如火箭发射，一下子就把身体向上推进，一个筋斗就十万八千里了。这样的功夫，美猴王算是学会了，难怪那些师兄弟们羡慕得不得了。学会了这个法儿，当巡逻兵、邮递员，不管到哪里都有饭吃！有这样的飞行技术，当然不会失业了！

然而，必须指出，从《易经》艮卦精神来讲，美猴王尽管学会了"筋斗云"这样的高超技术，但离"性命双修"的要求还很远。他刚刚学会了就到处卖弄，在师兄弟面前大肆表演，张扬得很，惊动了菩提祖师，这菩提祖师讲了狠话，要美猴王离开三星洞。

这正是：

技术高超，筋斗云赢得赞赏；
真性未得，美猴王洒泪别师。

孙悟空含泪离开三星洞，又到哪里去了？请看下一章《贯通一姓》。

第六章 贯通一姓

上一章，我们说到孙悟空在三星洞拜了须菩提这个老神仙为师。菩提祖师传给了孙悟空修道口诀以及“七十二变地煞术”。孙悟空从此能够“霞举飞升”，一个“筋斗云”十万八千里，他开始得意起来，在师兄弟面前要弄手段，相当张扬，其结果是被祖师赶出门。菩提祖师为什么把美猴王赶走呢？美猴王被赶走之后如何自处呢？这两个问题，我们可以用四个字来回答：贯通一姓。

（一）谋求生存与发展

“贯通一姓”这四个字出现在《西游记》第二回的末尾。美猴王被菩提祖师赶出三星洞之后，回到了久别的花果山水帘洞，受到了众猴的热烈欢迎。饮酒吃饭之际，众猴问起这么多年来孙悟空在外的事儿，美猴王滔滔不绝地讲述了他飘洋过海拜师的经过，众猴对美猴王夸奖了一番。在兴头上，美猴王笑着说：“小的们，又喜我这一门皆有姓氏。”众猴问：“大王您姓什么呢?”悟空说：“我今姓孙，法名悟空。”众猴听说，一派欢欣鼓舞，七嘴八舌地说：“大王是老孙，我们都是二孙、三孙、细孙、小孙、一家孙、一国孙、一窝孙矣!”众猴争先恐后地奉承悟空，给他敬酒，热热闹闹。写到这段情节，《西游记》用了两句诗概括：“贯通一姓身归本，只待荣迁仙箓名”。这就是本章题目“贯通一姓”的由来。

为什么说“贯通一姓”这四个字可以回答菩提祖师把美猴王赶走的问题呢？要明白这一点，我们得对贯通一姓的含义先做个解释。“贯”本来是指穿钱的绳索，古时候把方孔钱穿在绳子上，每一千个为一贯，“贯通”就是把一千个方孔钱穿到底，形成一个全体；后来，“贯通”用以形容事物首尾连贯，畅通无阻。这里的“贯通一姓”表明，水帘洞整个猴群从上到下都一个姓，就是姓孙。

但是，如果我们进一步追问：为什么水帘洞的众猴们都姓孙呢？那就不得不回到菩提祖师赶走美猴王的事情上。因为只有菩提祖师赶了美猴王，美猴王才会回到花果山水帘洞，只有美猴王回到了花果山水帘洞，他才会向众猴们宣布自己姓孙，只有美猴王当众宣布自己姓孙，众猴们才会明白他们也姓孙了，并且做出积极响应。如果三星洞的菩提祖师当初把美猴王留下来当图书管理员、神通技术助理或者其他什么职务，那么贯通一姓也就不可能了。

当然，这里所谓贯通一姓还不只是整个水帘洞的猴群有了统一的姓这么简单，其背后还有更为深刻的含义。当菩提祖师要孙悟空离开三星洞时，孙悟空满眼含泪说："师父叫我往哪里去？"菩提祖师回答说："你从哪里来，便到哪里去就是了。"这句话实际上是一语双关。从表层看，那就是说孙悟空你就回到花果山水帘洞去吧。然而，如果我们结合菩提祖师给孙悟空赐姓取名时的解释就会明白，"从哪里来，便到哪里去"还包含着回归本根的意思。"子"与"系"合起来成为"孫"字，"子"是十二地支的开始，也代表族群繁衍的起点。正是从这个角度，我说"贯通一姓"四个字可以回答菩提祖师为什么赶走孙悟空的问题。

至于贯通一姓为什么也可以回答孙悟空被菩提祖师赶走之后如何自处的问题，是因为这四个字暗示着水帘洞猴群的生活前景。既然"贯通"表示首尾一贯，这就意味着整个猴群应该是一个整体，一环紧扣一环，毫不脱节。再说，"姓"字去掉女字旁，就是"生"，表示的是生生不息，具体落实到水帘洞就是要：求生存，图发展。这两方面，可以说缺一不可。花果山水帘洞猴群要生存，这是起码的权利，但如果没有从发展上来求生存，其生存权也是没有保障的。所以，必须谋求发展，才能保证生存；反过来看，也只有保障生存，才能进一步谋求发展。

其实，菩提祖师赶走孙悟空，就是逼着孙悟空自己求生存、图发展。当孙悟空流着泪说自己是从东胜神洲傲来国花果山水帘洞来的时候，菩提祖师就说："你快回去，全你的生命；若在此间，断然不可！"孙悟空说："上告尊师，我也离家有二十年矣，虽是回顾旧日儿孙，但念师父厚恩未报，不敢去。"祖师却说："那里甚么恩义？你只是不惹祸不牵带我就罢了！"这样的话听起来多么绝情！

美猴王与众猴狂欢玩耍

菩提祖师真的是绝情吗？其实不是。他是以一种特殊方式对孙悟空实行养性修真教育。什么特殊方式呢？就是雏鸟出巢法。许多鸟类筑巢下蛋，生了小鸟，雌鸟在鸟儿还幼小的时候四处寻找小虫等食物来喂哺，等到鸟儿差不多长出翅膀，即将学飞的时候，雌鸟会把小鸟一个个往鸟巢外推。难道雌鸟也是绝情吗？不是的，雌鸟把小鸟往鸟巢外推，其实正是爱护小鸟的表现，因为小鸟不可能永远待在鸟巢里，它们得独立生活！要独立生活，就得到广阔的天空里飞行。菩提祖师讲狠话赶走孙悟空，这与雌鸟把小鸟推出鸟巢的实质是一样的。

美猴王被师父赶走，他没有退路，只好回花果山，为生存而自我奋斗。在他离开花果山到西牛贺洲三星洞拜师的二十年间，那水帘洞曾经被混世魔王侵占，他知道这个情况后真是气冲牛斗，要找混世魔王算账。美猴王虽然赤手空拳，但因有“七十二变地煞术”，很快制服了混世魔王，夺取了混世魔王的大刀，并且用这把刀结果了混世魔王。从此，美猴王教小猴们砍竹为标、削木为刀，治旗幡、打哨子，一进一退，安营下寨，初步实现了猴群的自立。

孙悟空与混世魔王

紧接着新的问题就来了。这帮猴子操练武艺，本来只是玩耍而已，可是周边的禽王、兽王、人王却不一定这么看。因为猴群树了旗幡，又搞什么“一进一退、安营扎寨”的军事演习，人家会以为这是图谋造反，说不定什么时候就兴师绞杀。如果真的遇到这种情况，光有竹竿、木刀怎么对付得了强敌呢？可见，这样下去也还是不能真正自立。唯有改善武器装备，才能维护猴群的生存权。于是，美猴王根据四老猴提供的信息，到傲来国弄到了一批刀、枪、剑、戟、斧、弓、叉、矛等精良武器。由于美猴王的声望和影响，各地的猴子纷纷前来投奔，水帘洞的猴群组织数量达到了四万七千余口，美猴王在这里算是站稳脚跟了。

不过，仅仅实现了生存自立的初级目标，美猴王是不满足的，尤其是在自己的武器装备上，美猴王感到遗憾。他到傲来国首府弄到的那一批刀、枪、剑、戟等精良武器通通都给他的部下了，而他总觉得从混世魔王手上夺取的大刀不好用。用他自己的话说，叫作“榔槺”，也就是笨重、不灵便的意思。所以，他也想改善一下自己的武器装备。当他把这个想法向众猴们说起的时候，四老猴建议他到东海龙宫向龙王要一件兵器，应该不会有问题。孙悟空采纳了四老猴的建议到了龙宫，不仅得了如意金箍棒，而且得了藕丝布云履、锁子黄金甲、凤翅紫金冠三样披挂，高高兴兴地回到花果山。于是美猴王大张旗鼓，响振铜锣，广设珍馐百味，满斟椰酒葡浆，与众猴饮宴多时，然后继续先前的军事教演活动。这一阶段可以看作是美猴王为生存展开的自强活动。

说到自强的问题，其实在美猴王进入龙宫的情节里已有诸多暗示。这里的龙宫也是一语双关。从表层来看，龙宫无疑是指龙王居住的宫殿了；但是，如果我们联系《易经》的符号表征，就会发现龙宫本来就蕴藏着自强不息的精神。在《周易》里，龙是在乾卦中出现的，乾卦六爻自始至终都围绕龙这个主题展开。从这个意义上说，乾卦就是龙宫。在解释乾卦这个龙宫时，《周易·象传》说：“天行健，君子以自强不息。”天的运行刚健不息，君子应该效法天道，奋发图强。《象传》这一句话可以说揭示了乾卦的核心思想。孙悟空到龙宫探宝，得到的不仅是一万三千五百斤重的如意金箍棒以及多种披挂，而且得到了一种精神，即自强不息的精神。

（二）从龙宫索宝到应对招安

美猴王领导花果山水帘洞猴群，开展了自立与自强的一系列活动。从生存的角度来看，这是符合天道法则的，在受到外来力量威胁的时候采取一些防卫措施，也是应该的，无可厚非。

然而，花果山水帘洞猴群集团的第一责任者孙悟空的一些行动实际上已经超出了自立与自强的范围。表现在哪里呢？这主要表现在两个事件上。

第一个事件：扰乱了四海水族正常的生活秩序。他以客人身份到龙宫索要宝贝，照理应该遵循客随主便的风俗，但孙悟空一再提出新要求。他不满意鳜都司取出的大捍刀，也不满意鳝力士抬出的三千六百斤重的九股

四海龙王图

叉，东海龙王只好吩咐鳜提督、鲤总兵抬出重达七千二百斤的画杆方天戟，孙悟空接上手，耍一耍，还是嫌太轻。龙王一时想不起还有什么兵器可以满足孙悟空的要求，还好龙婆、龙女记得当年大禹治水时留下的镇海神针。孙悟空得了镇海神针如意金箍棒，总算基本如意，但他还有一些不太如意，觉得身上少些披挂，所以让东海龙王再赠送披挂。东海龙王如实告知没有。作为客人，孙悟空照理应该满足了，但他却赖着不走，声称“一客不犯二主”，“走三家不如坐一家”。这是什么意思？分明是要赖嘛，猴子的泼皮本性暴露无遗。当东海龙王再度说确实没有合适的披挂的时候，这孙悟空就来硬的了，他说：“真个没有，就和你试试此铁！”言外之意就是：你龙王不把披挂给老孙找来，老孙就一棒打过去啦！这就是强迫龙王献宝了。

第二个事件：梦中打杀冥府阴司官差，私改生死簿。美猴王从东海龙宫得了如意金箍棒和披挂之后，回到花果山，吩咐十健将安排筵席，以示庆祝。在这个庆祝盛宴上，美猴王喝得酩酊大醉。朦胧之中，美猴王进入梦乡，他梦见有两人拿着一张批文，上面写着“孙悟空”三个字。这两人靠近孙悟空，不容分说，把绳索套在孙悟空身上，要把猴王的灵魂勾走。美猴王踉踉跄跄，似醒非醒中看见城上有一块铁牌，上面写着“幽冥界”，知道来者是要把他带入阴司的，就说：“我老孙超出三界外，不在五行中，冥司管不着。”可是，那两位依然拉拉扯扯，孙悟空恼怒之下，就从耳朵里掏出金箍棒一棒打过去，把两个阴差打成了肉酱。他解了绳索，抡起金箍棒，一路打进鬼城，闯入森罗殿，向判官索取生死簿，看到自己的名字被列在第一千三百五十号上，阳寿是三百四十二岁。看到这个记载，美猴王不管三七二十一，命令判官取笔来，将自己的名字一笔划掉，顺便也把猴属之类的名字通通划掉，摔下生死簿，大呼：“了账，了账！从此以后不归你阎罗王管了。”然后抡起大棒，一路打出幽冥界。孙悟空梦中这些行为体现了他对抗死亡的强烈愿望，具有生存自立的意义，但从阴司管理者的角度来讲却是大逆不道的。

以上两件事造成了龙宫与阴间冥司的不满，他们分别写了告状表文，让邱弘济真人和葛仙翁天师传到灵霄宝殿玉皇大帝那里。龙宫给孙悟空罗列的罪名是：

> 欺虐小龙，强坐水宅。
> 索兵器，施法施威；
> 要披挂，骋凶骋势。
> 惊伤水族，唬走龟鼍。——第三回

阴间冥司给孙悟空罗列的罪名是：

> 逞强行凶，不服拘唤。
> 弄神通，打绝九幽鬼使；
> 恃势力，惊伤十代慈王。
> 大闹罗森，强销名号。——第三回

用今天的话语来解释，被告老孙不仅犯了胁迫罪、扰乱社会治安罪，而且犯了妨碍公务罪、篡改履历档案罪。从宗教立场看，老孙还违反了杀生的大戒，给坚守岗位、为维护领海主权尽责尽力的四海龙王以及虾兵蟹将，还有阴间的公务员们造成了很大的精神创伤。因此，两位原告强烈请求天庭大领导玉皇大帝调遣天兵天将来收降“妖孽”。

玉皇大帝听了两位原告的表奏之后，表示要派遣天兵天将到花果山捉拿孙悟空。时有太白金星禀告，孙悟空三百年来顶天履地、服露餐霞，修成了仙道，已经“与人无异”，并且有降龙伏虎的本事。从天地生化的慈恩角度，太白金星建议：降一道招安圣旨，把他宣到上界，大小授他一个官职，并且发一道公文，把老孙的人事档案调进天庭神仙人事部，便于管理。如果孙悟空接受了天庭的官职任命，看他的政绩如何，再考虑升迁奖赏；如果他来了，还是胡作非为，不守规矩，便就地擒拿。一则不劳师动众，二则收仙有道。玉皇大帝准奏，传令天庭宣传部长文曲星办理草拟诏书的事儿。诏书很快书写完毕，盖上玉皇大帝玉玺大印。太白金星便带上诏书，到地界招安。

孙悟空接受招安没有呢？当然接受了。太白金星领了御旨，出了南天门，直奔花果山水帘洞，对看门的众小猴通报了身份和来由。洞外小猴将情况一层层传至洞天深处，说外面有一个老人，背着一角文书，是上天差来的天使，带着玉皇大帝的圣旨，请咱们的大王到天上。美猴王听了大喜，吩咐小猴们赶紧把老人请进来，他迅速整理衣冠，到门外迎接。太白金星走进洞里，面朝南立定说：“我是西方太白金星，奉玉帝招安圣旨，下界请你上天，拜受仙箓。”悟空笑道：“感谢老星降临。”然后又对众猴说：“小的们！安排筵宴款待。”从这些言辞我们可以看出，孙悟空对天上来的神仙是彬彬有礼的，说明他在三星洞学的那些文化素质课还是管用的，而他这么热情接待太白金星，也体现出他是很愿意接受招安的。

就这样，孙悟空跟随太白金星到了天庭，见了玉皇大帝。玉皇大帝吩咐天庭神仙人事部分管文官、武官的仙卿，查一查天庭各部哪里干部缺编，就给孙悟空安排一个职务。查来查去，结果各宫各殿都不缺少官员，唯独是御马监缺一个正堂管事。根据这个情况，玉皇大帝授予孙悟空弼马温之职。当时，美猴王欢欢喜喜，跟随木德星官去上任了。然而，只过了半个多月，孙悟空就出天庭回花果山去了。

太白金星图

孙悟空为什么不想在天庭任职呢？他是嫌工作太累吗？不是。他一到任，就找来监丞、监副、典簿、力士等大小官员，查明本监事务，开了一个很利索的调研工作会议，严格履行职责，让属下所有人员都充分发挥才干。最重要的是，他作为御马监的正堂管事，以身作则，昼夜不睡，滋养马匹。尤其在晚上，他更是用心看管，凡是马睡着的，就把它们叫醒，赶起来吃草，到处走动的就拉回来靠槽吃草。这说明，他是不怕脏、不怕苦、不怕累，别人能干的他能干，别人不能干的他也能干。所以他出天庭，完全不是因为工作累。

孙悟空出天庭回花果山，是不是因为薪酬待遇太低？好像也不是。由于他以身作则，全副身心地投入工作，很快就把千余匹天马养得肥肥胖胖。如果要在天庭评“月绩奖”，他应该评上“基层领导干部优秀奖”，还有他带领的御马监也应该得个“先进集体奖”，并且根据业绩，颁发应有的劳务奖金，追加一定的事业经费。因为马匹在那个时候是很重要的交通工具，玉皇大帝以及大小官员出公差办事免不了要用上。然而，老孙同志没有获得月绩奖金，我们也不知道天庭给他的薪酬是多少，但无论如何，他在这个问题上并不计较。所以，他出天庭也不是因为薪酬待遇方面的原因。

那么，到底是什么原因使得孙悟空不愿意继续担任弼马温呢？说到底是尊严问题。孙悟空在御马监带领全体职工干了半个来月，一日闲暇，众监官安排酒席，一则与他接风，二则与他贺喜。正是在饮酒之间，孙悟空才知道这个弼马温原来是“不入流”的，也就是说这样的官在天庭是最低、最小的。孙悟空知道这个情况之后顿时火冒三丈，说：“这般藐视老孙！老孙在花果山，称王称祖，怎么哄我来替他养马？养马者，乃后生小辈、下贱之役，岂是待我的？不做他！不做他！我将去也！”可见，他是因为受到戏弄，起码的尊严受到伤害，才断然推倒公案，打出南天门，回花果山。

这正是：

群猴有姓，齐心协力求生存；
弼马无尊，一怒之下回故里。

孙悟空回到花果山之后情况如何？请看下一章《心意未宁》。

第七章 心意未宁

上一章，我们讲到孙悟空不满玉皇大帝聘他为弼马温，离开天庭回到了花果山。众猴问起孙悟空在天庭当官的情况。美猴王一听说官职的事儿，气呼呼地摇手说："不好说！不好说！活活的羞杀人！"这番话说明美猴王回到了花果山时还是心意未宁啊！本章我们就来讲讲"心意未宁"这四个字。

（一）孙悟空的怨言与天庭安抚

美猴王对玉皇大帝领导下的天庭有不少埋怨，将他的意思概括起来，主要有两个方面：第一，他"有无穷的本事"，给个什么弼马温是侮辱。因此，他希望"升官"，如果聘为"齐天大圣"，则可以考虑重返天庭。第二，玉皇大帝"轻贤"，"不会用人"，言外之意是应该改革天庭人事制度。对于孙悟空上述意见，站在不同立场，必定会有不同看法。

我们先来讨论一下孙悟空的第一点意见。老孙认为自己有"无穷的本事"，这虽然有些夸张，但也大体上符合他的能力。他在三星洞的时候就曾经在师兄弟面前变化松树、表演飞升等等，尤其是一个筋斗云"十万八千里"的超常速度，是任何人都达不到的，光这一项他就应该算是本事高强。天庭聘他为弼马温实在是大材小用，而且"专业"也不对口。孙悟空不满弼马温这个职务，他只是想体面地干事，希望得到应有的尊重，这要求完全是合理的。至于美猴王希望自己"升官"，并非真对官位那么看重，他在不知道弼马温职务最为卑微之前，事情不是干得好好的吗？只是后来发现弼马温实在很不体面，他才离开天宫。

再说，孙悟空提出的关于玉皇大帝"轻贤""不会用人"，希望改革天庭人事任免制度的意见，也很值得思考。

从受聘人的角度看，让本事高强的孙悟空去养马，当个弼马温，这确实屈才。不过，如果我们将一些细节考虑进来，就会发现玉皇大帝聘任孙悟空为弼马温也不是没有原因的。孙悟空是在什么情况下被聘为弼马温的？那是在天庭对各宫各殿设置的岗位查考一遍之后才聘的，可见天庭当时实施的是岗位责任制，一个萝卜一个坑，只要没有空缺，就无法再聘新人。如果当时有其他岗位，说不定孙悟空就不是被聘为弼马温了。另外，造成天庭聘任孙悟空为弼马温的原因，还有一个细节提供了线索。太白金星第二次奉命到花果山招安时，曾经对孙悟空解释了天庭授予他弼马温一职的原因，弼马温职务确实小，但天庭的规矩是："凡授官职，皆由卑而尊。"意思是讲，你孙悟空刚到天庭，不能一下子就授予高级职务。根据这个说法，孙悟空当了弼马温乃是制度问题。

从通常情况来看，官阶由低到高，一步一步升迁，先从基层干起，逐步熟悉情况，提高工作能力，然后根据业绩再升迁，这是常情。但是，这种人事制度似乎不能满足特殊人才的需要。因为特殊人才既然特殊，就得有比他人特殊的工作平台，如果按照正常情况来聘任，就不能很好发挥他们的作用。可惜当时天庭的出发点并不是考虑如何选用贤人的问题，而只是想稳住这个下界的妖猴。他们还没有充分认识到孙悟空是一个奇才，更没有破格提拔，好好任用，等到孙悟空发现弼马温原来只是最低下的官员，自然觉得受了戏弄，丧失了尊严，所以离开了天庭。

事情既然发生了，天庭该怎么办呢？很简单，派遣天兵天将将孙悟空缉拿归案就是了！当玉皇大帝知道孙悟空已经离开天庭的时候，立刻传旨封托塔李天王为降魔大元帅，哪吒三太子为三坛海会大神，巨灵神为先锋，兴师下界，捉拿孙悟空。天兵天将与美猴王率领的猴群在花果山大战一场，天兵天将最终输了，只好鸣金收兵回到天庭，向玉皇大帝请求救兵。

为了能够促使玉帝尽快调集兵马围剿孙悟空，哪吒三太子将战斗情况做了报告，他说："望万岁赦臣死罪！那妖猴使一条铁棒，先败了巨灵神，又打伤臣臂膊。洞门外立一竿旗，上书'齐天大圣'四字，道是封他这官职，即便休兵来投；若不是此官，还要打上灵霄宝殿也。"哪吒三太子重点讲了三件事：第一，孙悟空的武器是一条铁棒，这在天庭的武器装备库里从来没有见过，属于高端新式武器，实在难于对付，所以巨灵神和哪吒都输给这个妖猴了；第二，妖猴分庭抗礼，他要求天庭封给齐天大圣的官衔才休兵；第三，如果不封给这个官衔，妖猴就要发起进攻，而进攻的目标就是灵霄宝殿。

玉皇大帝

三太子这样一描述，果然让玉皇大帝感到震惊，他说："这妖猴何敢这般狂妄！着众将即刻诛之。"看起来玉皇大帝对孙悟空的行为是真的愤怒了。在这个关键时刻，太白金星又站出来说话了，他奏道："那妖猴只知出言，不知大小。欲加兵与他争斗，想一时不能收伏，反又劳师。不若万岁大舍恩慈，还降招安旨意，就教他做个齐天大圣。"太白金星的意思是，孙悟空虽然要求封他为齐天大圣，但这个妖猴实际上根本不懂什么官衔大小。如果兴师动武，与妖猴对战，恐怕一时难于降服这个妖猴，反而让天庭的兵马辛苦劳累，还不如降一道招安的圣旨，就让妖猴当个齐天大圣。

太白金星的建议是不是被玉皇大帝采纳了呢？当然采纳了。玉皇大帝为什么会再度采纳太白金星关于招安的建议呢？因为太白金星说了一通很有政治智慧的措施。所谓措施就是四个字："有官无禄。"什么叫有官无禄？就是给个空头官衔，不给具体的事情干，也不发给应有的酬劳薪资。这样做对于天庭有什么好处呢？据太白金星的说法，至少有这么几条：第一，不给俸禄，可以不增加人头费，节约天庭的政治成本、生活成本。第二，"养在天壤之间，收他的邪心，使不生狂妄"，意思就是说，花一点小小的安抚费用，把妖猴养起来，这等于把他控制住了。这种做法虽然也得花一点小钱，比如盖一座大圣府，请一些侍卫，但这样的成本比起兴师动众的花费要节省很多。因为兴师动众，不仅需要战争动员费、武器装备费，还有伙食费、运输费、远征奖赏费等等。发动一场战争，那是要一笔很大的财政支出的。与其把钱耗费在战场上，不如以招安的办法解决问题，这样就可以把节省下来的钱用以天庭的基本建设，例如搞绿化环保，也可以给各宫各殿增发年终奖金，这样上上下下都高兴，何乐而不为？第三，更为重要的是，这样做可以使"乾坤安靖，海宇得清宁"。什么叫安靖？就是秩序稳定的意思，而清宁则表示清静安宁。我们知道，古时候通常用"乾坤""海宇"代表广袤的宇宙。这样看来，避免一场恶战，能够使世界各地都安定宁静，当然是大好事，所以玉皇大帝也就采纳招安的建议了。

（二）齐天大圣"安心定志"

玉皇大帝批准了招安建议，太白金星即刻带上天庭的诏书，出了南天门，直奔花果山水帘洞。这一次，花果山的气氛与从前大不相同，只见威风凛凛、杀气森森，各样妖精一个个都舞刀弄枪的，在那里咆哮跳跃，一见太白金星，都上前动手。看来，美猴王领导的花果山猴群已经进行了充分的战前准备，战争一触即发。

太白金星看到水帘洞口众妖精杀气腾腾的样子，立刻让执勤站岗的妖精头目进洞向美猴王报告，说有上帝派来的天使要面见美猴王。妖精头目马上把话往洞里传，洞里很快回话，有请天使光临。见了面寒暄之后，太白金星向美猴王说明了玉皇大帝关于招安的决定。太白金星说："当天庭众将知道你在花果山树起齐天大圣旗号的时候，都想开打，一个个跃跃欲试，是我力排众议，冒着死罪上了招安的奏折，免除了兴旅劳师的灾难，请大王上天授箓。玉帝准奏，因此我特来邀请你上天。”太白金星这样表白，是为了证明招安决定来之不易，当然，也讨个顺水人情，与孙悟空拉近感情，好进一步做工作。

孙悟空听说这回还是招安，不禁心生警惕。因为上次也是太白金星下来传达玉皇大帝招安旨意，孙悟空上天当了个弼马温，实在丢了面子。所以，这一次他多了个心眼，连忙问道：“不知上天可否有此齐天大圣之官衔也？”孙悟空为什么这样问呢？因为他没有忘记，天庭得先有岗位，才能聘任，像今天政府机关得先有县长、省长、总理之类的岗位，才能聘任相应的职务。所以，他要先搞清楚是不是有齐天大圣这样的官衔。如果有，就跟太白金星上天去，才不至于白费力气；否则，就在这花果山水帘洞当美猴王。

太白金星招安美猴王

太白金星怎么回答孙悟空呢？他这样说：“老汉以此衔奏准，方敢领旨而来；如有不遂，只坐罪老汉便是。”太白金星的话表明了两层意思：第一，我给玉皇大帝上的奏折，就是保准能够聘你为齐天大圣的。至于天庭原来是不是设立了齐天大圣这样的岗位，太白金星没有说，不必说，也不可能说。第二，如果在聘任上有问题，你不满意，一切由我承担就是了。太白金星这样说等于是给孙悟空担保，让他吃了定心丸。

既然太白金星说得这样肯定，孙悟空也就相信了。为了对太白金星表示感谢，孙悟空准备宴请太白金星，但因为公务紧急，太白金星婉言谢绝。于是，孙悟空就跟随太白金星驾起祥云，再次上了天庭，面见玉皇大帝。玉皇大帝亲口对孙悟空说了聘任的岗位是齐天大圣，其官职达到“极品”，也就是高得不能再高了，既然给了最高品，那就应该守规矩，照章办事，不要耍性子，胡作非为。

颁发了任命诏书之后，玉皇大帝就传命工干官张、鲁二班——大概是天庭“建设部”正副部长——负责给孙悟空盖齐天大圣府，地点就选择在蟠桃园右边，府内设了两个司：一是安静司，一是宁神司。从这种布局来看，齐天大圣府是很有象征意味的。因为“安静”“宁神”就是让心神安宁下来，不要冒出狂躁念头，不要闹闹腾腾，这就叫作安心定志。

孙悟空住进了齐天大圣府，是不是完全安心定志了呢？答案是否定的。他虽然官拜齐天大圣，但就像太白金星所说的那样，其实根本就不知道这个官衔实际上有多高，也不管工资薪水有多少，也没有打听这方面的消息，只知道名分高就是了。他爽快地接受这个空头官衔，整天在许多仙吏前呼后拥之下，欢天喜地、吃吃喝喝，看起来相当体面、风光，几乎到了乐不思花果山的地步了。不过，依禀性，孙悟空是闲不住的，他会友游宫、云去雾来，行踪不定。

这样的事儿让天庭四大天师之一的许旌阳真人很不放心。有一天玉皇大帝早朝，许真人就奏了一本，认为孙悟空如此清闲，将来恐怕会生出事端。因此，许真人建议玉皇大帝派点事儿给孙悟空干干。玉皇大帝准奏，吩咐孙悟空就近管理蟠桃园。玉皇大帝派这个差使，纯粹是为了防止孙悟空招惹是非。谁知道，这一招反而惹出了更大的麻烦。老孙进了蟠桃园之后，面对满园的蟠桃，垂涎三尺。为了一饱口福，先是把随园的土地神、力士以及大圣府的仙吏支开，自己爬到树上摘桃受用。尝到甜头之后，老孙似乎上了瘾，此后，每过三两日就去设法偷桃吃。

孙悟空为什么这样喜欢蟠桃呢？因为他是猴子出身。猴子在饮食上最大的爱好是什么呢？依我看就是爱吃桃子。这一点，我是有亲身体验的。记得有一年我到武夷山，在半山腰遇上了一群猴子，游客纷纷丢东西给它们吃，有的丢苹果，有的丢香蕉，有的丢花生，有的丢葡萄，有的丢馒头，猴子看到这些东西，你争我夺。后来，我扔了几颗桃子下去，猴群转而扑向桃子，把别的食物撇在一边了，这说明桃子对猴子最具吸引力。从这种情况看，孙悟空进了蟠桃园，设法吃桃，乃是由猴子的天性决定的。

再说，蟠桃园的桃子非同一般。孙悟空到了蟠桃园，看到压满枝头的蟠桃，惊奇地问土地神："这里的蟠桃树有多少株？"土地神就说有三千六百株。这三千六百株分为三种类型：最前面一千二百株，花微果小，三千年一熟，人吃了成仙了道，体健身轻；中间一千二百株，层花甘实，六千年一熟，人吃了霞举飞升，长生不老；后面一千二百株，紫纹缃核，九千年一熟，人吃了与天地齐寿，与日月同庚。如此千载难逢的桃子就在眼前，不吃才怪呢！要是我看见了，恐怕也得摘它几个尝鲜。

《西游记》为什么要抓住孙悟空吃桃大做文章呢？其弦外之音是什么？这是我们应该深入探讨的。如果我们应用《易经》象数学进行分析，就会

齐天大圣私闯蟠桃胜会

发现蟠桃的背后蕴藏着极大的奥妙。我们来数一数“蟠桃”这两个字的笔画。“蟠”字几画呢？是十八画，将之除以八卦之数八，余数是二。在先天八卦图中，二代表兑卦。我们再看“桃”字几画？是十画，依然将之除以八卦之数八，其余数也是二，这个二照样代表兑卦。

这样说来，蟠桃蕴藏着兑卦。孙悟空到了蟠桃园，就遇上新的麻烦了。这麻烦就出在代表猴子的“申”这个字上。“申”字是五画，在《易经》中，五居于兑卦上卦之中，兑卦九五爻辞说：

> 九五，孚于剥，有厉。

“孚”是诚信的意思，“剥”是削弱的意思，“有厉”就是危险。果然，孙悟空进了蟠桃园，就被好吃的桃子所引诱，并且一步步陷进去。他不仅把那些成熟的上等仙桃吃了很多，而且变成赤脚大仙的模样，混入瑶池之中，尽情享用那里的美酒佳肴、龙肝凤髓、熊掌猩唇，完全搅乱了王母娘娘的蟠桃胜会。孙悟空已经有了齐天大圣的官衔，本来应该好好履行代管蟠桃园的岗位责任，但他为什么要闯入瑶池捣乱呢？除了满足口欲之外，最重要的原因是他发现了齐天大圣一职虽然在表面上看是“极品”，但在实际上依然没有地位。这一点，是孙悟空从七仙女那里得知的。当七仙女在蟠桃园与孙悟空相遇时，孙悟空问起她们为何来摘桃子？仙女们回答是因为西王母要举办大型的蟠桃胜会，孙悟空就问请的是一些什么客人，仙女们罗列了东西南北中各方的神仙菩萨，还有天庭各殿的大小尊神，但客人名单里唯独没有齐天大圣。这老孙一听，心中很不是滋味，说：“我乃齐天大圣，就请我老孙做个席尊，有何不可？”显然，老孙是很在意自己是否被西王母邀请这件事的。试想一想，各殿的大小神仙都被邀请了，而齐天大圣却不在其中，他的内心能够平静吗？

这正是：

> 遭受戏弄，水帘洞主心不静；
> 代管桃园，齐天大圣意难平。

齐天大圣乱了蟠桃胜会之后，情况如何？请看下一章《醉走兜率》。

第八章 醉走兜率

上一章，我们讲到孙悟空奉玉帝旨意代管蟠桃园，因为西王母没有邀请孙悟空出席蟠桃胜会，他感到有失面子，所以变成赤脚大仙，在蟠桃胜会举办之前混入瑶池，把里面的美酒佳肴吃了个遍，弄得西王母的蟠桃胜会无法照常举行。与此同时，他因为酒醉走错了路，进了太上老君炼丹的兜率天宫，又偷吃了五个葫芦的金丹。本章我们就围绕孙悟空醉走兜率天宫偷吃金丹的问题进行探讨。

（一）孙悟空误入兜率天宫

《西游记》第五回描写孙悟空吃了瑶池宴预备的各种美酒佳肴之后紧接着有这么几句：

> 好大圣，摇摇摆摆，仗着酒，任情乱撞，一会把路差了；不是齐天府，却是兜率天宫。

从字面上看，孙大圣因为酒醉，对周围环境认识不清，结果把路走错了。如果进一步追问，他摇摇摆摆，为什么没有“摆”回自己的齐天大圣府，反而走向陌生的兜率天宫呢？为了弄清这个问题，我们必须对齐天大圣府和兜率天宫的位置有个大体了解。

齐天大圣府盖在什么地方呢？第四回告诉我们：就在蟠桃园右前方。这样，我们只有搞清楚蟠桃园的位置，才能明白齐天大圣府的位置。而要搞清楚蟠桃园的位置，又必须对天庭整体布局有个大体了解。天庭建筑群是怎样布局的，这个问题谁能说得清呢？恐怕连玉皇大帝也说不清。他老人家说不清，我当然也不可能完全说清。不过，如果从艺术构思方面看，还是能够捕捉到字里行间蕴藏的一些信息的。依据中国传统建筑体制，天庭布局大体上与北京故宫布局相当，合乎九宫八卦方位模式。整个天庭依照子午线定南北坐向，排列成为井井有条的建筑群落。玉皇大帝上朝的灵霄宝殿相当于故宫里皇帝处理政事的太和殿，居于整个建筑群落的南端正门内，是外朝的核心。与外朝相对应，皇宫设有内廷，这是皇帝与后妃们生活起居的地方。为了生活更加丰富多彩，皇宫建有御花园，它属于内廷建筑群体的延伸，布局在皇宫后方，像北京故宫的御花园，位于紫禁城中轴线上、坤宁宫之后。天庭中的蟠桃园大体上相当于故宫的御花园，应该是在北面。由蟠桃园的位置我们可以推断，齐天大圣府坐落于九宫八卦方位的东北艮卦位置。艮卦以山为本象，其基本含义是止。玉皇大帝把齐天大圣府的位置选在艮卦方位，其用意就是要让孙悟空收心。因为艮卦的重要含义之一就是抑止躁动的心思，所以齐天大圣府内部机构有“安静”“宁神”两个司，这实际上是象征着天庭对孙悟空的管束。

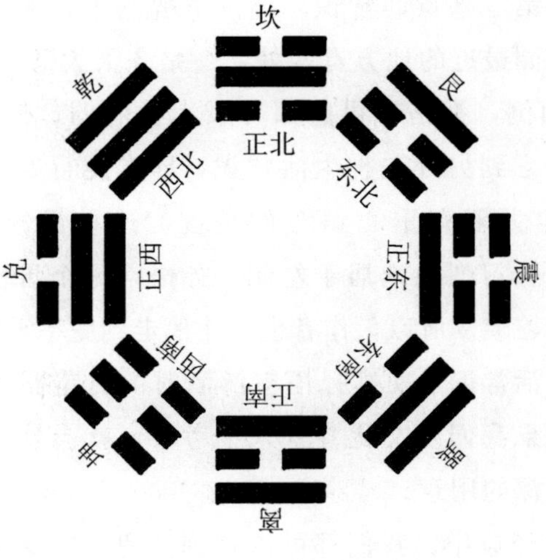

八卦方位图

我们再来考察一下兜率天宫的位置。虽然从《西游记》的描述中，我们无法直接了解到兜率天宫的具体方位，但从孙悟空的一句话里却能够找到关于兜率天宫位置的线索。孙悟空酒醉了，恍恍惚惚，来到一个处所，他顿然醒悟说：

兜率宫是三十三天之上，乃离恨天太上老君之处，如何错到此

间？——第五回

这里出现的数字“三十三”很重要，因为其中蕴含着兜率天宫方位的基本信息。倘若我们运用《周易》象数学来解读，就会明白天庭建设部设计的兜率天宫是在什么方位了。“三十三”除以八卦之数八，余数是一。在先天八卦里，一代表乾卦，本来是在正南方；但时间流转，先天变后天，于是乾卦就跑到了西北方。由于蟠桃园坐落于北方坎卦位置，大门朝北，站在蟠桃园大门外往前看，乾卦就居于左侧了。齐天大圣喝了酒，本能地行走，最终就跑到了位于乾卦位置的兜率天宫。

说到这里，可能有人会问，酒醉时走路是没有定准的，连方向感都很差，孙悟空没有走到别的什么地方，比如闯入王母娘娘的殿堂或者嫦娥居住的广寒宫，怎么偏偏到了兜率天宫呢？实际上，这是作者的有意安排。

从表层上看，作者安排孙悟空醉走兜率天宫，遵循着两种生活常识：第一是就近常识，第二是重心常识。孙悟空醉酒了，他乱走，但再乱也得由近而远。离蟠桃园最近的地方有两处，一是齐天大圣府，一是兜率天宫。孙悟空不论怎样颠倒，都是有可能回齐天大圣府的，但结果却不是这样。这是因为作者又考虑到另外一种生活常识，即本能行走的重心问题。在下意识状态下，行走大多有重心偏左的情况。这种情况在男性中尤其明显，即意味着男人会习惯性地居于左侧。孙悟空是个男性，在酒醉状态下行走也得符合这种习惯。所以，作者也就让他走到兜率天宫了。

不过，依照生活常识来安排孙悟空醉酒时的行走路线，这还不是作者最重要的考虑。如果我们从文化背景入手考察，就会发现作者让孙悟空走到兜率天宫还有更深的用意。

在佛教、道教经典中，我们都可以找到“兜率”这个词。其中既有表征净土修持的“兜率内院”，也有彰显禅学秘旨的“兜率寺”；既有暗示天道轮回的“兜率修罗”，也有表征率性任真的道门“兜率宫”。可见，《西游记》是有所依循的。然而，在《西游记》中作为太上老君炼丹场所的兜率天宫原型到底在何处呢？我以为就在江西省龙虎山仙岩极顶。该处的兜率宫，坐西朝东，九根大柱支撑屋面，显得气势非凡。这座兜率宫建造年代较早，可能在三国时期第四代天师张盛由四川省大邑县鹤鸣山移居龙虎山时就筹划修建了，至唐代开元、天宝年间，唐玄宗又亲赐第十五代天师张高众多银子，以支持重建。宫中供奉的主神就是太上老君，这一点与《西游记》颇能吻合。当然，我这样说并非意味着《西游记》完全照搬龙虎山兜率宫的建筑模式。事实上，《西游记》在摹写现实的基础上又进行了颇具新意的艺术加工。一方面，作品融入了佛教的宇宙空间概念以及净土思想；另一方面，作品又灌注了道教的修炼精神，其中可能暗示修道者可以通过兜率宫脱胎换骨、羽化升仙。因为“三十三天”与长生不老是联系在一起的。《道德经》讲“三生万物”，这个“三”就是万物生生不息的源头，甚至可以说，“三”就代表生。当年孙悟空不远万里到灵台方寸山斜月三星洞拜菩提祖师学的主要内容就是长生不老术。所以，兜率天宫坐落于“三十三天”，也象征着生生不息，长生不老。再说，第三十三层天之名“离恨天”也同样有这样的暗示。什么叫作离恨？顾名思义，离恨就是离开情天恨海，进入齐同万物的精神境界。达到了这种境界，不就是脱胎换骨、永超轮回了吗？

（二）兜率天宫炼丹房的隐秘

齐天大圣摇摇摆摆撞入兜率天宫，本来并没有什么目的，但在偶然中他走进了太上老君的丹房，看见丹炉中有火，左右安放着五个葫芦，葫芦里装的都是炼就的金丹。孙悟空一看大喜，说：

> 此物乃仙家之至宝。老孙自了道以来，识破了内外相同之理，也要些金丹济人，不期到家无暇；今日有缘，却又撞着此物。趁老子不在，等我吃他几丸尝新。——第五回

齐天大圣立刻把葫芦倒翻，像吃炒豆一样把金丹吞了个干净。以上这段情节有三个问题值得探讨。第一，兜率天宫葫芦里的金丹到底是什么东西？第二，太上老君为什么在兜率天宫里炼丹？第三，怎样看待孙悟空把金丹当作“仙家之至宝”的事？现在，我们分别考察一下这三个问题。

首先，我们来说说到底什么是金丹？所谓金丹，有外金丹与内金丹的分别。外金丹，简称外丹，指的是以金石为原料烧炼而成的药物。“丹”就是丹砂，即红色的硫化汞。金丹的制作方法，主要是飞炼之法，“飞”其实

道人炼丹

就是一种升华方式。由升华而形成的药物就是丹药，这种炼制丹药的技术就叫作炼丹术。由于丹砂可以通过炼制形成药金，金丹术也称作点金术。

外丹烧炼后来被用以比喻人体精气神的调理。炼丹家把身体比作炉鼎，把意念看作火，把元精看作炼丹的原料。调整呼吸，就好像外丹烧炼时以风吹火，具有“进火”的功效。这样一来，也就形成了一套完整的内丹学理论。关于这个方面，《西游记》在后来的许多情节里都有象征性的描述。不过，在第五回中孙悟空偷吃金丹的情节则主要是讲外丹的事。

其次，我们来说说太上老君为什么在兜率天宫里炼丹？作为道教教主，太上老君这个名称是很神圣的。“太上”表示至高无上，“老君”表示长生不老，成为尊长。东汉末年，张道陵创立道教，以老子为教主，以老子《道德经》五千言教化百姓，尊称老子为太上老君。

从先秦各种史料文献中，我们找不到老子炼丹的记载。然而，当老子变成了道教教主之后，他就与古老的炼丹术结下了不解之缘。一方面，道教文献大量叙说太上老君传授丹道之事，例如《太上混元真录》在讲述老子度化关令尹喜的时候即称，老君授关令尹喜《神丹经》《金液经》及《入炼九转还丹伏火之诀》。很明显，这三部书都是关于金丹炼制的典籍。另一方面，在许多道教圣地，也有种种关于太上老君炼丹的遗迹与传说。例如河南省鹿邑县的老君台大殿之后就有老君炼丹房，再如河南洛阳的下清宫、终南山、华山以及各地林林总总的老君山，几乎都有关于太上老君炼丹的传说和圣物。事实证明：太上老君炼丹实际上已经积淀为一种文化原型。太上老君既是道教教主，也是激励道教中人修炼金丹的象征。

太上老君与炼丹相连，并不是偶然的，而是历史文化交融的结果。从源头上考察，道家文化可以追溯到五千年前的黄帝时代。相传黄帝时期已经懂得烧炼金丹的技术，唐代大诗人李白《飞龙引》写道：

黄帝铸鼎于荆山，炼丹砂。
丹砂成黄金，
骑龙飞上太清家，
云愁海思令人嗟。
宫中彩女颜如花，
飘然挥手凌紫霞，
从风纵体登鸾车。
登鸾车，侍轩辕。
遨游青天中，其乐不可言。

李白这首诗以黄帝在荆山炼丹制作黄金器皿为题材，表现服食丹药、飞升道教太清胜境的快乐与美妙。作为诗人，李白写的这首《飞龙引》虽然充满了艺术想象力，但也并非全无所本。其实，在大家所熟悉的司马迁《史记·封禅书》以及问世于西汉的《黄帝九鼎神丹经诀》中早有关于黄帝铸鼎炼丹的记载和描述。据说，黄帝采首山之铜，在荆山铸鼎，炼丹服食，时有巨龙，从天而来，垂下长长的龙须，迎接黄帝，黄帝顺着龙须，上了龙背。当时，群臣后宫有七十多人都跟着上了龙背，巨龙冉冉升起。那些没有来得及上龙背的小臣争先恐后地抓龙须，企图跟着黄帝飞升，因为抓的人太多，把龙须都给抓掉了，巨龙摇头摆尾，把黄帝随身带的一把长弓抖落下来。老百姓们仰望着飞升而去的黄帝身影，抱着长弓与掉下来的龙须放声大哭。所以后世就把黄帝飞升的那个地方叫作鼎湖，把那把长弓叫作乌号，以示纪念。李白正是根据这样的古老传说来写作《飞龙引》这首诗的。

黄帝在荆山炼铜铸鼎

黄帝时期是否已经有炼丹活动？目前尚未找到确切的实物证据。不过，在道家与道教文化体系中，黄帝一直是古老的炼丹活动的一面旗帜、一种象征。战国之际，黄老之学大兴，黄帝学说与老子学说贯通起来，形成一种影响巨大的思想力量和文化传统。既然黄帝在先，并且早有炼丹实践活动，那么居后传承黄帝思想文化的老子，自然也应该是炼丹理论的传承者，这合乎历史演化的逻辑。

所以，从汉代开始，金丹学的著述每每引述老子《道德经》作为根据。

黄帝骑龙

难怪《西游记》作者笔下的太上老君成为兜率天宫丹房的大老板、总工程师、总设计师和总化验师，他不仅有一个司炉的团队，而且最终炼就了九转金丹。太上老君本来要召开一个丹元大会，让各地的天仙、地仙、菩萨都来品尝九转金丹，可惜却被孙悟空吃光了。从天庭来讲，这当然是一件遗憾的事；但就孙悟空来讲，无疑是千载难逢的好机会，所以孙悟空发现了兜率天宫摆放的五个葫芦会如此兴奋，大加赞赏，称“此物乃仙家之至宝”。

我们如何认识孙悟空所讲的“此物乃仙家之至宝”呢？金丹真的如美猴王说的那么神妙吗？这猴子说的话，我们当然不可全信，但也不可都不信。因为猴子嘛，要弄人的情况还是有的，猪八戒以及众多妖精不是都被他耍得团团转？可见美猴王说的话，我们得考虑考虑。为什么又说不可都不信呢？因为美猴王毕竟把金丹吞进肚子里去了，而且神采奕奕、容光焕发，还真让人生出几分羡慕来。

仔细揣摩一下，我们不难发现，美猴王这句话是很讲究的，他说的“至宝”是有限定的。这是谁的“至宝”？是“仙家”的。那么，对“仙家”

以外的其他生灵来说，“此物”是不是“至宝”呢？美猴王没有说。因此，这句话只有放到宏观文化背景中来审视，才能有一个比较可靠的结论。

从历史角度看，金丹作用是相当复杂的。这种复杂性可以从三个方面来说明：

第一，金丹曾经是非常诱人的。许多以金丹为题材的神话传说至今传诵不绝，例如西河少女的故事就是如此。葛洪《神仙传》说，古时候有两个官差从西河边上经过，看见一个十七八岁的少女在鞭打一位老翁，就上前劝告。少女回答说：“啊，长官，请别介意，我打的是我儿子。”官差一听，好像行走在五里云中，非常迷惑。少女说：“长官，且听我说来。很久以前，我的舅舅曾经给我一些丹药，我按照舅舅说的办法服食，所以一直保持年轻的容貌。为了让我儿子也一样年轻，我让他服药，可是他却不听话，拒绝服食，以至衰老得不成样子，所以我得教训他！”这个故事虽然有点不可思议，却表达了中国先民力图抵抗衰老的决心。

西河少女

第二，金丹形形色色，有人服用金丹延年益寿，有人服用却一命呜呼。如何服用金丹，有一个剂量把握的问题。但不论怎样服用，金丹都是有副作用的，因为作为硫化汞的丹砂是有毒的。历史上，有不少皇帝、文人迷信金丹，服用过量，结果疾病缠身，命丧九泉。唐代更是如此。这是值得反省的历史教训。

第三，金丹烧炼，经历了长期试验，对古代化学、医学、养生学都产生了积极的推动作用。在中国古代四大发明中，火药的发明就是来自于金丹试验，还有大家喜欢的豆腐也与金丹试验有关。相传西汉时期，淮南王刘安召集天下宾客数千人，讲经论道，著书立说。在他召集的宾客中，有八个高人，号称八公，擅长炼丹。在试验中，他们发现了豆腐的制作方法，传承不绝。至于金丹在药物学上的作用，许多科学家已经作了总结。至今，中医里的许多药物都带有一个“丹”字，例如仁丹、救心丹等等，说明古老的金丹文化在我们的生活中依然有价值。

从以上情况来看，我们虽然不能完全认同美猴王关于“此物是仙家之至宝”的看法，但却应该看到金丹试验对于古代科技发展的积极推动作用。而偷吃金丹的美猴王，虽然有背社会道德，但他能够以身体做实验，也算是有所贡献。

这正是：

> 仗酒任情，大圣误入兜率宫；
> 慧眼识宝，仙家灵丹有妙用。

欲知孙悟空偷吃金丹后会发生什么，请看下一章《两军大战》。

第九章 两军大战

上一章，我们着重解读了孙悟空醉酒误走兜率天宫偷吃金丹的事，考察了兜率天宫在天庭的方位，分析了太上老君在兜率天宫炼丹的原因。本章我们要追踪孙悟空出了兜率天宫、回到花果山之后的情形，主要内容就是剖析出师与迎战这一组情节。大家知道，出师与迎战表示两个军事集团对垒。在《西游记》中，这两个集团，一个是以玉皇大帝为首的天庭军事集团，另一个是以孙悟空为首的花果山猴群军事集团。这两个集团是怎样出师和迎战的呢？

（一）玉皇大帝出师花果山

话说孙悟空偷吃了御酒和金丹之后，知道自己闯了大祸，便使了个隐身法，从西天门出了天庭。他飞呀飞呀，不久就看见花果山，于是纵身一跳，回到了花果山。

众猴们准备了椰子酒和诸多美味可口的佳肴，为他们的最高领导美猴王接风洗尘。谁知道，花果山的这位最高领导为了摆阔气，只喝了一口椰子酒，就呲牙咧嘴地说："不好吃！不好吃！"然后就大谈自己在天庭如何喝御酒、吃珍品的事儿，以显示自己是多么地见多识广！不过，为了表示自己对"故乡人"——众猴们的惦记和关爱，孙悟空在显摆了不平凡的经历之后，又一个筋斗飞到天庭瑶池上，悄悄地拿走了琼浆玉液，回到花果山，办了个仙酒会，让猴子猴孙分享快乐。

接着，作者笔锋一转，描写玉皇大帝知道孙悟空乱了蟠桃盛宴的事儿之后，派遣天兵天将到花果山缉拿劣猴。这段情节，实际上讲的就是出师。《西游记》影视片根据原作，对玉帝派兵下凡与孙悟空斗法的事儿进行了多方渲染。天兵天将，腾云驾雾；花果山上，旌旗飘扬；神妖大战，热闹非常。这让观众们在视觉上得到了极大满足。然而，玉帝为什么要出师？作者是根据什么理论来描写玉帝出师的？这是需要进一步思考的问题。

顾名思义，出师就是出兵打仗。一方面，出师表示为了达到某种目的，主动发兵进攻；另一方面，出师也表示为了抵御敌人的进攻，被动出兵迎战。在中国古代，战争时有发生，所以记载“出师”的文献颇多。例如《左传·文公十六年》有这么一段话：

> 夫麇与百濮，谓我饥不能师，故伐我也。若我出师，必惧而归。

“麇与百濮”指的是位于楚国外围的两个方国，而“我”指的是楚国。方国什么是呢？学者们有不同的解释，但一般是指由原始时代的部落组织衍变而来的、以族姓血缘联系为基础的社会集团。商王朝时代，部族很多，殷墟卜辞中大多称之为“方”，而《周易·既济》九三爻辞也有“高宗伐鬼方”的说法，说明“方”在殷商时期是很重要的社会组织形式。这种形式一直到春秋战国时代依然保存着，麇与百濮就属于这种类型。麇位于今湖北省郧县之西，百濮主要分布于今金沙江流域、怒江、滇池、哀牢山、乌蒙山等地。

《左传》这里记录的是楚国大臣贾对当时战争形势的分析。麇与百濮认为楚国遭受饥荒，已经没有战斗力，所以就兴师来攻打楚国。这时候，楚国如果出师，麇与百濮就会害怕而退兵。按照《左传》的描述，果然在十五天之后，百濮就作鸟兽散了，而麇由于失去百濮的联合。在不久之后也销声匿迹了。这个事例表明，出师是一件影响到人们生存的大事情。

古代出师，一般都需要经过组织队伍、战争动员、发号施令、出兵交战等不同阶段。作为一种神魔斗法的文学作品，《西游记》当然不是对某个现实战争事件进行具体描述，而是借助出师这种形式，推进情节发展，制造一种特殊气氛，为塑造神仙人物服务，尤其是为强化孙悟空的超凡能力服务。

《西游记》是怎样描写玉皇大帝出师的？其中有哪些方面值得我们注意的？我想，至少有三个方面：

首先，出师有名。作为天庭最高统帅，玉皇大帝并不是随便出师的。正如人间社会一样，天庭出师也得有理由。玉皇大帝派遣天兵天将到花果山围剿孙悟空的理由何在呢？我们看到《西游记》第五回后半部分有一大段写的是孙悟空偷吃了蟠桃宴中的御酒、佳肴之后诸神纷纷告状的情节。先是七仙女向西王母诉苦，说齐天大圣使法术定住她们，接下来是西王母向玉皇大帝报告事情原委，再接下来是那帮造酒的工匠仙报告御酒被偷，还有太上老君说起供玉帝开“丹元大会”用的“九转金丹”也被盗了。不久之后，甚至连齐天大圣府的仙官也越级前来报告“孙大圣不守执事，自昨日出游，至今未转，更不知去向”。面对这一系列情况，玉皇大帝的态度经历了一番变化，先是“悚惧”，然后是“添疑思”，再就是“大惊”。之所以由“悚惧”而“大惊”，最重要的是赤脚大仙的报告。按赤脚大仙的说法，孙悟空是奉了玉皇大帝旨意，让他来邀请赤脚大仙到通明殿演习礼节，然后再去参加蟠桃胜会。赤脚大仙听信齐天大圣的话，赶到通明殿，结果扑了个空。听了赤脚大仙的报告，玉皇大帝为什么会“大惊”呢？不是因为齐天大圣戏弄了赤脚大仙，而是因为齐天大圣假传圣旨。不过，玉皇大帝还是没有马上出师，而是派纠察灵官“缉访”，做一番特别的调查。纠察灵官领旨后即刻展开详细调查，然后将具体情况向玉皇大帝报告，证明“搅乱天宫者，乃齐天大圣也”。这下子玉皇大帝大怒，才决定发兵。可见，玉皇大帝并不是仗恃天庭势力大就随便用兵，而是持谨慎态度的。

其次，出师有阵。所谓“阵”就是阵容，包括人员配备以及作战队伍的组合排列方式。玉皇大帝在听了纠察灵官的调查结果之后，即刻调兵遣将。他调遣的将领包括：四大天王、托塔李天王、哪吒太子，还有二十八宿、九曜星官、十二元辰、五方揭谛、四值功曹、东西星斗、南北二神、五岳四渎、普天星相。这些将领率领十万天兵，真可谓浩浩荡荡。玉皇大帝所调遣的兵将有许多来源，但更多的则是道教天神谱系中的众多神明，例如二十八星宿神、四值功曹、十二元辰。

实际上，这些天将暗示着以时间、空间为坐标体系的力量整合。例如四值功曹便与时间关系密切，他们是道教所信奉的值年、值月、值日、值时的四位小神。按道教的描述，年、月、日、时都有神仙执掌，他们分别记录人间事态，并且担任传令官。《西游记》把道教的功曹信仰纳入玉皇大帝调遣的兵将体系，体现了一种调动时间能量的构想。至于十二元辰，则代表天体空间的一种能量。在中国古代天文学中，十二元辰本来表示沿着赤道由东到西将周天划为十二个等份，用地平方位表示就是子、丑、寅、卯、辰、巳、午、未、申、酉、戌、亥。道教认为，天体十二周都有神明管辖。《西游记》中的“十二元辰”即出于道教的天神信仰，其中寄托着一种调动空间能量的愿望。此外，二十八星宿、九曜星官、东西星斗、五方揭谛、五岳四渎可以说都具有空间属性，象征着天地间所有神力都被调遣了。

复次，出师有律。《周易·师卦》初六爻辞说：“师出以律。”什么叫作“律”呢？许多学者认为，“律”就是法律，引申之，则为号令。这样说当然没有错，问题在于通过什么形式来表现号令、法律呢？我认为是音律，比如说擂鼓、吹号。相传黄帝与蚩尤大战于涿鹿之野，九次交锋，都不能战胜蚩尤，黄帝军队士气逐渐低落。为了鼓舞士气，黄帝让部下们想想办法，最终在东海流波山找到了一种动物叫作“夔”，剥了皮造鼓。据说这种鼓的声音可以传播到四面八方，将士们听到鼓声，军威大振，就把蚩尤打败了。后来，鼓就成为打仗不可缺少的武器，发挥着特殊作用。为什么鼓有如此巨大的威力呢？因为鼓代表着号令，不同的鼓点传递着不同的军令。所以，《周易》所讲的“师出以律”，指的是运用鼓点、号角来传递号令，让将士们能够步调一致，协同作战。在传递号令的过程中，鼓点、号角是有节奏、有旋律的，这就是乐律。从这个角度说，“师出以律”就是以特别的乐器发出具有号令意义的旋律，鼓舞士气，指挥作战。

《西游记》是怎样表现天兵天将“师出以律”的呢？第五回用了一篇赋描写战斗场面，其中有这么几句：

> 四大天王权总制，五方揭谛调多兵。李托塔中军掌号，恶哪吒前部先锋。

在这段描述中，“掌号”这两个字即透露了“师出以律”的信息。“号”字上面的“口”是器皿的形状，表示吹奏某种器具，使之发出声音，“口”之下那个部分表示声音传递。这种声音非常响亮，像老虎啸叫，于是就在“号”的右边加上“虎”，成为“號”，以示威风。在军队里，有军号，作为一种管乐器，它发出的音响也是合乎音乐旋律的。李托塔居于中军“掌号”，一方面说明他是这场战争的总指挥，另一方面则反映了他可能善于吹号。当然，李天王也可能只是坐镇指挥，让专门的吹号手来吹号，发布军令。不过，我们看不到有兵士专门吹号的情节，大概李托塔本来就喜欢吹号吧。吹号调动千军万马是多么得意的事啊！

托塔李天王

（二）齐天大圣迎战众天兵

在十万天兵天将围困花果山的危急关头，孙悟空作为花果山的猴元帅，他是如何应对天庭围剿的呢？

首先是以诗酒应对。在大兵压境的情况下，孙悟空并没有慌里慌张地迎战，而是继续与七十二洞妖王、四健将分享仙酒。当看守的小妖报告“外面有九个凶神，口称上界来的天神，收降大圣”的时候，孙悟空似乎不当一回事，笑笑地说：

美猴王与众猴饮酒

今朝有酒今朝醉，莫管门前是与非！——第五回

话刚刚出口，又有一群小妖跳来说：“那九个凶神，恶言泼语，在门前骂战哩！”老孙不屑一顾地说：“莫睬他”，然后又念了两句诗：

诗酒且图今日乐，功名休问几时成。——第五回

作者在这里让孙悟空化用了古诗以及杂剧中的名句。前一句化用的是唐朝罗隐的《自遣》，该诗末两句为“今朝有酒今朝醉，明日愁来明日愁”，从后一句两个“愁”字的重复使用看，罗隐心中是充满凄凉、愤嫉之情的。罗隐仕途坎坷，十举进士不第。由于这样的经历，他伤感忧愁，进而表示及时行乐，这是可以理解的。孙悟空引述罗隐的诗，将最后一句改

了，表示“莫管门前是与非”！门前的是是非非都别管，依旧喝他们的酒。从艺术角度看，老孙改诗的水平虽然不怎么样，但这一改不仅把愁绪一扫而空，而且彰显了镇定自若的心态。后一句化用的是元杂剧《醉思乡王粲登楼》第三折里许达念诵的一首诗：

诗酒当前且尽情。功名休问几时成。
天公自有安排处。莫为忧愁白发生。

对照一下可知，孙悟空把这首诗的第一句稍作改变，保留了第二句。从原诗第三、四句来看，许达是在规劝王粲应该想开点，不要被功名拖累得忧愁满腹、白发苍苍。孙悟空稍微改变，表现出他处事不惊的性格特点。天庭重兵围困，闯到洞口叫阵大骂，但老孙却能够以诗酒为乐，显示了他沉稳的一面。套用我们今天经常说的一句话，那就是具有乐观主义精神。

作者为什么要写孙悟空出战之前与七十二妖王和四大健将饮酒作乐呢？我想，这首先是营造气氛的一种需要。我们前面说到玉皇大帝讲究出师有名，那么孙悟空领导的花果山猴群集团也应该是迎战有理。他被天兵天将的先头部队九曜星官几度辱骂，都置之不理，表现了孙悟空是先行退让的。虽然这谈不上先礼后兵，但为他后来猛烈出击做了很好的铺垫，表明老孙也是讲道理的嘛！

其次是列阵迎敌。当九曜星官打破洞府之门的时候，老孙终于坐不住了，他即刻发出军事动员令，组织队伍迎战。先是派了独角鬼王领帅七十二洞妖王出阵，但这些兵将并没有取胜，而受到了围追堵截。作者写独角鬼王所率领的七十二洞妖王被天庭先锋部队九曜星官轻而易举打败，这其实是为了凸显老孙这个核心人物的特有魅力和高大形象。就艺术角度来讲，要突出主人公的方法很多，其中有一种方法叫作相形见强。所谓相形见强是与相形见绌对比而言的，如果说相形见绌是把两种物件排列在一起，以显示其中一种物件品质的低劣，那么相形见强则是通过暴露某一方的弱势而衬托出另一方的优势。在这里，《西游记》写独角鬼王帅七十二洞妖王迎战失败，显然可以衬托孙悟空力战强敌的高大形象。

当作者把独角鬼王帅七十二洞妖王迎战失败的战况交代之后，紧接着浓墨重彩地描写孙悟空力战九曜星的情形：他叫一声“开路!”掣开铁

大战天兵天将

棒，幌一幌，碗来粗细，丈二长短，丢开架子，打了出来。九曜星哪里敢抵挡，一时纷纷退却，只好立住阵势，靠打口水仗来显示威风，他们骂老孙是“不知死活的弼马温”，一五一十地重新罗列孙悟空的罪状，揭露他先偷桃，后偷酒，搅乱了蟠桃大会，又窃了老君仙丹，又将御酒偷来此处享乐，并且给老孙定性为犯了“十恶之罪”。这罪名是够大的，因为“十恶”包括了“谋反”“谋叛”等项，都是罪恶滔天、不能赦免的，所以九曜星这样定罪，已经在精神上把孙悟空逼到了绝境，制造了新的紧急状态。但是，孙悟空并没有被九曜星这种口水战打垮，他干脆承认所有罪状，大笑说：“这几桩事，实有！实有！但如今你想怎么样?”好一个硬汉子的口吻，大有敢作敢当的气概！这时候，九曜星火上加油，将辱骂叫阵再度升级，命令孙悟空必须快快投降，否则就要踏平花果山，掀翻水帘洞。面对九曜星不断的辱骂，孙悟空方刚之气终于大爆发，他抡起金箍棒，左遮右挡，把那九曜星战得筋疲力竭，一个个倒拖器械败阵而走，急入中军帐下。

这一场大战，齐天大圣为什么能够打败十万天兵天将呢？除了美猴王英勇善战之外，还应该归功于他的“七十二变地煞术”。当四大天王与李托塔、哪吒太子一起围攻齐天大圣的时候，齐天大圣就使用了拿手的变化手段，他扯了一把毫毛，丢在口中，嚼一嚼，吐出去，叫一声“变!”就变了千百个大圣，都使的是金箍棒。顿时，那天庭诸将眼花缭乱，不知所措，哪吒太子与四大天王都被打败了。

如果我们从战术上分析一下齐天大圣的变形就会发现，原来这正合于传统兵学的形势理论。《孙子兵法·形篇》有云：

> 兵无常势，水无常形。能因敌变化而取胜者谓之神。

用兵没有固定不变的方式方法，就像水流没有固定的形状一样，能够根据敌情变化而取胜的，就称得上用兵如神了。齐天大圣以一成百，以百化千，千变万化，这不就是兵法上所说的“神”吗？

这正是：

> 围困妖猴，九曜星败阵花果山；
> 抵挡天将，孙大圣报捷水帘洞。

究竟天庭能否平定花果山的妖猴以安天下？请看下一章《小圣施威》。

第十章　小圣施威

上一章，我们说到齐天大圣施展分身术，迷惑了哪吒三太子，打败了四大天王。这一仗，花果山猴群对天庭冲击很大，玉皇大帝因此相当忧虑，一时束手无策。后来观音菩萨推荐了二郎神来降伏孙悟空。这一章我们要探讨的就是二郎神施威捉拿孙悟空的问题。

（一）从身世看二郎神施威的内涵

《西游记》第六回写二郎神奉天庭玉皇大帝御旨前往花果山围剿老孙领导的造反队伍时，用一首七言诗赞美二郎神，其中有这么四句：

腰挎弹弓新月样，手执三尖两刃枪。
斧劈桃山曾救母，弹打棕罗双凤凰。

这两句诗提到了三样武器：一是“弹弓”，二是“三尖两刃枪”，三是“斧”。这三样武器无疑可以显示二郎神的威风。尤其值得注意的是，作者采纳民间传说桃山救母的故事时，将那把具有巨大威力的板斧与母亲联系起来，这是以象征手法寄托了上古时期的威武意蕴。因为母在古代又称威姑，表明母亲在氏族中居于核心地位。在二郎救母的故事中，作为女性的母是一个被救对象，而不是发号施令的将军或领导，二郎神使用的斧头以特有的方式展示了神奇力量，因为整座桃山能够被这把斧头劈开，足见他手中这样武器非同小可。

二郎神为什么具有这种神威呢？他在围剿花果山的时候又是如何施展神威的呢？为了弄清这个问题，我们有必要稽考一下二郎神的来历。在《西游记》中，二郎神是在孙悟空对抗天兵天将的紧要关头出现的。当时十万天兵天将无法降服老孙，受邀参加瑶池蟠桃大会的观音菩萨，知道玉皇大帝正在为不能降伏弼马温这只泼猴而苦恼，于是向玉皇大帝推荐了二郎神。书中这样描述：

> 观音合掌启奏：“陛下宽心，贫僧举一神，可擒这猴。”玉帝道：“所举者何神?”菩萨道：“乃陛下令甥显圣二郎真君，现居灌洲灌江口，享受下方香火。他昔日曾力诛六怪，又有梅山兄弟与帐前一千二百草头神，神通广大。奈他只是听调不听宣，陛下可降一道调兵旨意，着他助力，便可擒也。”玉帝闻言，即传调兵的旨意，就差大力鬼王赍调。

上面的情节透露了几个重要信息：第一，二郎神是玉皇大帝的外甥，具有可靠的天庭血统；第二，他有很好的工作经历，曾经剪除了作孽的六大妖怪；第三，他有实力雄厚的工作团队，是地方实力派代表人物；第四，他神通广大，可以在关键时刻发挥不可替代的作用。

二郎神与哮天犬

《西游记》是根据什么原始素材来刻画二郎神形象的？观音菩萨讲述的二郎神居住地透露出一点信息。按观音菩萨的说法，二郎神居住在“灌洲灌江口”。弄明白这个地点，对于我们了解二郎神的原型及其形象变迁非常重要。关于这个问题，已经有不少人做出解释。我个人以为，《西游记》讲的“灌洲灌江口”乃是四川省灌县境内的灌江峡口，即当今的成都市都江堰灌口镇。“灌口灌口，灌江之口”，古称灌江口，后来简称为灌口。这里有一座二王庙，历史上又称作二郎庙。既然称作二郎庙，供奉的主神当然是二郎神。

二郎神到底是谁，向来有不同说法。宋代学者朱熹在《朱子语类》卷三中有一段评说：

> 蜀中灌口二郎庙，当初是李冰因开离堆有功，立庙。今来现许多灵怪，乃是他第二儿子出来。初间封为王，后来徽宗好道，谓他是甚么“真君”，遂改封为“真君”。

李冰治水

朱熹这个说法首先承认二郎神的籍贯是蜀中灌口。按照朱熹的描述，这个二郎神最初似乎指李冰。因为李冰凿开离堆，建造了举世闻名的都江堰，于民于国有功，所以老百姓敬仰他，就立了庙来祭祀。他说的“今来”就是宋代，而“现许多灵怪”则表明二郎神在宋代颇为灵验，并且演化出许多怪异传说。

朱熹说李冰因为开离堆有功而立庙，这是有事实根据的。司马迁《史记·河渠书》中早已有李冰“凿离堆辟沫水之害，穿二江成都之中”的记载。随着时间的推移，李冰逐渐被神化，例如李昉编的《太平广记》卷二九一摘录的《成都记》即称：“灌江有蛟龙危害”，李冰变化成牛与蛟龙搏斗等等。李冰变成神，所以灌江口建庙祭祀他是完全合情合理的，只是庙中的李冰虽然享有香火，却不是二郎神。《朱子语类》讲的话比较含混，容易造成李冰就是二郎神的误解。

至于说李冰之子二郎成神的说法，实际上也有一个演变过程。“郎”在古时候乃是对青年男子的称呼，例如《西游记》中孙悟空称二郎神为“小小郎君”，元人杂剧《二郎斩蛟》称二郎神为“少年都美清源公”，表明“郎”乃是青年男子；另外，“郎”也指王侯的侍从官、副官，例如侍郎等。“二郎”既可以理解为两个郎，也可以看作是第二郎。

李冰神石人造像

从相关文物来看，早先所谓“二郎”应该是指两个郎。关于这一点，我们可以从镇水三神石人造像得到佐证。1974 年，都江堰河底出土了东汉末年造的镇水三神石人造像之一，专家判定这尊造像就是李冰。次年，又在河底出土了缺头的持臿神石人造像，他的身材苗条，比李冰矮小，显然是青年男子，也就是所谓“郎”。根据东汉石像对称的原则，专家推断，尚未出土的第三个神石人应与第二个持臿神石人相同，对称地侍立在李冰神石人造像两侧。由此可见，侍立于李冰左右的青年男子即是两个郎，简称为二郎。久而久之，两个郎变成第二郎，于是李冰二子也就成为二郎神了。宋代以来，这种说法盛行，二郎神的地位显著提升，影响逐渐扩大，有关二郎神的诗词曲赋等艺术作品也流行起来，灌口二郎庙香烟缭绕，前来朝拜二郎神者络绎不绝，充分显示了二郎神在民间社会的巨大影响力。

不过，值得注意的是，《西游记》中的二郎神却并不姓李。第六回写二郎神见了孙悟空声称要擒拿“造反天宫的弼马温猢狲”时，老孙反唇相讥：“我记得玉帝妹子思凡下界，配合杨君，生一男子，曾使斧劈桃山的，是你么?”孙悟空这句话是在揭二郎神的短，也透露出这个二郎神姓杨。

如此说来，《西游记》中的二郎神与都江堰灌口二郎神是不是无关呢?当然不是。这种情况只能表明，二郎神的原型相当复杂。所以，我们必须从更为广阔的视野来探索这个问题。

大家知道，《西游记》中的二郎神最重要的特征是眉心中有纵向一目。这样的特征可以远溯至古蜀国王蚕丛。道书《灌江备考》说：“二郎为蚕丛之后，故额上有一纵目。”《蜀王本纪》则说：“蜀之先王名蚕丛，其目纵。”这两条资料都表明，蜀国先王本来就有个“纵目”。近年在距都江堰仅数十公里的三星堆古蜀国遗址的大型祭祀坑中，发掘出一尊青铜造像。这尊集神、巫、王于一身的宗教领袖——青铜纵目人造像与都江堰二王庙中的二郎神形象何其相似!

为什么蚕丛眉心间会有纵目呢?我认为，那正是蜀国先民山居养蚕生活的写照。就文字构型来看，“蜀”本来就是强化眼睛的蚕虫。上面横排的“目”，表征放大了的蚕虫眼睛；下面部分表征蚕虫的头部与身躯。现在，汉字“蜀”的下半部分依然有个“虫”字，足以证明此字的确蕴含着蜀地先民种桑养蚕的生活信息。成都在古时候又叫锦官城，也反映了养蚕

青铜纵目造像

织锦的原初风貌。所以《诗经》有云：

蜎蜎者蠋，烝在桑野。

这里的“蜎蜎”形容蚕虫爬行的样子。整句的意思是讲，弯着身子爬行的桑蚕，就躲在茂盛的桑树林里面。可见，养蚕织锦在蜀地具有悠久的传统。这种传统使得蜀地先民对蚕虫怀有一种真挚的情感。当蜀国先王成为神的时候，蚕虫的大眼睛也就被凸显出来。作为蜀国先王蚕丛后裔的二郎神也就具有了纵目。

在历史文献中，古蜀国王蚕丛不仅是养蚕生活的象征，而且也是狩猎的高手。早在甲骨文里，已有蜀人善猎、为商王室做“射人”的记载，原题扬雄所撰《蜀王本纪》也言及蜀王善于狩猎，而《华阳国志》更有蜀王“因猎谷中，与秦惠王遇”的描述。狩猎就得有专门的武器和猎犬。1940 年四川新津出土的五口古蜀王钟，其中两口有猎犬图案。此外，近年四川三星堆出土的代表神权、王权的九十多厘米长的玉兵器——玉璋，无论在造型上还是在装饰上都与民间说唱文学所描述的二郎神使用的兵器颇为相似。这一切无疑为二郎神猎人形象的塑造提供了蓝本。所以，在灌口二王庙大殿中，纵目的二郎神塑像供奉于正中；侍立两旁的道童，左童持弹弓，右童持宝剑。二郎神大殿右侧放置铁铸神犬；与铁犬对称的左侧位置上，放着二郎神的独特兵器——铁铸三尖两刃刀。这样的造型与《西游记》中的二郎神形象几乎是如出一辙。因此，我们有理由认为：《西游记》中的二郎神造型与灌口二王庙中的二郎神形象具有共同的来源，这个共同来源就是古蜀国王蚕丛。

明白了二郎神的原型来自古蜀国王纵目人蚕丛后，《西游记》中二郎神姓杨的问题也就迎刃而解了。因为古蜀国王蚕丛乃是大禹部族的后裔，而大禹出生于蜀地石泉，也就是今天四川省北川县，是羌族的后裔。许慎《说文解字》称："羌，西戎牧羊人也，从人从羊，羊亦声。"这个"羊"字恰好与"杨"谐音，所以晋代张华在《博物志》中说，"川西杨姓为羊化子孙"。这样看来，《西游记》中的二郎神应该具有羌族的血统。

种种迹象表明：蚕丛代表的蜀地先民养蚕、狩猎实践乃是二郎神形象得以产生的历史依据。经过长期演变，民间社会中终于形成了一个纵目、手持三尖两刃刀、身随细犬的杨姓二郎神形象。

（二）从大圣受擒看小圣施威

在《西游记》作者笔下，二郎神神通广大，具有七十二变的齐天大圣最终还是被这位"小圣"擒拿了。二郎神是怎样施威的？他到底施展了什么奇妙的法术把神通广大的孙悟空给治理了呢？

在二郎神接到天庭最高领导玉皇大帝的御旨，率领部众到了花果山时，天兵天将已布下了天罗地网。看到这个阵势，二郎神向四大天王与托塔李天王说了一段意味深长的话：

> 小圣来此，必须与他斗个变化，列位将天罗地网，不要幔了顶上，只四围紧密，让我赌斗。若我输与他，不必列位相助，我自有兄弟扶持；若赢了他，也不必列位绑缚，我自有兄弟动手。只请托塔天王与我使个照妖镜，住立空中。恐他一时败阵，逃窜他方，切须与我照耀明白，勿走了他。——第六回

从二郎神的叙说可以看出，天兵天将本来布下的天罗地网是"幔顶"

的，也就是说封闭得严严实实。由此，二郎神提出了三点要求：第一，改幔顶的天罗地网为开顶的天罗地网；第二，抓妖的一切行动由他的工作团队来处理，其他兵将不要插手；第三，唯一需要帮助的是请托塔天王打开照妖镜，监视妖猴的行踪。

小圣二郎神为什么对天兵天将提出上述要求呢？他其实是在使用“迷复”战法。“迷复”这个词出于《周易·复卦》上六爻辞：迷复，凶，有灾眚。意思是说，迷入歧途，不知道回复，有凶险，灾殃祸患要降临。按《周易》的复卦（䷗）六爻，上面三爻都是阴爻，构成了坤之象，代表地，下面三爻两阴爻一阳爻，构成震之象，代表雷。六爻合起来就变成了“雷”在地中的态势，这当然是暗藏危险了。

仔细琢磨一下《西游记》关于天罗地网的陈述，我们不难看出其中即隐含着一个复卦的形象。因为这个天罗地网一开顶，就形成中空，用《周易》爻象来对照，就是上面有一连串的阴爻，而最底下的地面是接连不断的，这就形成一个阳爻。整体串起来，便成为一个复卦之象。

关于天罗地网形成的复卦之象，如果我们再结合二郎神的七兄弟中“七”这个数字，就更加可以看清《西游记》作者依照《周易》的复卦原理来描写二郎神捉拿老孙的兵法情节。在第六回中，当天使来到灌江口传达玉皇大帝御旨的时候，作者特别交代了二郎真君的梅山兄弟乃是康、张、姚、李四太尉，郭申、直健二将军，再加上二郎神就是七兄弟，七这个数字并不是杜撰的，而是具有深意的，其中蕴含着《周易·复卦》的“七日来复”精神。该卦的卦辞称：

> 复，亨。出入无疾，朋来无咎；反复其道，七日来复。利有攸往。

复卦象征回复，是吉利亨通的。阳气内生外长，不会发生疾患，朋友往来也不会有咎害；反转回复，这是天道运行的法则。过了六天之后，到第七天，一定会反复回归的。天道呈现出吉利的征兆，所以可以前往。揣摩一下卦辞可知，复卦最重要的精神是讲究回复之道，有回复才能畅通。二郎真君七兄弟暗示的正是这种回复的契机，而七在《周易》中又是少阳之数，象征事物初生，朝气蓬勃。

一方面，让天罗地网开顶，天兵天将围于四周，把孙悟空控制于下；

另一方面，二郎真君七个兄弟可以上下回复，所以孙悟空在这场较量过程中被二郎神的细犬一咬腿肚就迷复了，终被擒拿。

大圣孙悟空虽然被小圣二郎神七兄弟擒拿了，但问题并没有了结。为什么说没有了结呢？因为作者在写悟空迷复的背后隐藏着一个更大的迷复，这就是如何战胜自我，由迷而回复。为什么这样说呢？因为小圣二郎神从某种意义上来讲，就是大圣孙悟空的一面镜子，二者之间具有许多相似之处。孙悟空会七十二变，二郎神也会七十二变；孙悟空会戏弄人，二郎神也会戏弄人。尤其具有象征意味的是：二郎神追击孙悟空，孙悟空跑到灌江口，竟然摇身一变，变成二郎神，守庙的鬼判都认不出来。等到二郎神赶到灌江口，孙大圣现出本相，却说："郎君不消嚷，庙宇已姓孙了。"庙宇本姓杨，眼下却姓孙，孙与杨，我就是你，你就是我，这种形象之间的映衬、重叠实在令人琢磨。《西游记》安排一个在能力等方面类似于孙悟空的二郎神来收拾孙悟空，无疑是意味深长的。作者以奇妙的情节暗示了老子在《道德经》第三十三章中说的一句话：

> 胜人者有力，自胜者强。

老子告诉我们，在体力上胜过别人，这只是表明有力量，而真正的强者能够克服自己的弱点，战胜自己。二郎神与孙悟空打斗，可以说正蕴含着如何战胜自我的生命理趣。

这正是：

> 二郎纵目，古蜀蚕丛为先祖；
> 大圣受擒，七日来复有玄机。

那么，孙悟空是不是能够战胜自我呢？请看下一章《收摄心猿》。

第十一章　收摄心猿

上一章，我们追溯了小圣二郎神的身世、原型，考察了二郎神与梅山六兄弟密切合作捉拿孙悟空的过程。种种迹象表明，二郎神与孙悟空有许多相似之处。从某种意义上看，二郎神可以当作孙悟空的一面镜子，孙悟空被二郎神捉住，实际上意味着一个如何战胜自我的问题。不过，整个过程显示：孙悟空最终被捉拿，除了二郎神兄弟努力之外，很重要的原因是太上老君用金刚套打中了孙悟空的天灵盖，这才把孙悟空捆绑起来。二郎神捉住孙悟空之后如何处置了呢？本章我们就要来谈这个问题。

（一）八卦炉里炼妖猴

《西游记》第七回先是叙述孙悟空被众天兵押去斩妖台下的情形。孙悟空虽然被绑在降妖柱上，却没有被真正降服。天兵天将刀砍斧剁，枪刺剑刳，都休想伤害他；南斗星君命令火部众神放火煨烧，也无法把他烧着；雷部众神以雷屑钉打，也不能伤损他一毫。这时候，天兵天将们纷纷向天庭最高领导——玉皇大帝报告状况。接下来，出现了这样一段情节：

> 玉帝闻言道：“这厮这等，这等……如何处治？”太上老君即奏道：“那猴吃了蟠桃，饮了御酒，又盗了仙丹。我那五壶丹，有生有熟，被他都吃在肚里，运用三昧火，煅成一块，所以浑做金钢之躯，急不能伤。不若与老道领去，放在八卦炉中，以文武火煅炼。炼出我的丹来，他身自为灰烬矣。”玉帝闻言，即教六丁、六甲将他解下，付与老君。老君领旨去讫。

太上老君所说的话包含两个方面的内容：一是说明孙悟空为什么不会

被伤害，其原因在于他吃了五壶生、熟掺杂的金丹，眼下已经变成了“金钢之躯”；二是提出建议，请玉皇大帝把妖猴交给他处置。太上老君说的话，涉及丹道的许多概念。为了弄懂《西游记》作者的用意，我们有必要对其中的一些概念稍作解释。

什么是“三昧火”呢？在佛教、道教的许多经典中都可以见到这个名称。不过，应该注意的是，孙悟空这时候还没有拜唐僧为师，所以“三昧火”只能从道教方面寻找根源。署名施肩吾的《钟吕传道集·论魔难》在谈到修炼走火入魔时称“急起三昧真火以焚身，一挥群魔自散”，说明宋代以前道教早有“三昧真火”的说法。按照吕洞宾《指玄篇》的陈述，“三昧真火”指的是心君之“神火”、肾臣之“精火”、膀胱之“气火”。心在上部，其火为上昧；肾在中部，其火为中昧；膀胱在下部，其火为下昧。在《西游记》第七回中，太上老君讲的“三昧火”即是心、肾、膀胱三者协调而形成的“真火”。为什么把这种火称作“昧”呢？原来，这个“昧”字是“日”与“未”的组合，“日”代表太阳，为热能产生的源头；“未”是十二地支之八，它与十二个月中的六月相对应。古时候以子代表十一月，丑代表十二月，寅代表正月，以此类推，“未”就是代表六月。六月是阳气充足的时候，据说运用“三昧火”可以炼就超强坚固之品。

什么是“八卦炉”呢？这是中国古代道教炼丹的一种器具。它首先是一种炉子，具备炉口、炉胆等基本要素；但是，这又不是一般的炉子，而是具有特殊构造、特殊作用的炉子。在长期的实践过程中，道教中人创造了许多丹炉，例如偃月炉、既济炉、八卦炉等。在《西游记》中，太上老君使用的即是“八卦炉”，它依据《周易》的“八卦”原理而建造，这八卦的顺序是乾、坤、震、巽、坎、离、艮、兑，分别代表天、地、雷、风、水、火、山、泽，分列于八个方位。当六丁、六甲把孙悟空交给太上老君之后，太上老君即让他领导的炼丹团队解去孙悟空的绳索，将他推入八卦炉中，吩咐看炉的道人、架火的童子，将火煽起煅炼。

兜率天宫里的炼丹工作团队是怎样运用八卦炉来“锻炼”老孙这妖猴的呢？太上老君在向玉皇大帝的建议中提到的是用“文武火”锻炼。这“文武火”就是文火与武火的合称，其中，火力小而弱叫作文火，火力大而强叫作武火。在炼丹过程中，不能从头到尾都用文火，也不能从头到尾都用武火，而应该文武结合，进退有序，这就叫作火候操持。

八卦炉

锻炼要持续多久呢？《西游记》第七回有一句话提示："真个光阴迅速，不觉七七四十九日，老君的火候俱全。"这里的"四十九"是根据《周易·系辞传》的"大衍数"确定的。"大衍数"本是占卜算卦时的数理推演，《系辞传》谓：

大衍之数五十，其用四十有九。

所谓"大衍"，指的是太极的衍生、发展。大与太相通，大可以读作太，谓宇宙至高至大；衍表示开展、延长。大衍之数为什么是五十呢？在《易经》中，"太极"之数为一，也就是老子《道德经》讲的"道生一"，这个一也叫作天数一；由一衍生出二，就构成了最初的地数，称作地数二。由太极之数一加上地数二，就构成了天数三；由地数三加上太极之数一，构成了地数四；由地数四加上太极之数一，构成了天数五；由天数五加上太极之数一，构成了地数六；由地数六加上太极之数一，构成了天数七；由天数七加上太极之数一，构成了地数八；由地数八加上太极之数一，构成了天数九；由天数九加上太极之数一，构成了地数十。将五个天数"一、三、五、

七、九”相加，其和是二十五，将五个地数“二、四、六、八、十”相加，其和为三十，再将地数之总和二十五加上天数之总和三十，这就构成“天地之数”，共五十五。因为天数、地数都经历五次累加，所以虚五而不用，也就是将五十五减去五，就剩下五十，这个五十就是大衍之数。为什么“其用四十有九”？因为天地之数与大衍之数的推演都有赖于太极之数一，所以虚其一而不用，这就成了四十九。

用数学的式子表示就是：

天数之和：1＋3＋5＋7＋9＝25

地数之和：2＋4＋6＋8＋10＝30

天地之数：25＋30＝55

大衍之数：55－5＝50

古代《易经》专家称天地之数、大衍之数可以“定吉凶”“生大业”，也就是可以演算出六十四卦，从而判断事物的发生、发展和演变过程，这种理念被后来的炼丹家所采用。《西游记》以“四十九日”为火候之数足，正出于《周易》的象数思维。

经过了七七四十九天的锻炼，最后是不是把这只妖猴烧成灰烬了呢？《西游记》紧接着说：“忽一日，开炉取丹，那大圣双手侮着眼，正自搓揉流涕，只听得炉头声响。猛睁眼看见光明，他就忍不住将身一纵跳出丹炉，忽喇的一声，蹬倒八卦炉，往外就走。慌得那架火、看炉，与丁甲一班人来扯，被他一个个都放倒，好似癫痫的白额虎，风狂的独角龙。老君赶上抓一把，被他一捽，捽了个倒栽葱，脱身走了。”很显然，炼了这么长时间并没有把孙悟空烧死，更没有把他化为灰烬。这到底是为什么呢？原来，这八卦炉有个巽宫之位。所谓“巽”代表风，有风则无火。只是风搅得烟来，把一双眼熏红了，弄得妖猴老害眼病，故唤作火眼金睛。

《西游记》作者为什么要设计八卦炉锻炼妖猴这样的情节呢？有人以为这是为了强化孙悟空的形象。因为他经过七七四十九天的烧炼最后炼成了火眼金睛，使他的本领更加强大了，其个性特征也更加突出了。从艺术表现方面考虑，这种看法是可以成立的。不过，仅仅看到这一点，我认为是不够的。

事实上，《西游记》作者写八卦炉中炼妖猴还有更深的用意，这就是以锻炼妖猴来象征收摄动荡的心意。作者在描述孙悟空蹬倒八卦炉之后，用了一首诗暗示这种意图：

猿猴道体配人心，心即猿猴意思深。
大圣齐天非假论，官封弼马是知音。
马猿合作心和意，紧缚拴牢莫外寻。
万相归真从一理，如来同契住双林。——第七回

作者透露，那只难于降服的猿猴就是“人心”。早先天庭敕封石猴为弼马温，也具有类似的用意。如果“人心”就像猿猴闯荡不已，那么凡俗的意念就像狂奔的野马，是难于驾驭的。“马猿合作”表示人的心意交杂，时时刻刻都在闹腾，让人不得安宁。正因为如此，作者告诫：应该把心猿、意马“紧缚拴牢”。

当我们沿着这个思路查找丘处机道长《磻溪集》的时候，发现其中早有这样的说法，他在《示众》诗中写道：

触情常决烈，非道莫参差。
忍辱调猿马，安闲度岁时。

丘处机道长诗中的“猿马”指的就是心意。两相对照，不难看出彼此在思想上具有惊人的相似之处，这不能不让人更加感到《西游记》早期文本与丘处机道长关系密切。

（二）如来佛五指镇猴精

经历七七四十九天锻炼的妖猴不但没有被降服，而且还蹬倒八卦炉，再度大闹天宫。好猴精，他不分上下，使铁棒东打西敌，更无一神可挡，直打到通明殿里、灵霄殿外。幸有佑圣真君的佐使王灵官执殿，他见孙悟空纵横，便使出金鞭冲上前方挡住，说：“泼猴何往！有吾在此切莫猖狂！”这孙悟空，不由分说，举棒就打，那灵官鞭起相迎，两个在灵霄殿前

厮浑一处。

正在紧要关头，佑圣真君赶快草拟了一份紧急公文，派遣了当时的信息传递官火速前往雷部搬救兵，雷部调了三十六员雷将一起奋战。一时间，杀声震天，惊动了玉皇大帝。玉皇大帝赶紧派游弈灵官同翊圣真君到西方请如来佛祖来降伏。正是在这样的危急时刻，如来佛祖唤阿傩、迦叶二尊者相随，离开雷音宝刹，径直到了灵霄门外。如来佛祖亲临现场，其结果可想而知，终于把大乱天宫的孙悟空给镇住了，平息了一场规模浩大的战争，恢复了天庭的和谐稳定。

正如太上老君的八卦炉一样，如来佛收镇猴精的情节也具有深刻的象征意味。大家知道，如来佛乃是西方极乐世界的精神领袖，本来可以不管东方的事，但他为什么介入了玉皇大帝领导下的东方天庭与花果山猴精的战争之中呢？这当然是有原因的。这个原因在游弈灵官同翊圣真君到了雷音宝刹拜见如来佛祖的时候实际上已经讲清楚了。当如来佛祖问起“玉帝何事，烦二圣下凡”时，两位天庭派遣的神仙即一五一十地罗列了花果山妖猴弄神通、乱世界的罪行。其中，最重要的一点是告诉如来佛祖，天庭派了三十六位天兵天将，都不能靠近猴精，情况十分紧急，所以玉皇大帝请求如来佛祖前往“救驾”。听了游弈灵官、翊圣真君的报告，如来佛祖就对众菩萨说：

> 汝等在此稳坐法堂，休得乱了禅位，待我炼魔救驾去来。
>
> ——第七回

如来佛祖这句话透露出许多重要信息：他当时正在指导众菩萨修习禅定功夫。用今天的眼光看，这好比是博导带领着一班博士生，正在进行理论与实际相结合的实践操作，是很忙的，如果不是万分要紧的事儿，如来佛祖大概是不会轻易出门的。再说，如来佛祖把捉拿猴精的事当作“炼魔”，说明他并不支持孙悟空大乱天宫的行为，如来佛祖把自己接受玉皇大帝请求到东方来的行动定位为“救驾”，这表明他是乐于帮助玉皇大帝平息猴精之乱的。

综合以上情况，我们可以判断：在“炼魔”问题上，佛教与道教的立场是一致的，彼此不仅没有矛盾，而且还采取了联合行动。

由于如来佛亲自出马帮助玉皇大帝维持天庭的秩序，孙大圣这个猴精尽管本领高强，却逃不出如来佛的手掌心，如来佛五个手指头化成的五行山最终把孙悟空压住了。

《西游记》作者是根据什么来构想如来佛祖五指化作五行山的？从《西游记》本身的文字，我们很难找到直接的资料可以证明如来佛祖五指与五行的关系。不过，如果我们看看中国传统医学脏象理论，就会明白《西游记》这个情节产生的文化根源。中国传统医学脏象理论认为，人体最为重要的器官有五脏，即心、肝、肾、肺、脾，五脏与金木水火土五行对应，心属火，肝属木，肾属水，肺属金，脾属土。五脏的情况可以通过外象表现出来，手指也是体现人体内脏机理的重要外象。其中，拇指属土，主脾胃，主意；食指属木，主肝胆，主魂；中指属火，主心脏，主灵；无名指属金，主肺，主魄；小指属水，主肾，主志。这种脏象理论早在《黄帝内经》中就已经成型。尽管我们不能断定《西游记》作者是直接依据中国传统医学脏象理论来构想五指化五行山的情节，但至少可以说中国传统医学脏象理论的流行为其创作提供了重要的文化背景。

孙悟空在佛祖手掌上

如来佛祖用五行山压住孙悟空意味着什么？照理，法力无边的如来佛在驾临现场的时候，立刻就可以将五指化为五行山来降服猴精，但他并没有立即采取行动，而是先让雷将停止作战，并且直接与孙悟空对话。孙悟空怒气冲冲，提出了让他接管玉皇大帝天庭的要求。猴精的理由是：皇帝轮流做，明年到我家。自己有七十二般变化，万劫不老长生，会驾筋斗云，一纵十万八千里。这样的超凡功夫理应可以谋个大元帅的职位，所以玉皇大帝只能将天宫的军事指挥权和宝座让出来。这说明这个时候的孙悟空具有十分强烈的权力欲望。不仅如此，他还有强烈的名利追求。他与如来佛祖打赌，一个筋斗飞出，在半空中看到“五根肉红柱子，撑着一股青气”，以为是到天的尽头了，他随即想到：“这番回去，如来作证，灵霄殿定是我坐也。”但转而又想，应该做个记号，回去才好与如来说话，于是就在那中间柱子上写一行大字：“齐天大圣，到此一游。”写完之后，他还不放心，接着又在第一根柱子根下撒了一泡猴尿。尽管孙悟空是为了回去给如来佛祖证明才做出这些举动，但客观上却表明了他的权力欲望与名利心是连在一起的。在这种情况下，如来佛祖并没有采取强制措施，而是展开手掌让老孙看看他留下的笔迹，闻闻猴尿的臊气。在事实面前，孙悟空只

压在五行山下的美猴王

好承认："有这等事！有这等事！我将此字写在撑天柱子上，如何却在他手指上？莫非有个未卜先知的法术？我决不信！不信！等我再去来！"结果，孙悟空第二次飞出去，就被如来佛五指化成的五行山压住了。从这个角度来看，如来佛压住的其实不是有形的猴子，而是那些扰乱人心的欲望。

这正是：

八卦丹炉，炼就妖猴不坏体；
五行山脉，镇摄大圣有欲心。

这孙悟空被压在五行山下，其后事如何，请看下一章《半云半雾》。

第十二章　半云半雾

上一章，我们考察了孙悟空被投入八卦炉烧炼以及后来他被如来佛压在五行山下的事儿。本章我们要谈的主题是如来佛说的一个词："半云半雾。"这个词是什么意思？要理解它，还得从如来佛发愿派送真经的事情说起。

（一）如来佛祖的一个宏愿

话说如来辞别玉皇大帝之后，在大雷音宝刹住了一个多月。在月朗星稀的中秋节里，他向参加盂兰盆会的诸位菩萨、阿罗、金刚、揭谛、比丘僧尼等谈起了一个宏愿：要把西天极乐世界的一万五千一百四十四卷真经派送到东土。毫无疑问，派送真经这件事，在今天看来绝对是一个国际文化交流的特大项目，所以需要聘请一流的专家进行项目的可行性论证，各个环节务必考虑周全。

怎么派送这批卷帙浩繁的经典呢？是走旱路还是走水路？如果走旱路，是用大象运输队，还是用骆驼运输队？如果走水路，是用商务船，还是专门建造运经船？还有，是不是需要组织一个武功高强的保安队随行呢？如果这支浩大的运送经典的队伍组织起来了，那么后勤问题怎么办呢？是不是还需要配备煮饭的伙夫以及医生护士之类呢？还有，这么一个运送队伍形成了，是不是要相应地建立一个"真经运送指挥部"来专门指挥调度呢？诸如此类的细节问题，本来是应该好好讨论，并且在众位菩萨中取得共识，拟定严格的实施方案，包括差旅费、伙食费、临时雇工费如何开支报销等，都得在方案里写明，然后正式举行"国际重大攻关项目"的启动仪式兼新闻发布会，邀请各国政要、专家学者光临，轮流发表讲话，等等。然后项目启动，真经派送活动正式开始！

然而，如来佛却没有这样做，他既没有邀请国际专家举办什么项目听

如来佛

证会，更没有召开新闻发布会。因为那个时候他面临着一个非常棘手的问题，他在向诸位菩萨表达了有派送真经的宏愿之后，紧接着就说：

> 叵耐那方众生愚蠢，毁谤真言，不识我法门之要旨，怠慢了瑜迦之正宗。——第八回

如来佛讲的“那方”到底是什么地方呢？就是咱们现在居住的东土了。对这方土地的人们，如来佛其实是充满关爱的，这在盂兰盆会上出现的“福、禄、寿”三首诗歌中就充分体现出来。当然，如来佛也看到东土人一时无法接受“谈天、说地、度鬼”的高深文化的情况。在他心目中，这里的土著居民由于历史原因，一时不能认识这种高深文化，所以对这种文化加以“毁谤”。什么叫“毁谤”呢？就是用语言攻击，或者嘲讽丑化。看来，佛教初传东土的时候存在着很大的阻力，人们对这种外来文化颇有

芥蒂！

所以，直接派送真经肯定行不通，因为你把真经送过来了，奈何众生有眼不识金镶玉，根本不稀罕，那还不是白送！既然不能直接派送，就得考虑其他可行的方案了。如来佛最终提出了一个什么方案呢？就是先派一个有“法力”的大菩萨到东土找一个“善信”，把他培养成为信佛积极分子。然后，公费派送这位积极分子到西方极乐世界接受文化熏陶，再由这位积极分子把真经带回东土。由于这位积极分子亲炙佛法，并且是嫡传，回到东土之后，他可以作为首席专家对芸芸众生进行知识普及，开启众生的心神，培养他们敬畏和接受佛法。这样一来，不仅能完成派送真经的任务，而且可以让佛法在东土发扬光大。

如来主意已定，他马上就把去东土寻找取经人这一个光荣而艰巨的任务提了出来。他对诸位菩萨说：“传经送宝的重大现实意义，我这里就不多说了，各位弟子跟随我这么多年，我相信大家一定会积极承担和参与这项传播文化的历史性任务！现在关键的问题是，到东土找一个‘善信’，并说服他到西天取经。这件事说来容易做来难。包括东土在内的整个南赡部洲的人们‘贪淫乐祸，多杀多争’，不信佛法，找个‘善信’本来就不是很容易的事，要说服他到西天取经就更是难上加难了。再加上从东土到西天这事对于我等来说轻而易举，可对于一个凡人来说，却是千难万险。所以，我们还要从东土取经人的实际情况出发，体验一下凡人经历万水千山、忍饥挨饿的心境，提前搞清楚路况，绘制一份详细的路线图给取经人才行，这工作也不太好做。所以，大家应该有充分的准备啊！”

如来佛先摆了一大堆困难，然后就问：“谁肯去走一遭？”在座的观音一听，马上走到如来佛的莲花台边上，恭恭敬敬地行了大礼，说道：“弟子不才，愿上东土寻一个取经人来也。”如来佛听了观音的表态，心中大喜，说：“嗯，很好！观音尊者神通广大，去东土的事儿就由你去办吧！”

观音随后就问：“弟子此去东土，佛祖有什么吩咐吗？”如来说：“这一去，要踏看路道，不许在霄汉中行，须是要半云半雾。目过山水，谨记程途远近之数，叮咛那取经人。但恐善信难行，我与你五件宝贝。”哪五件宝贝呢？就是锦澜袈裟一领，九环锡杖一根，还有三个箍儿。

如来佛的这一番叮咛真是有趣，除了嘱咐观音要仔细记住东土到西天的路况，绘制一份路线图给取经人外，如来佛还对观音菩萨的行动方式作了规定："不许在霄汉中行"，而要"半云半雾"。这可真是让人有点"半云半雾"了，如来佛这"半云半雾"究竟有什么深意呢？

观世音菩萨

（二）观音度化"四怪"

依我的理解，如来佛讲的"半云半雾"是一种比喻，暗示办事应该"奉行中道，灵活机动"。这就是说，凡事不可走极端，应该适度。要适度，就应该从实际出发，具体情况具体分析。

观音接受了如来佛下达的光荣任务，带上了大徒弟木叉行者，一路上不敢随便停留，认真地奉行如来佛祖"半云半雾"的教导。这"半云半雾"既是她的行进方式，更是她化解矛盾、处理问题的工作方法。

按照如来佛的吩咐，观音到东土不仅要找到取经人，而且一路上还得劝说那几个神通广大的主角妖魔学好，也就是要做好去恶从善的思想教化工作。这一回，沙和尚、猪八戒、白龙马、孙悟空相继亮相。他们几个作为取经团队的重要成员，现阶段都还是妖魔身份，但经过观音菩萨劝导，后来都皈依佛门，自愿加入唐僧取经团。如果从思想教育角度来看，观音真是一个非常出色的政治思想教导员！她轻而易举地就把在流沙河、云栈洞的吃人妖魔以及作恶的劣龙都降服了，把压在五行山下的孙悟空感化了，靠的是什么法宝呢？我想，这主要还是观音全面贯彻、落实了如来佛“半云半雾”的英明指示。

我们先来看看观音怎样“半云半雾”地感化流沙河怪。当观音过流沙河时，从波涛中出现的妖怪起先十分猖狂，与木叉大打出手。后来，当他知道木叉的师父观音就在流沙河岸上，就连忙收了武器，心甘情愿地让木叉揪了去见观音，而且是纳头便拜，说：“菩萨，恕我之罪，待我诉告。我不是妖邪，我是灵霄殿下服侍銮舆的卷帘大将。只因在蟠桃会上，失手打碎了玻璃盏，玉帝把我打了八百锤，贬下界来，变得这般模样，又教七日一次，用飞剑来穿我胸胁百余下才罢休，真是苦恼得很啊！没奈何，饥寒难忍，三二日间，出波涛找一个行人食用。不期今日无知，冲撞了大慈菩萨。”

从这段自我介绍来看，流沙河这个妖怪本来也是天庭大将，因为打破玻璃盏才被贬谪到下界。这时候的卷帘大将不仅变得丑陋不堪，而且每七天就有飞剑穿他的胸膛百余次，这样的痛苦是多么难于忍受啊！当观音知道具体情况之后，她一方面指出了妖怪受贬谪之后却在下界“伤生”，这是“罪上加罪”，另一方面则针对妖怪面临的最为急迫的问题，表示可以免除飞剑穿胸的痛苦，条件就是做取经人的徒弟，保护取经人到西天取得真经。然后，观音给他摩顶，让他受戒。通过救人之急、解人之忧，全面解除了流沙河怪的痛苦和担忧，观音感化了流沙河怪。这说明观音很善于抓住要害，从灵魂深处来进行心理沟通。可以说，她简直就是一个训练有素的心理咨询师！

我们再看看观音怎样“半云半雾”地感化猪八戒。从履历上看，猪八戒原先在天庭也是身居高位的。他曾是天蓬元帅，手中掌握了军权，因此，他曾经也是有头有脸、名声显赫的。不过，他在恋爱婚姻方面却一直

观音点化猪八戒

不顺利。在天庭的时候，猪八戒看上了广寒宫的嫦娥，酒后发生了拉拉扯扯的调戏举动，这事情不知什么缘故传到玉皇大帝的耳朵里，天蓬元帅因此受罚，被贬谪下界。我推测，这猪八戒爱上嫦娥，很可能是单相思，要不然，嫦娥完全可以把天蓬元帅保护起来；当然，也有可能是哪位妒忌心严重的天神向天庭的“纠察灵官”告了黑状，然后向玉皇大帝报告，玉皇大帝根据纠察灵官的建议逮捕了天蓬元帅，进行严肃处理。不论情况如何，猪八戒在天庭的时候是因为一桩桃色事件倒了大霉，造成了内心创伤。他被贬谪下界之后，先是做倒插门女婿，娶了云栈洞卯二姐为妻。倒插门本来就有点窝囊，没有人家堂堂正正的风光，更让他感到悲哀的是，这样的甜蜜生活不到一年，卯二姐就死了。卯二姐为什么死？那是被猪八戒克死的呀！这个“卯”字暗示的是东方之木，也叫作卯木，猪在十二地支中属什么？是亥呀！亥在后天八卦的乾卦位置，于五行为金，可见猪八戒本来是属金的，金克木，把自己的老婆给克死了①。可以想见，猪八戒内心是有原罪感的。出于生活逼迫，猪八戒与沙僧一样，在云栈洞也是靠吃人度日。当观音菩萨了解情况之后，采取循循善诱的方法，先是从前途方面劝告猪八戒别做伤天害理的事，猪八戒一时接受不了。后来，观音菩萨告诫猪八戒只要不再吃人，当取经人的徒弟，即可将功折罪，就可以“脱离灾瘴”。这“脱离灾瘴”四个字真是说到猪八戒的心坎上了。不管怎么说，猪八戒总是希望不再受罚，所以也就悔过了，表示愿意跟随唐僧取经，并且在后来真做到了。

接下来，我们看观音怎样“半云半雾”地感化小龙。观音与木叉告别猪八戒之后，半兴云雾，继续往前走，突然看见空中有一条龙，这龙发出了凄惨的叫声。菩萨靠近了，问它：“你是哪里来的龙？为什么在这里受罪？”那条龙就说：“我是西海龙王敖闰之子，因为纵火烧了殿上明珠，我父王表奏天庭，告了忤逆。玉帝把我吊在空中。打了三百，不日遭诛。望菩萨搭救搭救。”

由上可知，小龙的籍贯是西海，它的罪名是纵火。小龙纵火把他父亲非常喜欢的宝贝夜明珠烧了。既然夜明珠都烧了，那么大海里各种生物，包括鱼虾等等，说不定也死伤惨重。难怪它父亲向玉皇大帝告状，罪名是忤逆。什么叫作忤逆呢？就是不孝顺父母，违抗、冒犯族规家规。西海龙王告状之后，天庭不仅鞭打了小龙，而且判处其死刑。

面对一个“死囚”，观音菩萨是什么态度呢？她不是放弃不管，而是直接上了天庭，请求玉皇大帝饶了这条小龙性命。观音菩萨为什么这样做呢？因为这条龙是未成年龙，正像人间未满十八岁的孩子，是个少年犯，应该给它一个改过的机会，所以观音请玉皇大帝把小龙交给她处理，让它将来做取经人的“脚力”。玉皇大帝答应了观音菩萨的请求，吩咐管事的天将释放小龙，小龙感谢菩萨救命之恩，连连叩头，表示愿意听从菩萨使唤。观音虽然没有用语言劝说小龙应该如何，但因为把小龙从死亡线上解救出来，小龙当然是感激涕零。从这里，我们可以发现，做思想教化工作不一定都是通过语言，而是要为工作对象解决切身问题，当问题解决了，思想

① 关于三藏师徒的五行归属问题，在《西游记》中并不是一成不变。此时猪八戒为金，但在后来更多场合则是属木。

也就被感化了。

最后，我们看看观音怎样感化齐天大圣。观音解救了小龙，把它放到一个深渊里，让它等候取经人前来，然后就带上木叉继续赶路。观音没走多久，就到了五行山，忽然看见金光万道，瑞气千条，原来那是如来佛镇压齐天大圣那张封条发出来的。观音对景吟诗一首：

堪叹妖猴不奉公，当年狂妄逞英雄。
欺心搅乱蟠桃会，大胆私行兜率宫。
十万军中无敌手，九重天上有威风。
自遭我佛如来困，何日舒伸再显功！——第八回

这首诗称齐天大圣为“妖猴”，说他“狂妄”“欺心”，提起了当年孙悟空搅乱西王母蟠桃胜会以及闯入兜率天宫偷吃太上老君金丹的往事。观音显然对孙悟空做的那些事是持批评态度的，所以孙悟空听到之后大声叫嚷：“是哪位在山上吟诗，揭我的短处哩?”孙悟空虽然嚷叫，但他并不是非常不满，因为观音菩萨在批评中还带有赞扬和期待。诗歌的第五、六两句说孙悟空突破了十万天兵天将的围困，彰显了莫大的“威风”，这就是赞扬；而第七、八句在描述了孙悟空眼下的受困状态之后，紧接着希望大圣能够舒展身子，再立神功，表现了观音的菩萨心肠，这当然是有感染力的。所以，当观音菩萨来到石匣子前探望孙大圣的时候，这猴子感动得连呼观音为“救苦救难、大慈大悲南无观世音菩萨”。由此可见，有时候诗歌在思想教化过程中也具有巨大魅力，观音菩萨的“半云半雾”工作方法应该也包括在适当机会吟诗作赋，以感动人心。

说到这里，可能有人会问，在观音面前，沙僧、猪八戒、小龙、孙悟空等“妖怪”能够乖乖听话，除了她那“半云半雾”的工作方法起作用之外，是不是还有其他值得注意的因素呢?

这个问题，使我想起了一件往事：有一次乘飞机，刚刚上座，看见前方有位女士硬是要坐乘务员的工作位，年轻的空姐一个个轮番劝说她回到原来的位置，她就是不肯回。这时候，一个年届四十的空姐不慌不忙地走过来，只见她眉目清秀，穿着得体，步态轻盈，神情自若。她到了这位女士面前，什么话也没有说，只是微微一笑，柳眉轻扬，那位女士顿时脸红

到了耳根，自动离开工作位，回到她本来的位置上去了。这件事让我多次揣摩，或许端庄的仪表可以感化人吧！《西游记》作者可能早已悟出了这样的道理，所以把观音描写得无与伦比地端庄、秀丽。当如来佛提出谁愿意去找取经人的时候，观音马上站了起来，《西游记》第八回这样写道：

> 乌云巧迭盘龙髻，绣带轻飘彩凤翎。碧玉纽，素罗袍，祥光笼罩；锦绒裙，金丝索，瑞气遮迎。眉如小月，眼似双星。玉面天生喜，朱唇一点红。

只见她的黑发巧妙地盘成一个龙髻，扎着长长的绣带，像彩凤的羽翎一样随风飘舞。她身穿白色的罗袍，配着碧玉般的纽扣，锦绒的长裙，垂着金色的落索，行动之间瑞气环绕。那弯月一般的眉毛下，双目如星；洁白如玉的脸庞上，红唇一点，面带微笑，天生的一副喜相！

我不知道观音与诸位菩萨一起听如来佛讲道说法的时候是否特别化了妆，但《西游记》分明是为我们展示了一个仪表端庄的美女形象。我也不知道沙和尚、猪八戒看到观音那样大方、美丽、端庄时会有什么感受，但一个不争的事实是：观音菩萨的确是美丽无双、端庄无敌。她虽然也用严厉的言辞批评这些占山为王、吃人度日的妖怪，但这些妖怪却没有发怒、抵触，最终都服服帖帖地表示愿意当唐僧的徒弟。仔细想一想，其中是不是还有更为奥妙的意思呢？

这正是：

> 如来示意，半云半雾到东土；
> 观音出行，教化妖魔有奇方。

观音菩萨与徒弟木叉一路半云半雾行进，继续向大唐帝国长安前进，去寻找取经人。观音菩萨是如何找到取经人的？请看下一章《暗访长安》。

第十三章　暗访长安

上一章，我们讲到观音菩萨自告奋勇承担到东土寻找取经人的任务，带上木叉，一路上“半云半雾”地行进，为流沙河怪、猪八戒做了心理疏导，解救了正在半空中受惩罚的小龙，劝说压在五行山下的孙悟空皈依正果，让这些妖魔都改邪归正，为后来的取经工作做了前期准备。接着，观音菩萨与木叉行者就直奔东土的大唐帝国长安，开始海选取经人。她是怎样找到取经人的呢？

（一）江流和尚根正苗红

观音菩萨和徒弟一起经过了诸多坎坷，才到达长安。这时候，她作为西方极乐世界的特使，照理可以歇一口气，让徒弟木叉联系“高级涉外宾馆”，然后坐上豪华四轮马车，直奔宾馆，品味一下长安这个国际大都市的可口餐饮。然而，观音菩萨并没有雇用豪华马车，也没有住进高级涉外宾馆。第八回说他们：

> 到了长安大唐国。敛雾收云，师徒们变作两个疥癞游僧，入长安城里，竟不觉天晚。行至大市街旁，见一座土地庙祠，二人径进。

看来观音菩萨与木叉行者初到长安的时候就化了妆，并且住在土地庙里。他们为什么要住在土地庙里呢？依我的判断，这是为了避免达官贵人纷纷前来“拜访”骚扰，还可以悄悄收集信息，了解到最为真实的情况。因为土地庙是民间文化生活的乐土，很多信息都汇聚到这里。观音菩萨在这里可以透过各个可能的渠道，获得丰富的第一手材料，然后来一番“去粗取精、去伪存真”的甄别功夫，便于找到合适的取经人。

观音和徒弟变成疥癞和尚来到长安城内的土地庙门口

经过一段时间查访，观音菩萨终于发现了一个理想的取经人，这个人就是大唐王朝国家级佛教超度仪式水陆大会的坛主——玄奘法师。他为什么会引起观音菩萨的密切注意呢？

原来，这个玄奘法师是大唐帝国状元陈光蕊的遗腹子。他父亲陈光蕊高中状元后骑马游街三日，恰巧游到丞相府殷开山家门口。这殷丞相有个女儿叫作温娇，昵称满堂娇。满堂娇是一个人见人爱的大小姐，她断定新科状元陈光蕊游街一定会从自家门口经过，而家人也明白小姐的意思，所以高结彩楼，准备在这一天抛绣球，抓一个称心如意的乘龙快婿。果然，新科状元的游行队伍浩浩荡荡从丞相府门前经过，这殷小姐不左不右、不高不低，准确无误地就把绣球抛在陈光蕊的乌纱帽上。其结果可想而知，这新科状元就当了丞相府的“俘虏”，一群婢女走下彩楼，把新科状元的马头挽住，他进退不得，只好乖乖地跟随这群婢女到丞相府里成婚。

不久之后，光蕊被委任为江州州主，这个职务大概相当于今天的江西省九江市市长吧。他带上妻子、母亲赴任，走了几天，他们到了万花店住下。这时候，母亲张氏突然染病，就对光蕊说："我身上不安，暂且在店里调养两天再走吧。"光蕊遵命。第二天早上，光蕊为了孝敬母亲，就到门口看看能否买点新鲜食物给母亲补补身体。恰好有人提着一尾金色鲤鱼叫卖，光蕊付了一贯钱，把鱼买了，但等到要烹饪时，那鲤鱼两眼不停转动，放出了可怜的求救目光，光蕊感到惊异，就把鲤鱼带到洪江放生了。

由于赴任期限紧急，光蕊希望尽快赶路，但他母亲尚未恢复健康，他只好按照母亲的意思，留点盘缠，让她老人家在店里暂住。光蕊带上妻子离开万花店，到洪江渡口上了刘洪、李彪的渡船，没想到刘洪看见殷小姐貌如天仙，漂亮极了，就与李彪把船开到了没有人烟的地方，然后把家童杀死，再把光蕊打死，尸首推入水中。殷小姐看到丈夫死了，自己就想跳入江中，却被刘洪抱住。此后，刘洪把船交给李彪，自己穿上光蕊的衣服，冒充新科状元，带上了官凭——也就是像当今的派遣证、委任状之类的凭证，还有让他垂涎三尺的殷小姐，到江州上任去了。

刘洪当了江州州主，霸占了殷小姐。这殷小姐对刘洪恨之入骨，但因为早有身孕，怀着光蕊的骨肉，只好忍气吞声度日。有一天，刘洪因为紧急公事出远门了，殷小姐在衙里思念婆婆、丈夫，一时肚子痛，不觉生下一子。她担心刘洪回来会害死这孩子，就咬破手指，写下一张血书，把父母姓名、身世都写下了，然后又咬了婴儿左脚小指，作为记号。再用贴身的汗衫把这婴儿包裹起来，抱出衙门。在江边的时候，殷小姐看见水上飘着一块木板，就把孩子安放在板上，用带子绑住，把血书系在婴儿胸前。后来，那带着婴儿的木板飘到了金山寺脚下，金山寺长老法明和尚听到婴儿哭声，连忙出了寺门，把婴儿救起，看了血书，知道了婴儿的不幸身世，就给他取个乳名叫江流，安排人抚养。江流到了十八岁，长老叫他削发修行，取个法名叫玄奘。他摩顶受戒，坚心修道。

这江流儿在金山寺修行念佛，本来并不知道自己的出身，也从来没有想到了解自己的家世问题，因为他自小在金山寺，师父只是教他读书念经，所以他内心是很单纯的。不料有一天，他与众人在松荫下讲经参禅，谈说奥妙，那帮酒肉和尚都被他难倒，酒肉和尚心生怒气，大骂江流儿是"业畜"，说他连自己的姓名怎么来的都不晓得，父母在哪里都不清楚，还在这里捣鬼！这些酒肉和尚说的话多么难听！你想想看，骂人家是“业畜”，简直是人格侮辱！这些酒肉和尚为什么敢这样肆无忌惮地侮辱江流儿呢？还不是欺负他是捡来的、没有依靠吗？这样的话重重地刺伤了江流儿的心，江流儿含泪跪求师父，请求师父告知身世。这下子，师父才把江流儿带到方丈室，让他看当初随身漂流的血书、汗衫，他才明白了十八年前的遭遇。于是，江流儿通过化缘的方式找到了母亲、奶奶，还有外婆、外公。最终，江流儿的外公殷丞相请求朝廷发兵捉拿了刘洪、李彪二贼。殷丞相与女儿温娇、外孙江流儿在江边痛哭，悼念陈光蕊，一家的哀情感动了水府，陈光蕊的尸首浮上水面，还魂再生。之后，朝廷任命陈光蕊为学士，玄奘立意佛门，就在京都洪福寺修行。

从江流儿的身世中，我们可以看出什么特点呢？用曾经很流行的话来讲，就是“苦大仇深，根红苗正”。江流儿是自幼修行，根基好，又生性聪明，德行高，据说是千经万典，无所不通，佛号仙音，无般不会。这样的好出身、好品性，当然是取经的好人选。所以，当他被推举为大唐水陆大法会坛主的时候，观音菩萨就暗暗选定这个江流儿作为取经人了。观音菩萨真是慧眼识英才啊，她不仅是思想教育专家，而且是一个选拔人才的高手，如果让观音来担任国家人事部部长，相信她一定可以在人才选拔中发挥巨大作用！

（二）袈裟锡杖神妙难测

观音菩萨暗中选定玄奘法师江流儿作为取经人之后，她是怎么把这个信息传达给玄奘本人的呢？按一般的思路，她或许可以直接找玄奘法师谈话，然后把如来佛赐予的宝贝交给玄奘，事情也就办妥了。但这样做的话，一来，在人间以疥癞和尚示人的观音未必能取得玄奘的信任，取经的事恐怕难以顺利进行；二来，即使得到玄奘的信任，但取经的事也显得过于随意，没有什么影响，达不到教化民众的效果。

观音不愧为观音啊！事实证明，她不仅是个优秀的政治思想工作者、独具慧眼的伯乐，还是一个“炒作”高手！

观音到底是通过什么方法，使看中的取经人在尚未取经时就先声夺人，得到多方支持的呢？对此，观音可以说真花了不少力气，她在大街上堂而皇之地做起了买卖。不过，这买卖却是姜子牙钓鱼，愿者上钩，所钓者，非鱼也！

这一天，风和日丽，观音菩萨与木叉依然装扮成疥癞和尚，他们捧上袈裟，带上锡杖，大摇大摆，穿街而过。一路上，只见她“身穿破衲，赤脚光头，将袈裟捧定，艳艳生光……”观音菩萨并没有像当今许多在街头卖货的小贩那样大声叫卖，而只是将袈裟“捧定”。因为产品展示很得体，所以把顾客的目光吸引住了。这时候，长安城里有个角逐国家级水陆大法会“法师岗位”落选的愚僧，他虽然有点“败兴”，但口袋里还有几贯小钱，看见艳艳生光的袈裟，就凑上前问：“那癞和尚，你的袈裟要卖多少价钱？”观音菩萨回答说：“袈裟价值五千两，锡杖价值二千两。”那愚僧听了笑着说：“这两个癞和尚是疯子！是傻子！这两件粗糙的东西，就卖得七千两银子，除非穿上身就长生不老，就得成佛作祖。即便如此，也值不得这么多！拿了去，卖不成！”可怜这愚僧真是有眼无珠，他竟然嫌这玩意儿太贵，还扬言这东西卖不出去。

不过，话说回来，这个愚僧既然敢到长安角逐当时国家宗教部门的高级公务员，说他完全不识货，倒也不一定。依我看，他虽然有几贯小钱，但经济并不宽裕，实际上没有实力购买。这就叫作吃不到葡萄说葡萄酸。愚僧大概就是这种心态，所以故意把袈裟、锡杖贬低一番，且用语粗鲁，以解自己心头的闷气。

面对愚僧如此无礼，菩萨并没有理睬，只是拉上木叉，继续往前走。不一会，她们就来到了东华门，恰巧撞上了当朝宰相萧瑀散朝而回，前面有几个“头踏”，让过往行人闪开让路。这时候的观音，虽然化装为丑陋不堪的疥癞和尚，却公然不回避，她还是“捧定”袈裟，直接迎着宰相走过去。这宰相毕竟见过世面，一见就知道那袈裟、锡杖非同寻常。于是，就把两个卖货的游僧带去见唐太宗李世民。当萧瑀向唐太宗报告情况之后，唐太宗大喜，问起了价格。这观音菩萨依然说袈裟五千两、锡杖二千两。

观音菩萨卖袈裟、锡杖，她开的价高不高呢？根据现在的行情，一两白银相当于八十元人民币，袈裟五千两，就是四百万元人民币，锡杖二千两，就是一百六十万元人民币，加在一起要五百六十万元人民币。① 看来，观音菩萨开的价确实很高。这样的天价不仅在一般人的心目中是不可想象的，甚至皇帝也有疑问。唐太宗听完价格，不禁脱口问道："那袈裟有何好处，就值许多？"观音看来是早有准备，她马上滔滔不绝地详细介绍了这件袈裟的神奇之处：

> 这袈裟，龙披一缕，免大鹏蚕噬之灾；鹤挂一丝，得超凡入圣之妙。但坐处，有万神朝礼；凡举动，有七佛随身。——第十二回

在这一段描述中，作者以假借、比喻的方式叙说了袈裟的妙用。龙只要披上了其中的一些线条，就不会被大自然中的巨鸟——大鹏所吞噬；而飞翔的鹤鸟如果挂上其中的一丝，就能够超凡入圣，得其奥妙。这都是为什么呢？观音告诉我们：那是因为穿上这袈裟，就有万神前来朝拜行礼，有七佛随身保护。接下来，观音又说：

> 这袈裟是冰蚕造练抽丝，巧匠翻腾为线。仙娥织就，神女机成。方方簇幅绣花缝，片片相帮堆锦簇。玲珑散碎斗妆花，色亮飘光喷宝艳。穿上满身红雾绕，脱来一段彩云飞。三天门外透玄光，五岳山前生宝气。重重嵌就西番莲，灼灼悬珠星斗象。四角上有夜明珠，攒顶间一颗祖母绿。虽无全照原本体，也有生光八宝攒。——第十二回

从这个说明书来看，这件袈裟真的是不得了，原材料竟然是冰蚕丝，这个可能很多女同胞都比较熟悉，即使放到21世纪的今天，冰蚕丝服饰也绝对算得上是高档货。不仅原材料高级，这袈裟的做工、裁剪以及设计都堪称是宇宙一流，纺线的是能工巧匠，织布的是天上仙娥，袈裟上下还手工缝制了无数人间绝无、天上少有的稀世珍宝，像如意珠、摩尼珠、辟尘珠、定风珠，又有那红玛瑙、紫珊瑚、夜明珠等等。作为宇宙间唯一的一件单品，其经济价值真是不可估量。不仅如此，更重要的是，这袈裟还具有极大的精神价值。只要披上或者挂上这个袈裟的一丝一缕，就可以

① 本书初版于2012年，作者按当时的价格进行的估算。

免除灾难，得以超凡入圣，行动举止有四方神明保佑。要是披上整个袈裟，那该是个什么情况啊，简直是不可想象的神妙！

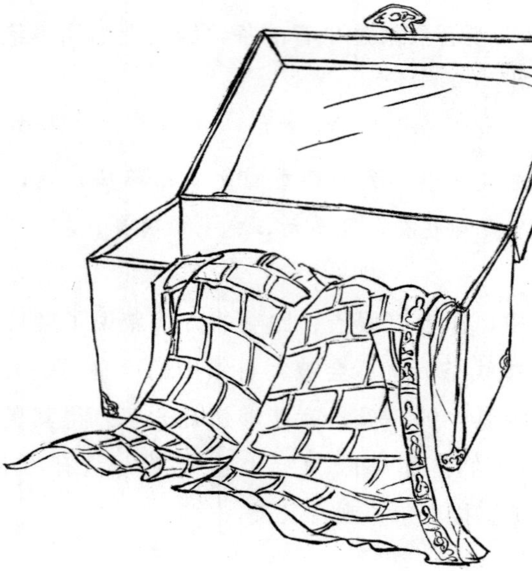

珍贵的袈裟

在观音心目中，袈裟的超凡之处还不止于此！你看，她又说了，这袈裟：

> 三宝巍巍道可尊，四生六道尽评论。
> 明心解养人天法，见性能传智慧灯。——第十二回

这首诗写得有些深奥，我给大家解释一下，看看这个袈裟到底还有什么其他神妙之处。我们先来看这个“三宝”，什么叫作“三宝”呢？在老子《道德经》第六十七章中说道：“我有三宝，持而保之。”在《道德经》里，“三宝”指的是：慈、俭、不敢为天下先。老子讲的“慈”“俭”比较好理解，至于“不敢为天下先”并不意味着事事退守，而是说对荣誉、地位之类应该谦让不争。老子之后，三宝的含义有了发展变化。佛教讲的三宝，指的是佛、法、僧；道教讲的三宝，基本上遵循老子的古义，又引申出“精、气、神”和“道、经、师”两个层面的含义。《西游记》这里的“三宝”应该是兼具佛教与道教的含义，因为接下来的“道可尊”既是指佛

法，也与道教最高信念“大道”相通。

什么叫“四生六道”呢？“四生”指的是：胎生、卵生、湿生、化生；而“六道”指的是：天道、阿修罗道、人道、畜生道、饿鬼道、地狱道。佛教认为，宇宙众生因其善恶而在六道中轮回。“四生六道”的说法虽然是在鬼神论基础上形成的，但其用意却是为了养性修真，劝人去恶从善。《西游记》第十一回《游地府太宗还魂，进瓜果刘全续配》中就说：“那行善的，升化仙道；尽忠的，超生贵道；行孝的，再生福道；公平的，还生人道；积德的，转生福道；恶毒的，沉沦鬼道。”这种描述可以说已经把儒、释、道三教的基本道德观念贯通起来了。

这样一说，大家可能就明白了，观音的这件袈裟不仅质地上乘、做工精细、设计独特，可以免灾招福，而且还可以使愚者明、钝者聪，跳出轮回，得道成仙。而那锡杖，据说也是神妙得很，所以观音也有诗称赞：

> 铜镶铁造九连环，九节仙藤永驻颜。
> 入手厌看青骨瘦，下山轻带白云还。——第十二回

“锡杖”就是佛教比丘行路时所携带的道具。“锡”是明的意思，表示醒悟，也就是明了德智大义，知晓苦空真谛。按照观音的描述，她的这个锡杖乃是铜镶铁造，上有九个连环，手持这样一把锡杖，不仅看起来很酷，关键是可以让人长生不老，永葆青春。显然，锡杖也是一件不得了的宝贝。有一句话叫作，千金容易得，宝贝不好求啊！作为富有大唐天下的唐太宗，几千两银子不过是撒撒水而已，所以，听完观音的话，唐太宗马上决定买下这两件宝贝。

这正是：

> 疥癞和尚，小庙栖身暗查访；
> 观音菩萨，长安卖货蕴本真。

可是，唐太宗贵为一国之君，袈裟、锡杖虽好，他自己用得着吗？总不能自己穿上袈裟，手里拿着锡杖，以一副僧人打扮来君临天下吧？那么，他为什么执意要买下袈裟、锡杖呢？请看下一章《太宗神游》。

第十四章 太宗神游

上一章，我们讲到观音菩萨巧妙地向唐太宗推介袈裟、锡杖，并对这两件稀世珍宝开出了七千两银子的特高价钱。我想，许多人一定很关心观音是否真的获得七千两银子的外汇收入？

其实，到了最后，观音菩萨分文未收，而是将袈裟、锡杖白白送给了唐太宗。她为什么到了唐太宗真想买的时候却不收钱了呢？因为观音在大街上见到当朝宰相萧瑀的时候已经表示：有要钱处，有不要钱处。“要钱”，是说对那些不尊佛法、不敬三宝而强买袈裟、锡杖的人，一定要卖他七千两；“不要钱”，是说遇上敬重三宝、皈依佛门者，观音情愿把袈裟、锡杖送给他，结一个善缘。在观音眼里，这唐太宗就属于后一种人，所以就准备把袈裟、锡杖送给这位大唐皇帝。

不过，这唐太宗却不想白得袈裟、锡杖，他执意要付款，只是因为装扮成疥癞和尚的观音把袈裟、锡杖放下，欣然离去，才使得唐太宗没有了付款的机会。由此我们可以看出，唐太宗想买袈裟、锡杖的愿望是很强烈的。

（一）从袈裟、锡杖到唐太宗游地府

唐太宗执意买下袈裟、锡杖，当然不是要自己用，而是要赏赐给玄奘法师。唐太宗之所以要赏赐给玄奘法师，是因为玄奘法师被推选为水陆大会坛主。这次水陆大会总共挑选了一千二百位法师一起做道场，而玄奘法师是这一千二百位法师中的领头人，他是为朝廷办事的，所以大唐帝国给他装备一下也是很自然的事。

说到这里，可能有人会问：唐太宗为什么要以国家的名义来举办超生度亡的水陆大会呢？这的确是一个很重要的问题。因为如果没有唐太宗下令举办水陆大会，玄奘法师也就不会被推举为坛主。这样一来，不用说取经人选难定，恐怕连取经活动也难于顺利进行了。所以，我们很有必要深入考察一下唐太宗举办水陆大会的背景。

《西游记》第十一回《游地府太宗还魂，进瓜果刘全续配》中有个情节，说到唐太宗神游地府之后，地府的判官把他送到了“超生贵道门”，建议唐太宗回到阳间千万做一个超生度亡的水陆大会，超度那些所谓“无主的冤魂”。这判官告诫唐太宗：

> 若是阴司里无抱怨之声，阳世间方得享太平之庆。凡百不善之处，俱可以一一改过。

地府判官这个告诫有两点值得注意：

第一，阴司的和谐稳定将有助于人世间的太平，反过来说，如果阴司不和谐，到处都是抱怨，那就说明人世间存在许多冤屈。

第二，作为帝王，应该好好检讨自己的行为，审查国家大政方针有哪些失误，并且彻底改正，不可敷衍了事。显然，这是佛、道教的地狱说、有神论思想的反映，作者采用这样的艺术构思，是由古代社会文化背景决定的。不过，从伦理道德角度来看却很有教化意义，因为这位判官是从去恶从善的立场来劝告唐太宗的。他所讲的“一一改过”不仅是针对唐太宗的，也是针对整个社会说的。作为大唐帝国的法人代表，唐太宗应该起模范带头作用，为全国人民做出表率，并且引领全国人民争当道德标兵。

对于阴司判官的劝告，唐太宗“一一准奏”，也就是承诺一切照办，包括举办度亡的水陆大会，并以此为契机展开全国性的去恶从善思想道德教育运动。

大家知道，唐朝初期，佛教在中国的传播曾经遇到一些麻烦，当时傅奕等朝中大臣极力反对佛教。傅奕还上了一份《请废佛法表》，建议：

> 胡佛邪教，退还天竺；凡是沙门，放归桑梓；令逃课之党，普乐输租；避役之曹，恒忻效力。

傅奕认为佛教是外来的，不是本国的宗教，应该让它回到自己的故乡天竺去；和尚尼姑，应该让他们还俗，从事耕田、织布工作；那些逃避税收、劳役而进了佛门的，都应该让他们重新回到工作岗位。这样国家的财政收入才会增加，就像我们现在讲的，GDP 才会提高。傅奕的这种想法代表了唐朝初年政府中不少高级公务员的呼声，也符合大唐帝国发展经济的长远利益。

本来，唐朝皇帝应该采纳这个意见，大刀阔斧地削减佛教寺庙占有的耕地，压缩佛教从业人员的岗位，减少法会、佛节庆祝活动等等。然而，唐太宗既没有接受傅奕的建议把佛教赶出中国，也没有让和尚、尼姑还俗去种田、养蚕、纺纱织布，而是把傅奕的表奏交给群臣讨论，召开了一场朝臣辩论会。然后，又个别征求太仆卿张道源、中书令张士衡的意见。这两位大臣的看法是：自古以来，都说儒、释、道三教至尊不可毁、不可废。经过了这么一番民主程序之后，唐太宗来了个总结，他明确地对所有臣僚说："张道源、张士衡两位爱卿所言合理，关于这件事，以后不要再议，若再有所陈者，罪之。"可见，在广泛征求意见之后，唐太宗态度很明确。他不仅要实施宗教信仰自由的政策，而且要通过举办水陆大会来达到教化社会的效果。

在这个问题上，唐太宗的态度为什么这样坚决呢？这与前面讲到的他神游地府的经历有密切关系。

唐太宗为什么会神游地府呢？这事还得追溯到长安城第一算卦高手袁守诚的身上。话说袁守诚在长安街头开了一个算卦馆，每天为泾河边上的渔翁算出鱼讯的最佳位置，这样一来，泾河的水族不免大大减少。为了解决这个攸关水族生存的大问题，泾河的最高管理者泾河老龙王在谋士的建议下，变成一个白衣秀士到袁守诚那里算卦。袁守诚问："你要问哪方面的事？"老龙王答："就问天气的事儿吧。"袁守诚从袖子里抖出一课，说："如果你问下雨的事儿，那准在明日。"老龙王又进一步问下雨的时辰、雨点多少。袁守诚答："明日七点到九点时段布云，九点到十一点时段发雷，十一点到十三点时段下雨，十三点到十五点时段，就可以下够数量，总共可以得水三尺三又四十八点。"龙王听了就说："先生你可不要把话当儿戏，如果你说得准，我就奉上五十两银子答谢；如果说不准，我可要打坏你的门面，扯碎你的招牌，把你赶出长安，以后不许在这里惑众！"老龙王这番话实际上是给袁守诚设了一个套子，以便捣毁他的招牌、门面。

这龙王就是管下雨的嘛！所以，不管你袁守诚怎么算，保准都是要输的！泾河龙王说完这番话，就志在必得地回了龙宫。可谁能想到，正当老龙王与他的军师们算计如何捣毁算卦高手的招牌、门面的时候，玉皇大帝给泾河龙王下了一道圣旨，要他在第二天下雨，那下雨的时辰与数量与袁守诚卜算的完全一样，吓得那龙王魂飞魄散，一时急火攻心，昏倒在地。

袁守诚算卦

龙王醒来之后，赶紧与众水族商量对策。这时，龙宫师爷建议，改变下雨时辰，少下些雨点，这样就可以说袁守诚的卦算不准了，依然可以把袁守诚的招牌砸烂、打碎。这龙宫师爷出的简直就是馊主意！他也不想一想，一个管下雨的地方部门长官，怎么可以随意变更中央最高领导玉皇大帝关于下雨规划的“红头文件”呢？怎么可以打折扣地执行中央的最高指示呢？难道就不怕犯天条，遭惩罚吗？可是，这老龙王却觉得师爷的主意还不错，第二天，依计而行。果然，天庭很快就知道老龙王瞒天过海，没有好好执行玉帝的命令，马上就成立专案组，先把这泾河老龙王“双规”，然后让人曹官魏征来处斩。这老龙王只好向唐太宗求救，唐太宗在睡梦中听了老龙王的哀诉，一口答应解救老龙王。

为了解救泾河老龙王，唐太宗马上把魏征招来一起下棋，以为这样魏征就无法分身前去斩杀泾河老龙王。可是，就在下棋的过程中，魏征一打盹，做了个梦，他在梦中竟然把泾河老龙王给斩了。

魏征梦中斩龙

老龙王死后，对唐太宗心怀不满，它的魂魄飘到地府阴司去状告唐太宗不守信用，阴司主管发出“传票”，于是唐太宗就入了阴间地府了。在酆都掌案判官崔珏的引领下，唐太宗体验了幽冥地府鬼门关，与阴司十代阎王相见，回答了第一殿主管秦广王提出的关于斩杀泾河龙王的质询，游历了十八层地狱。这一游，直接促使唐太宗在还阳后决心举办超生度亡的水陆大会。

（二）唐太宗游地府的省思

唐太宗游地府虽然带有浓厚的神秘色彩，但也包含着相当深刻的思想内容。如何把握这个情节的精神实质呢？还是让我们具体地看看《西游记》是怎样描写唐太宗游地府的吧。

话说唐太宗因为泾河老龙王的案件一病不起，已经到了非常严重的地步。太后召集群臣商议皇帝丧葬后事，而唐太宗也向聚集在身边的贴心大臣交代国家大事，然后沐浴更衣，等待时辰。这时候，魏征走到唐太宗跟前说：“陛下还请宽心，我有一个办法，保准陛下可以长生。”唐太宗半眯着眼睛说：“朕已经病入膏肓，生命垂危了，爱卿怎么来保我呀?”魏征回答说：“我已经写了一封介绍信，陛下带在身边，等到了地府冥司，就交给酆都判官崔珏。”唐太宗问：“这崔珏是谁?”魏征答：“他是先皇帝的爱

唐太宗进阴间地府

臣，平日与臣八拜为交，我们彼此是多年的知己了，他目前是阴司掌管生死簿的酆都判官，在梦里我们也经常相会。如果陛下把这封书信交给他，他看在我们往日的交情上，一定会把陛下放回阳间的。”唐太宗听了魏征的叙说，就把魏征的书信夹在自己的袖子里，于是就“瞑目而亡”。随后，三宫六院及两班文武等等，都举哀戴孝，哭哭啼啼，准备发丧。

这个时候，唐太宗的魂魄就带着魏征的介绍信，晃晃荡荡地上了阴间的路。来迎接唐太宗的恰好是酆都判官崔珏，问明了身份之后，唐太宗就从袖子里把魏征的介绍信掏出来，交给了崔珏。崔珏接了魏征的介绍信，展开来看。那信的内容大概是说：

> 想当年，咱们兄弟交游，您的音容笑貌，至今一直留在我的心里。几年过去了，不曾听到您的教诲，实在是非常想念啊！逢年过节的，小弟总是供奉些蔬菜瓜果来祭奠兄长您，不知道兄长是否享用了？近日，托您的梦，知道您已经高升酆都掌案判官，可喜可贺！奈何阴阳两界，天各一方，不能面见，颇为遗憾。今有一件急事相求：我太宗皇帝突然病故，大概是因为泾河老龙王告状，所以阴司急召陛下三曹对质，这一定会与兄长您见面的，祈盼兄长看在昔日咱们的交情上，方便一二，放我陛下还阳。

魏征的这封介绍信果然管用，崔珏看了之后不仅热情地接待了唐太宗，而且在查看生死簿的时候发现唐太宗阳寿期限被写成贞观一十三年，于是将大笔一挥，在“一”字的上下各加了一画，“贞观一十三年”变为“贞观三十三年”。这一更正，就把唐太宗的寿命延长了二十年。

我不知道是崔珏的前任判官书写太潦草，把“三十三”写作“一十三”，还是阴司掌案的秘书抄写太糊涂，以至造成重大失误，差点儿就把大唐帝国第一号人物唐太宗的命给夺走了。假如不是崔珏认真细致地核对了唐太宗的档案，那么唐太宗一定会因为那泾河老龙王告状而断送性命。

由于崔判官的认真负责，唐太宗个人寿限的错误记录得到纠正。当阎王看了崔判官呈上的新校《天下万国国王天禄总簿》的时候，就对唐太宗说：“陛下请宽心，不用烦恼，你的阳寿还有二十年。这次召您来，是因为泾河龙王告状，不得不给你发传票。现在三曹对质已经搞清楚事实真相。

召您来算是例行公事，丝毫没有别的意思，陛下不要介意，现在您可以还阳了。”

阎王的话等于是当庭宣布唐太宗无罪释放。对此，唐太宗当然心存感激，所以表示回到阳间后一定送瓜果来答谢。阎王很高兴地回答：“本府这里有东瓜、西瓜，只是少了南瓜，您要送就送南瓜来吧。”太宗说：“那好，朕回去就把南瓜送来。”于是，唐太宗与阎王拱手告别。由此可以看出，唐太宗还是一个很有情义的皇帝，懂得知恩必报。他送的只是小礼品南瓜而已，算不上贿赂阴司。至于地府提出只要南瓜，我想大概是地府阎王也喜欢土特产吧！这大唐帝国位于南赡部洲，气候宜人、水质甘甜，生产的南瓜糖分多、特别可口，所以让唐太宗送点南瓜是很好的选择，也不算受贿。

唐太宗是不是马上兑现承诺，送南瓜到地府呢？当然不可能马上兑现，因为按照《西游记》的描述，唐太宗从阴司回到阳间，有很长的一段路程要走。在“唐太宗命案专案组”总执行官朱太尉的引领下，唐太宗艰难地穿过了幽冥背阴山，目睹了背阴山的不毛之地，感受了那些因为各种罪过在十八层地狱中饱受煎熬的痛苦。过了好长一段时间，唐太宗来到了一座枉死城。

这时候，一群冤死鬼挡住去路，大喊要唐太宗还命。崔判官告诉唐太宗，这些来讨命的冤鬼无人收管，不得超生，又无钱钞盘缠，都是孤寒饿鬼，他们没有地方申诉，现在遇上了大唐王朝的最高领导，只好挡住去路。这些冤死鬼从前也是大唐王朝的子民，现在他们在这里挡路，无非是讨一点零花钱用，太宗如果不解决这个当务之急，恐怕是难于回到阳间了。

唐太宗说自己来的时候太匆忙，身上没有半个银两，怎么办？崔判官告诉唐太宗，办法倒有一个，这就是借钱。向谁借呢？崔判官说，阳间有个人，平日积善行德，他的善举已经转换为阴间的银两，在崔判官管辖的冥府特别银行寄存着。此人是河南开封府人氏，姓相名良，他有十三库金银寄存着，太宗可以写一张借条，先借一库银来给这些冤死鬼发放零花钱，只是回到阳间就得送还。唐太宗听说有这么个解决办法非常高兴，马上就写了借条，并且委托阴司太尉吩咐平均分配，那太尉自然照办了。唐太宗把借来的钱分给了冤死鬼们，并且表示要举办水陆大会超度亡魂，才得以脱身回到阳间。

《西游记》写崔判官带唐太宗到枉死城中走一遭，恐怕绝不仅仅是想要唐太宗游览一下酆都地狱的特别“风景”。作为一代明君，枉死城中众多冤魂的凄苦情状一定会让这位皇帝深有感触，回到阳间之后，对大唐子民的幸福感和国家的律法严明与公正问题可能会有更多的关注。这次枉死城一游，如果不是唐太宗处理得好，只怕他就要在枉死城中跟那些冤魂做伴了。

唐太宗还魂回到阳间之后，心里一直记挂着三件事：一是向阴司送南瓜，二是自己借债得还，三是举办水陆大会，度亡超生。这三件事，唐太宗一一落实。当阴司阎王收到了唐太宗派人送来的南瓜时，发出了一番感慨说：“好一个有信有德的太宗皇帝!”看来，阎王吃到了大唐的土特产——南瓜后对太宗很满意，所以也就有一番由衷的赞美。

这正是：

神游地府，李世民感知善恶；
兑现承诺，唐太宗以身作则。

唐太宗神游地府，对于他后来公派玄奘法师出国取经有什么作用呢？请看下一章《水陆大会》。

第十五章　水陆大会

上一章，我们说到唐太宗神游地府之后，一一兑现了自己的承诺。他先是发榜招募善人刘全到阴司送南瓜，然后又派遣大臣尉迟带上银两到河南开封找相良，归还在阴司借的一库银两，由于相良坚持自己没有放债，不肯收下银两，唐太宗便以修理寺院、起盖生祠的方式作为回报。工程完毕，唐太宗非常高兴，便又召集一批官员商议如何举办度亡超生的水陆大会。本章我们就来谈谈水陆大会的筹备情况以及正式举办过程中发生的一些事儿。

（一）水陆大会的筹备

唐太宗为相良盖了寺院、生祠之后，考虑最多的是如何举办好水陆大会。他为什么对水陆大会这样看重呢？因为这是他神游地府时承诺要办的大事，关系到国家最高领导人的诚信问题。再说，这也是进行文化宣传，展示大唐王朝文化软实力的一次极好机会，对于国民思想道德教化来说，尤其具有重大意义。如果要做一番对比的话，唐太宗下令举行的水陆大会的规格大概相当于当今主办一次国际奥运会，需要投入相当多的人力、物力、财力。因此，这件事一直萦绕在他的心头。

大家知道，水陆大会规模宏大，光是负责做道场的法师就有一千二百位，至于前来参加、观看和听讲的信众估计在十万人以上。因此，主会场的建设、分会场的布置，还有特邀代表的接待工作、信众住宿问题、吃饭问题、安保问题、医疗问题等等，唐太宗早已吩咐宰相办理。宰相得了圣旨之后，立即召开专题会议，成立了一个水陆大会筹备指挥部，认真落实各项具体工作。这些事，大唐王朝的官员们都尽心尽力去办，唐太宗对此是放心的。

如何通过这次水陆大会来推动养性修真的社会道德教化？经过仔细揣摩之后，唐太宗觉得首先应该抓住核心人物的形象展示这个关键。这核心人物是谁呢？既不是唐太宗自己，也不是宰相萧瑀，而是那个水陆大会的坛主——玄奘法师。在水陆大会正式举行的时候，玄奘法师将要主持一系列仪式，亲自登台说经讲道，他的形象从某种意义上来讲可以反映出当时的国家文化软实力，也是展示国家精神风貌的一个窗口。

考虑到玄奘法师形象的极端重要性，唐太宗从“疥癞和尚”那里得了袈裟、锡杖之后，就希望能够尽快让玄奘法师穿上，看看合不合身。唐太宗准备在午朝，也就是午后的君臣见面会上，研究玄奘法师的着装问题。唐太宗准备给玄奘用的袈裟、锡杖，实际上是观音菩萨从西天带到长安的，虽然质地高档，唐太宗看了也很满意，但作为西方来的服饰，朝中大臣不一定都能够接受。正如让一个习惯于穿汉服的人突然改穿西服，可能一下子不适应，而周围的人看了也会觉得很奇怪。所以，唐太宗感到很有必要利用午朝的时机，知会一下朝中大臣，统一思想认识。这次午后君臣见面会，实际上是一次关于玄奘着装的专题听证会，会议进行得非常顺利，众大臣对玄奘即将使用的袈裟、锡杖都十分满意。于是，唐太宗也就放心了，马上吩咐魏征带上诏书，宣玄奘法师进宫。

魏征找到玄奘的时候，玄奘正聚众登坛、讽诵经文，听说圣旨到，马上下坛，整理衣冠，随着魏征进宫，叩见唐太宗。这时候，唐太宗说：“举办水陆大会，法师很是辛苦，朕没有什么礼物酬劳。早先的时候，宰相萧瑀引领的二位僧人送了锦襕异宝袈裟一件、九环锡杖一条。今天召法师来，就把那袈裟、锡杖领去用吧。”玄奘听了唐太宗的话，叩头谢恩。唐太宗接着说：“法师如果不嫌弃，就穿上让朕看看。”玄奘法师随即抖开袈裟，披在身上，拿上锡杖，侍立在台阶之前。那袈裟简直就像是量身定制的一样，非常得体合身，君臣看了，个个赞不绝口。

玄奘法师昂首挺胸，习惯性地迈着僧人做法事时的步伐，他虽然无心表现自己，但因为转身侧体、来来回回，实际上是以自然姿态展示了袈裟、锡杖的特有风采。那袈裟上下排列的朗朗明珠，秩序井然的层层金线，还有那兜罗四面的锦沿，八宝妆花，金环束领，熠熠生辉。随着法师行进的步伐，那锡杖九个连环发出了叮叮当当的清脆响声，顿时“辉光艳艳满乾坤，结彩纷纷凝宇宙”，在场的文臣武将个个喝彩，唐太宗自然是喜不自胜，高兴得连连点头。

从效果来看，唐太宗主持的这场“服装秀”是很成功的，一方面初步展示了水陆大会的主角玄奘法师的翩翩风度，另一方面也检验了大臣们对外来文化的接受程度。看来，大唐帝国上层领导具备包容外来文化的开放姿态，所以唐太宗感到特别欣慰。

唐僧

唐太宗在成功地对水陆大会的主角进行形象设计之后，又进一步为水陆大会的正式举行展开新的造势。他吩咐筹备指挥部给玄奘法师配上两列仪仗队，下令几位朝官以高规格的礼节把玄奘法师及其仪仗队送出朝门，让他们穿街过巷，游行示众。仪仗队伴随着玄奘法师一路鸣锣击鼓，那气势几乎超过了当年他父亲中状元游街时的。这法师身上的锦襴袈裟随风飘拂，手上锡杖的九个环子叮当作响，实在是吸引人啊！那长安城里，行商坐贾、公子王孙、墨客文人无不争看夸奖“好个法师！真是个活罗汉下降，活菩萨临凡！”毫无疑问，这次水陆大会的宣传相当成功。那浩浩荡荡的仪仗队列，足以把一个帅气而稳重的法师衬托得光芒四射，从而使得这场水陆大会在正式开始之前就产生了先声夺人的奇妙效果。

（二）观音菩萨身临大会

经过精心的准备，水陆大会终于正式开幕了。这是一个非常庄严而隆重的时刻，玄奘法师上表申明大会宗旨，请唐太宗拈香。唐太宗在文武百官、后妃国戚的簇拥下，早早地到了水陆大会主会场，他们拈香之后就到后法堂休息了。而那长安城里，无论大小尊卑，只要能够出门的，都来寺庙里看热闹，听法师说经讲道，整个会场人山人海。好在会前筹备指挥部已经做了精密部署，有关会场通道、安全防火，包括小吃点、临时卫生间等等，都有专人负责，所以整个会场虽然人声鼎沸，却有条不紊。

唐太宗率百官庙里烧香

再说那隐身于长安街头土地庙的观音菩萨和徒弟木叉，一直都在暗中观察水陆大会的筹备进展。在水陆大会正式开幕这一天，观音带着徒弟木叉依然化装为疥癞和尚来到会场，他们悄悄地混在人群中，静静观察会场的动静。

只听会场上，先是一片仙音响亮，佛号喧哗；然后是静场，法师登坛讲道。通过一阵引导，在场的听众不知不觉受到熏陶，进入听经的宁心静气状态。这时候，法师正式讲经，只见他一会儿念《受生度亡经》，一会儿谈《安邦天宝篆》，一会儿又宣《劝修功卷》。对此，《西游记》有一首诗点评：

因游法界讲堂中，逢见相知不俗同。
尽说目前千万事，又谈尘劫许多功。
法云容曳舒群岳，教网张罗满太空。
检点人生归善念，纷纷天雨落花红。——第十二回

玄奘法师讲经

这首诗既描写了前来参加水陆大会信众的情形，也表明了法师登台论说的主要内容、思想导向。信众们从长安城各个区域来到了水陆大会会场，大家虽然没有太多的言谈，但彼此都怀着一个共同的心愿，这就是听大法师讲经论道。大法师并非只是讲一些空头理论，而是广泛联系社会生活，可用“目前千万事”来形容。所谓“目前”，也就是当时社会上老百姓关心的热点问题。大法师从热点问题入手，循循善诱，听众豁然开朗。他的思想主旨就是引导信众去恶从善。从佛教的角度看，大法师的讲课效果是不错的，所以作者有“天雨落花红”的赞叹！

正当全场聚精会神听讲的时候，化装成疥癞和尚的观音突然靠近讲坛，拍着宝台高声说道：“那和尚，你只会讲小乘教法，你懂得大乘教法么?”

玄奘法师虽然被这突如其来的发问打断了，但他一点儿也不生气，连忙下台对疥癞和尚双手合十说：“老师父，弟子失瞻多罪，请见谅。此前众僧人都讲的是小乘教法，不知道大乘教法是什么?”疥癞和尚接着说：“你这小乘教法，度不得亡者超升，只可浑俗和光而已。我有大乘佛法三藏，能超亡者升天，能度难人脱苦，能修无量寿身，能作无来无去。”疥癞和尚没有事先跟大会组织者打招呼，就私自闯上来打岔，虽然玄奘法师没有手足无措，但是整个水陆大会的举办就出了问题呀！那司香巡堂官一看有人不按程序行事，立刻跑去向唐太宗报告情况，说法师在讲说妙法时被两个说胡话的疥癞和尚扯下台。唐太宗一听，马上吩咐把那两位和尚擒拿过来，司香巡堂官遵旨办理，很快就把观音和木叉带到了后法堂。

这两位疥癞和尚见了唐太宗，连手都不起，只是仰着头不屑一顾地说：“陛下问我有何事?”看这架势，分明是想把事情搞大。可是唐太宗却认得这疥癞和尚，于是就问：“你是前日送袈裟的和尚吧?”疥癞和尚回答：“正是。”太宗说：“你既来这里听讲，只应该吃些斋饭就是了，怎么与我法师乱说话，扰乱经堂，误我佛事?”疥癞和尚说：“你那法师讲的是小乘教法，度不得亡者升天。我有大乘佛法三藏，可以度亡脱苦，寿身不坏。”太宗听说有什么“大乘教法”，心中一阵欢喜，便十分关切地问：“你那大乘佛法存于何处?”疥癞和尚说：“在大西天天竺国大雷音寺我佛如来处，能解百冤之结，能消无妄之灾。”

这化装成为疥癞和尚的观音菩萨从会场打岔到面见唐太宗，可以说是一步步引导着这场水陆大会朝着她希望的方向发展。她早已料到，打断玄奘讲经一定会被司香巡堂官抓来面见唐太宗的，因为唐太宗实际上是这场水陆大会的总策划、总设计师，突如其来的紧急事儿必定要向他报告。观音菩萨真是懂得抓住时机，在回答问题时很有针对性地指出了当下所讲小乘教法的功效和不足，然后稍微显露一下大乘教法的妙用引起唐太宗的浓厚兴趣。你想想看，这唐太宗举办水陆大会的初衷是什么？当然是为了引渡亡者升天转生了，但眼下坛主讲的小乘教法却不能达到预期的目标，唐太宗肯定有点失望，但失望中还有希望，因为疥癞和尚已经告知大乘教法不仅可以度亡，让人脱离苦海，而且还能够达到让人“寿身不坏”。

什么叫寿身不坏？这里的“寿”就是长寿，而“身”就是身体，合起来看，寿身不坏说的就是可以延年益寿，身体不会坏朽。这个说法，实际上已经把佛教与道教的文化传统融合在一起了，因为道教的基本目标本来就是要延年益寿、长生不老。疥癞和尚向唐太宗推荐的“大乘佛法三藏”既然能够让人“寿身不坏”，这就使得佛法与道教的目标会通起来。所以后来有人解释大乘佛法的出处——“大西天天竺国大雷音寺我佛如来处”时就认为，其中蕴藏着使人寿身不坏的金丹大道奥义，例如清代的刘一明在《西游记百回详注》中就说：

> 西天者，真金之本乡；天竺国，天为二人，竺为二个，乃真阴真阳相会之地；雷所以震动万物而醒发，音而至于大，则震动之声音，不知其闻于几万里；如来者，无所从来，亦无所去，是无声无臭大道之归结处。

为什么说西天是真金之本乡呢？因为丹道把木、金、土、火、水五行与东、西、中、南、北五方相配合。金的位置在西，属后天八卦之兑卦，代表药物中的铅，这铅就是“真金”，为阴性。既然有阴，就必须有阳来配合，阳就在与西相对的东，于五行为木，属后天八卦之震卦，这个震象征着雷动，雷动则有声音，声音巨大，传播到遥远的地方。一西一东，两两相对，所以那“天竺国”的“天”字就被分解为“二人”，而“竺”则被分解为“二个”，表示内丹修炼实际上就是一种阴阳协调的过程，内丹修炼的结果就是达到生命无来无去，这种状态就是“如来”。可以看出，刘一明这个解释是别出心裁的。

不论刘一明的解释是否合乎“大西天天竺国大雷音寺我佛如来处”的原意，但观音那“寿身不坏”的宣传的确相当诱人，所以把唐太宗的胃口给吊起来了。他听说了大乘教法有如此之奥妙，便急迫地追问：“你可记得那大乘教法?”这疥癞和尚顺水推舟地回答：“我记得。”既然记得，唐太宗当然就请疥癞和尚上台讲经了。你看这唐太宗为了学习大乘教法，真是“不拘一格用人才”，一个其貌不扬，长着个瘌痢头的和尚竟然可以登台讲经论道了，这大唐皇帝真可谓求道若渴啊！

而疥癞和尚也是当仁不让，只见一老一少“呼”地一声飞上高台，现出原身，在场的所有听众都惊呆了，这时候才知道两个疥癞和尚原来就是观音和她的徒弟木叉。只见一片仙雾之中，观音手托静瓶，瓶口斜插杨柳一枝，木叉手拿长棍一根，精神抖擞，护持在观音身后。看见这情景，唐太宗欢喜得纳头朝拜，文武百官都跪地焚香。士农工商，一个个祈祷称赞：“好菩萨！好菩萨!”人们抬头看着，那影像越来越清晰：观音菩萨头戴金叶纽，闪闪发光；身穿淡蓝袍，落落大方；胸缀夜明珠，晶莹剔透；腰系长彩带，随风飘扬。

大菩萨就在台上，这唐太宗看了是又惊又喜，又喜又惊。惊的是他完全没有想到疥癞和尚的原身竟然是观音菩萨！喜的是西天的观音菩萨竟然莅临大唐水陆大会现场，这是何等的荣耀啊！在这万金难买的时刻，唐太宗赶紧对身边的高级秘书说：“火速请来画师描写菩萨真形。”那秘书以最快的速度传出旨意，请画师到场。这位画师不是别人，正是唐代鼎鼎大名的吴道子，他一来就展开画笔，一挥而就，非常迅速地把观音的真形给描摹出来了。

正当太宗皇帝和在场众人沉浸在惊喜的气氛中时，那观音菩萨驾起祥云，渐行渐远，半空中飘下一张简帖，上面有几句颂子，大概意思是说：那大乘教法就在西方，路途很远，但如果得到了，其好处是多多的。由此我们看到，这观音菩萨在文宣上真是无与伦比的高手！她虽然上台讲大乘教法，但是藏头露尾，让那大唐皇帝既非常向往，但又如坠五里云中……

这正是：

太宗造势，玄奘试装又游行；

观音莅临，众人惊叹皆欢呼。

唐太宗看到观音菩萨从半空传来的简帖之后有什么举动？请看下一章《简帖传信》。

第十六章　简帖传信

上一章，我们说到观音菩萨登台开讲大乘教法时藏头露尾，并没有把话说透彻，因为她的目的不在于讲经，而在于吸引大唐皇帝下决心派人到西天取经，所以讲了一会儿，就驾着云朵飞升而去，随后从空中传下一张简帖。这简帖就像我们今天发的一条短信。尽管观音菩萨这条“短信”不是采用群发的方式，但实际上比群发的功能还要强大，它“滴溜溜落下”让在场的人都看到了。当然，由于会场宽阔，在场的人不可能都看得很清晰，但神奇的效果已经产生。本章就以观音菩萨那别出心裁的“短信”为开端展开分析。

（一）特别“短信”引发的特别行动

短信大家很熟悉，它是当今社会一种非常流行的沟通方式，也是我们生活的一部分。不过，如何编写短信可是大有学问的。我们来看看观音这条“短信”是怎么写的：

> 礼上大唐君，西方有妙文。
> 程途十万八千里，大乘进殷勤。
> 此经回上国，能超鬼出群。
> 若有肯去者，求正果金身。——第十二回

这条“短信”连标点符号总共五十个字符，但要知道，标点是新的校点本加上去的，古时候其实没有标点。如果扣除标点，只有四十二个字符。不论是有标点，还是没有标点，观音菩萨这条“短信”绝对符合短小精干的要求。

观音从半空中扔下一张帖子

这条短信虽短，内容却十分丰富。开头第一句“礼上大唐君”一看就让人觉得心情舒畅，我要是唐太宗，看到这一句肯定也乐滋滋的。因为观音虽然是大菩萨，却给足了唐太宗面子，所以唐太宗一定会有兴趣阅读下去。第二句“西方有妙文”，一下子又把接收者的胃口给吊起来了，联系观音菩萨在水陆大会登坛讲经时那藏头露尾的方式，想必唐太宗一定更加渴望获得大乘真经。然而，获取大乘真经并不是轻而易举的事，因为“程途十万八千里”，所以必须做好充分准备。怎样准备呢？最为关键的是应该有“殷勤”的态度。这“殷勤”二字当然不是我们通常所理解的巴结、讨好，而是表示恳切和深情厚意。只要心存恳切，对真经怀着深情厚意，那么再大的困难也是可以克服的，大乘真经是能够得到的。得了大乘真经有什么好处呢？这是“短信”后面四句所要表达的主要内容。“能超鬼出群”说的就是度亡超生，即让那些原先四处游荡而扰乱社会治安的孤魂野鬼都有出路。这样一来，怨气也就可以化解，社会就能够安宁。如果有人愿意到西天求取大乘真经，他就能修得正果，脱胎换骨，成就金身。

毫无疑问，观音菩萨“短信”所描述的求取真经的好处是相当诱人的，所以唐太宗看完之后，马上便向在场的法师们宣布：

> 且收胜会，待我差人取得“大乘经”来，再秉丹诚，重修善果。——第十二回

太宗宣布水陆大会第一个阶段已经顺利完成，现在休会。休多久呢？一切依取经的情况而定。等到取回“大乘经”，一定会再隆重开会，实现大圆满。从唐太宗的话里，我们可以看出观音发来的“短信”，对于唐太宗把取经列入国民经济文化建设规划是起了关键作用的。

观音菩萨的“短信”不仅促使唐太宗下定决心把取经的事纳入国民经济文化建设规划之中，而且感动了在场的玄奘法师。当唐太宗询问有谁“肯领朕旨意，上西天拜佛求经”的时候，玄奘法师立刻施礼回应：“贫僧不才，愿效犬马之劳，与陛下求取真经，祈保我王江山永固。”玄奘这个回应意味着到西天求取真经已经不是个人行为，而是为国家完成一项特别任务，攸关国家长治久安，具有重大的政治意义。

唐太宗一听，心中十分高兴，马上准许了玄奘的请求。为了确保取经活动的顺利开展，唐太宗与玄奘结拜为兄弟，在寺里的佛像前拜了四拜，称玄奘为“御弟圣僧”。这说明，盼望求取真经，在唐太宗心目中已经到了如饥似渴的地步。玄奘法师对唐太宗的礼遇也非常感动，他表示这一去：

> 定要捐躯努力，直至西天；如不到西天，不得真经，即死也不敢回国，永堕沉沦地狱。——第十二回

玄奘法师实际上是在临行前发誓，说完之后又在佛前拈香。他表明要“捐躯”，意味着要把自己的身体奉献给求取真经这项伟大的事业，体现了

一个有信仰的人为了实现宏伟目标而奋发努力的坚定意志，这实在是难能可贵啊！老子《道德经》有言："上士闻道，勤而行之。"玄奘法师立下的感人誓言，正反映了老子所说的"闻道"精神。

（二）一捻土与老公公

说到这里，可能有人会问，观音给水陆大会传递简帖这样的"短信"，作为大会发起人和总策划的唐太宗应该给她回一条"短信"才是，他后来到底回信没有呢？我可以负责任地告诉大家，唐太宗虽然没有直接回"短信"，但以间接的方式给了观音菩萨一个满意的答复。

唐太宗没有直接回"短信"，这是明摆着的，因为从《西游记》的行文里，我们的确看不出有唐太宗指示身边高级秘书写简帖上传给观音菩萨之事。这不是太宗皇帝不想回信，而是不知道如何回送简帖这种"短信"，估计当时这种高级"短信"技术，只有菩萨、神仙才能完全掌握，而大唐王朝似乎只掌握了接收技术，而没有掌握发送技术，所以无法直接回复。

在还没有掌握上传简帖这种尖端"短信"技术之前，唐太宗只好通过间接方式来回复了。什么间接方式呢？这就是用"手指捻弹"来回应，说明白一点，就是通过手指的机灵动作来表达和传递自己的心意。这一点，我们从唐太宗为玄奘法师送行的细节中就可以看出来。

话说唐太宗在与玄奘法师结拜为兄弟的第二天举行早朝，聚集文武百官，召开各部长官的特别会议，宣布了关于公派高级访问学者玄奘法师到西天取经的决定。唐太宗让主管外事的大臣给玄奘法师准备了"取经文牒"，盖上了"通行宝印"，也就是"出关免检"的特别印章，相当于办理了公务护照的所有手续；再让主管天象的钦天监找一个吉日良辰。钦天监通过推算，确定贞观十三年九月十三日为可以远行的好日子。于是，唐太宗把玄奘法师召入宫，亲自把护照交给了玄奘法师，再送给玄奘法师一个紫金钵盂，作为途中化斋之用；同时，选派两个脚力好的随从，还有一匹壮马。然后，唐太宗与朝中众多官员一起把玄奘法师送到长安城外。这时候，唐太宗吩咐管酒的官员执壶酌酒，唐太宗亲自举杯向玄奘法师敬酒，赐予法号三藏。这三藏法师说："陛下，酒乃僧家头一戒，贫僧自为人，就不会饮酒。"唐太宗说："今日出行，不比往常，这是出远门，所以特别为御弟饯行，这酒是素酒，只饮此一杯，以表朕送行之意。”三藏法师不敢不接受，就接了杯子，准备喝酒。只见唐太宗弯下腰，从地上捡起一撮尘土弹入酒中。三藏法师不知道唐太宗为什么将尘土弹入酒中。唐太宗笑着说：“御弟啊，你这一去，什么时候能够回来?”三藏回答说：“只要三年就可以回国。”唐太宗说：

日久年深，山遥路远，御弟可进此酒：宁恋本乡一捻土，莫爱他乡万两金。——第十二回

三藏法师这时才明白唐太宗捻土的用意，是让他不要忘记家乡，学成以后一定得归国为人民服务！

唐太宗送玄奘取经上路

其实，唐太宗捻土入杯还有另外一层意义：这就是借饯行酒间接地回应了观音菩萨早先发送来的那条“短信”。俗话说，十指连心，那捻土的指头动作虽然十分细微，却蕴含着无比的真诚，寄托着难于形容的深情厚意。这份真诚，通过手指的轻轻一弹，就像我们当今在手机上按键一样，就把大唐王朝派人取经的重大决策给传递出去了。我不知道观音在唐太宗用指头捻土的那一刻是否马上察觉到唐太宗的心意，但唐太宗希望把他这种心意传给观音菩萨、传给茫茫宇宙天地的想法，却是可以意想得到的！

唐太宗为三藏法师送行时的捻土敬酒，既是对观音菩萨简帖的一种回应，也是对三藏法师的极大鼓舞。满怀着唐太宗的嘱托，三藏法师告别了长安，告别了朝夕相处的众僧人。他骑着马，带着行囊衣钵和两个随从，在季秋的时节里一路向西而去。

走了几天时间，三藏一行到了巩州城。当地官吏迎接他们入城，安排住宿。次早，他们出城，继续走了两三天，到了河州卫。这是一个什么地方呢？唐朝并没有河州卫，倒是明朝的行政区划中有河州卫。这可能是《西游记》流传到明代时，改编者依照当时的地理名称来讲述故事，所以原先的区域名称就被代替了。从行政区变迁的情况看，这“河州卫”在唐朝差不多对应于鄯州，也就是今天青海与甘肃交界的地区。早先，这里是大唐与吐蕃的交界，所以《西游记》说“此乃大唐的山河边界”。

就在这“大唐的山河边界”之处，三藏法师与随从遇上了取经上路以来的第一场灾难。由于心里惦记着取经的大事，三藏法师一行在河州卫的这个晚上睡眠特别浅，差不多四更时分，鸡刚叫明，他们就起来赶路了。路上经过一个山岭，荆棘丛生，崎岖难走，几个人只好拔草寻路，因夜色朦胧，一不小心连人带马一起跌入深坑之中。正在这时，黑暗中传来一阵咆哮声：“拿将来！拿将来！”只见在狂风呼啸之中，跳出五六十个妖邪，把三藏法师和两位从者揪了上去，为首的魔王吩咐众妖们把三藏与随从捆绑得严严实实。正当魔王安排如何斩杀被活捉的三人时，有小妖报告“熊山君”与“特处士”来访。那熊山君是个黑汉，而特处士则是个胖子，从他们交谈中可知：这里为首的魔王称作“寅将军”。这寅将军与两位来客见面之后，谈笑风生，商量着如何把三个人吃掉。最后形成了一个方案，这就是吃掉两个，留下一个。可怜两个随从，立刻被剖腹割心。魔王为了表示对宾客的尊重，就把割下的首级与心肝奉献给特处士、熊山君，自己吃了四肢，其余的杂肉就给小妖们分享。正像老虎吃羊羔一样，这群妖魔很快就把两个随从吃个干干净净，三藏法师吓得几乎昏死过去。

这场灾难的罪魁祸首“寅将军”是什么来头？他为什么能够在这里占山为王？看到“寅将军”的“寅”字，可能大家都会不由自主地想起老虎。这是有道理的，因为“寅”在十二地支中排列第三，与十二生肖的“虎”对应，“寅”即代表“虎”。《西游记》在描述“寅将军”的时候形容它为“南山白额王”，更是点明了这一点。“南”在后天八卦中位于“离卦”位置，代表心火。换一句话来说，“心火”就像老虎，能够吃人。所以，这“寅将军”就是一只“虎”，它同时又代表人修行之初无法制约的“心火”。至于“熊山君”的“熊”字，从字形来看，下面四点本来就是烈火的写照，所以有“熊熊燃烧”的说法，可见“熊”也是火的隐喻。而“特处士”的“特”字是牛字旁，《礼记》中有《郊特牲》篇，表示用“牛、羊、猪”三牲祭奠神明。在三牲之中，牛为首，因此特处士所指实际就是一个牛精。按照《易经》的卦象思路，牛属于坤卦，坤为土，为蓄藏心意的地方，如果神意妄动，与心火相交，就会造成极大的伤害，可见治心养性是非常要紧的事。与三藏法师随行的两位凡夫没走多久就遭遇虎害，这实际上是暗示：心地不修，则难于保全性命。

在两位随从被分食的时候，三藏法师为什么能够免于一死呢？这个问题的答案在唐太宗送行时弹入酒杯中的那“一捻土”就已经暗示了。这“土”不是别处的土，而是本乡之土。从性命双修的意义来讲，本乡之土，也就是自己身体内的土，谓之丹田，心意息于肚脐之下一寸三分，这样就达到“归根复命，返本还元”的状态。所以唐三藏有惊无险，大难不死。可能有的读者会说了，这不是瞎扯吗？到底是不是我们在胡乱比附呢？大家只要看一看三藏被救之后的情形就明白了。

且说正当三藏法师昏昏沉沉、辨不清东西南北的时候，忽然看见一个老公公手持拐杖而来。只见他走到玄奘法师身边，用手轻轻一拂，捆在三藏身上的绳索就一下子全断开了。这老公公又朝三藏吹了一口气，三藏苏醒过来，连忙跪拜致谢。当三藏问起自己为什么这样有缘分能够获得搭救时，老公公回答说：“只因你本性元明，所以怪兽苍狼都吃不了你。”这老公公讲的“本性元明”也就是心意归于“本乡一捻土”，因为归根复命，所以本性就明澈有光，而免于虎灾。

老公公除去三藏法师身上的绳索之后，还帮助他找到马匹、包袱，引领他出了深坑，走上大路。这时候，三藏法师把马匹拴在路边，准备好好答谢一下老公公。可是，一转身老公公就不见了，他化作一阵清风，跨上朱顶白鹤，腾空而去。只见半空中又飘下一张简帖，上面写着四句颂子：

吾乃西天太白星，特来搭救汝生灵。
前行自有神徒助，莫为艰难报怨经。——第十三回

原来解救三藏法师的老公公正是太白金星。他发送来的这张简帖与观音菩萨发送给唐太宗的简帖一样，都属于古代特有的“短信”。对当时神仙菩萨所发送的这种“短信”，三藏法师与唐太宗及所有大小官员一样，只能接收，而无法回复。不过，对其内容，三藏法师是明白的，所以，当他看到太白金星发来的这条“短信”后，非常感动，连忙对天礼拜说：“多谢金星，度脱此难。”尽管三藏法师不能直接给太白金星回发简帖，但心意、礼节都到了。

太白金星骑白鹤

太白金星这条“短信”除了表白身份之外，主要就是给三藏法师鼓励和信心。这个时候给三藏法师一颗定心丸相当重要，想那唐三藏哪见过虎、熊、牛这样的阵势，如果还未出国界就被妖邪吓倒，半途而废，岂不坏了取经大事？所以，不仅要及时挽救其性命，还要告诉他，吉人自有天相，后面还会有神徒帮助的，让他安心前行，取经这事非办成不可。相信在太白金星的鼓励下，三藏法师定能够化悲痛为力量，重新振作起来，完成唐太宗托付的取经重大任务。

这正是：

观音菩萨，简帖一张传真信；

太白金星，颂子四句砺志气。

唐三藏拜别太白金星之后会遇到什么困难呢？请看下一章《跨越两界》。

第十七章　跨越两界

上一章，我们讲到唐三藏遭遇虎难，在危难关头被太白金星解救，但他的两个随从却不幸遇难，团队里本来有人牵马、挑行李，现在只剩下三藏一个人了，他该怎样面对呢？本章我们就来谈谈之后三藏法师如何跨越两界山。

（一）猎户要“山猫”

话说唐三藏拜别了太白金星，沿着双叉岭独自艰难地行进。那岭上，寒风飒飒，秋雨茫茫，乱石耸立，鸟声喧杂。走到这里，不知何故，那马蹄子发软，迈不开步伐。正在这时，两只老虎突然跑了出来，向着三藏咆哮，身后还有几条长蛇。三藏一时胆战心惊，束手无策。

谁料到，正当唐三藏走投无路的时候，却见毒虫奔走，妖兽逃窜，猛虎潜踪，长蛇隐匿。惊疑之际，三藏抬头一看，只见一个猛汉手执钢叉、腰悬弓箭，从山坡前走过来。三藏见他越来越近，就跪在路旁，合掌高声叫道：“大王饶命！大王饶命！”那汉子放下钢叉，把三藏搀扶起来，说：“长老，您不用怕，我不是坏人，我是这山中的猎户，姓刘，名字叫伯钦，绰号镇山太保。我到这里来，是想抓几只山虫回家改善伙食，没想到在这里遇上您老，多有冲撞！”

听了猎户的话，三藏的心才算放到了肚子里，他也自我介绍说：“贫僧是大唐钦差，往西天拜佛求经。刚到这里遇上了虎狼蛇虫，被团团围住，不能前进。您这一过来，吓得那些毒蛇猛兽都逃走了，是您救了贫僧的性命，多谢！多谢！”

伯钦回答说：“我住在山里，靠打虎狼、捉蛇虫过活，所以这里的毒蛇猛兽一看见我就逃走了。这里还是大唐地界，我也是唐朝百姓，长老既然是从唐朝来，咱们都是一国之人，长老不用害怕，跟着我走吧，到我寒舍歇歇马，明天一早，我送长老上路。”

猎户镇山太保的出现，化解了三藏法师的第二次虎难。这位猎户既是三藏法师的救命恩人，也是帮助取经工作获得成功不可缺少的人物。不过，这个人物从外表上看却充满杀气，光是那副脸相就能把人吓昏：

> 环眼圆睛如吊客，圈须乱扰似河奎。——第十三回

所谓“吊客”本来指吊唁死者的人，后来引申为神煞，相传这种神煞一出现就会让人精神错乱，丧心病狂。与“吊客”相对的“河奎”本指二十八星宿中的奎星，属于西方白虎七宿的第一星。《史记·天官书》说：

> 奎为封豕，为沟渎。

相传夜半出现奎星，周围乌云遮盖，好像黑猪过河，所以称作河奎。后来，因为谐音的关系，“奎”被混同于魁、馗，于是“河奎”等同于钟馗。据说，这个钟馗生得豹头环眼、铁面虬鬓，相貌奇异，乃是捉鬼的能手。《西游记》使用“吊客”与“河奎”的典故，目的在于形容猎户镇山太保凶悍的外表。这样一副相貌，加上手中的锐利武器，难怪毒蛇猛兽见了四处逃窜。三藏法师刚看见这位猎户的时候，内心肯定非常恐惧，所以吓得跪在路旁。

然而，俗话说，人不可貌相，海水不可斗量。这猎户虽然相貌凶悍，但心地却十分善良。他看见三藏法师就放下钢叉跑过去搀扶，他的一番言谈虽然简短，却能温暖人心，给了三藏法师很好的安慰。因为猎户的话是从心底自然流露出来的，所以他一开始就介绍自己的姓名，连绰号是什么也说了，显得直率、坦诚。

其实，这猎户善良的心地在他的姓名里已经有了暗示。他姓刘，这个“刘”字繁体为“劉”，将字拆开为“卯金刀”，金可以克木，所以会让潜居森林的虎狼畏惧，“伯”有尊长的意思，“钦”表示居敬。整个姓名连起来表示内心仁爱、慈孝为怀、居敬为先，蕴含着传统儒家的做人准则。

他的绰号镇山太保的“镇”字，乃金字旁加上“真”，也就是“真金”的意思。这真金不怕火炼，所以遇事不慌，可以给人带来镇定。再说这

"山"字，也与他的姓相呼应，孔子所谓"仁者乐山"，意味着山可以成为仁的寄托，或者说山也是仁的一种象征。山是静的，这又与镇的含义相配。太保本是古代一种级别很高的官衔，西周时期就设置了，其职责是监护与辅弼幼小的国君，后来为各朝代所沿袭，虽然是个空衔，但级别却是正一品，相当于今天的国务院总理。如果论工资，那么太保可能比总理还要多些，因为他资格老、工龄长嘛！这样的官衔当然有震慑力，所以山里的虎豹豺狼看到他都吓得东躲西藏。

话说猎户请三藏到他家歇马，唐三藏这时候正是又孤单又害怕，就等着猎户这句话呢，于是牵马随行。他们走着走着，过了山坡，忽然听到一阵呼呼的风响，伯钦就说："长老你别走，就坐在这里。你听那风响，是'山猫'来了。等我拿住它，回家款待你。"

这"山猫"是什么呢？原来是一只斑斓虎，它看见镇山太保刘伯钦，扭头就跑。它为什么跑？因为这镇山太保在天上是白虎第一星，管辖所有的天虎，在山里的级别也是最高的，他官衔正一品，是大王。老虎在太保面前顶多是二品。这级别虽然只差一等，但官大一级压死人，那老虎在太保面前当然也就威风扫地，甘拜下风了！

当然，这镇山太保还不只是官衔压过斑斓虎，而且他的气力的确很大，他的声音也如雷震响。斑斓虎见镇山太保赶得急，无处藏身，转身抡爪扑过去，负隅顽抗。就这样，这老虎与镇山太保在山坡上相斗一场，持续了一个时辰。最终，斑斓虎体力不支，败下阵来，被镇山太保一叉刺中。而镇山太保之所以能够战胜斑斓虎，就在于他精通要猫之道，所以能够镇定自若，声东击西。可见，"仁者静"其实也蕴涵着由静生动的思想旨趣啊！

猎户刘伯钦在三藏法师走出国界之前的危难时刻忽然出现，这当然有现实基础。因为古时候的荒山野岭中确有众多虎狼大虫出没，由此而催生了许许多多的猎户，刘伯钦可以说是当时众多猎户中的一个艺术典型。不过，《西游记》塑造刘伯钦这个猎户形象，其实还有更深的用意，这就是作为人道与仙佛分界的一种象征。

猎户代表的是人道，而三藏法师则代表仙佛。要修仙成佛，不能离开人道，但人道与仙佛之间毕竟是有界限的。当刘伯钦送三藏法师到了两界山的时候，三藏法师请刘伯钦再送一程，刘伯钦回答说："长老，此山叫作两界山，东半边属我大唐所管，西北边乃是鞑靼的地界。那厢虎狼，不会服从我管束，我也过不了这个边界，你自己去吧。”刘伯钦这番话听起来很平常，却寓意深长。他讲的这个界既是国界，也是修行的精神境界。

作为一个猎户，刘伯钦修己以敬、持守本分，是一个良民的典型，但他却不能随三藏法师越出国界。这很简单，因为他没有护照，更没有免检的通行证。更重要的是，他无论如何还只是一个凡夫俗子，虽然能够要山猫、打老虎，但惩治不了妖怪。所以，三藏法师要到西天取经，只有另外寻找帮手了。

两界山

（二）孙悟空“刑满释放”

猎户刘伯钦出不了两界山，三藏法师真是依依不舍。两人正在叮咛拜别时，只听山脚下传来如雷一样的响声：“我师父来也！我师父来也!”这一声喊叫，把唐三藏吓了一大跳。

叫喊者是谁呢？原来，他就是山脚下石匣中的猴子，也就是曾经大闹天宫的齐天大圣美猴王。他因为发泄不满搅乱了天庭，进而谋求玉皇大帝的权力宝座，最终被如来佛五个手指化成的大山镇住了。据镇山太保回忆，镇住齐天大圣的这座山本叫作五行山，大唐征西的时候才改名两界山。这就是说，两界山其实就是五行山，那叫喊声就是赫赫有名的齐天大圣发出来的。作为一个资深罪犯，齐天大圣被关在两界山脚下的石头监狱中已经很长时间了，生活在这一带的人们祖祖辈辈都知道那石匣里有个神猴。

神猴到底被关押了多久？这个问题，其实谁也说不清。那镇山太保也只是听老辈人说起是在王莽篡汉的时候，天降此山，下压一个神猴。他不怕寒暑，不吃饮食，自有土地神监押，叫他“饥餐铁丸，渴饮铜汁”，自昔到今，冻饿不死。按照这个说法，石猴被关押的时间至少有六百多年了，因为王莽建国是在公元 9 年，而三藏法师取经出发的时间被描述为贞观十三年，也就是公元 639 年，所以齐天大被关押至少超过六百年。但据后来孙悟空自己的说法则是五百余年。他这个说法并不是一时心血来潮胡诌出来的，因为他在许多不同场合都这么说。孙悟空很可能是根据如来佛五个手指头的含义来计算的，大概一个指头代表一百年，五个指头就是五百年吧。反正他被关在单间的石头牢房里，没有日历，也无网络，只能大概估计自己被关的时间，想出这么个数字也是情有可原的。

不过，有一点孙悟空是不含糊的，这就是不久前观音菩萨从山下经过时给他讲的，有个取经人将要从这里经过，他只要悔过自新，取经人就会救他，而他要当取经人的徒弟，保护取经人到西天取经。观音菩萨说的话，孙悟空牢牢记住了，并且一直在盼望取经人的到来。试想一想，一个罪犯被关押在石头匣子中五百年以上，连个说悄悄话的人都没有，那是多么寂寞啊！所以，孙悟空一看见三藏法师来了就大喊大叫，迫不及待地要求释放，这是完全可以理解的。

对于孙悟空提出的释放请求，唐三藏满足了。唐三藏之所以释放孙悟空，至少有三点理由：第一，孙悟空经过了五百多年时间的反省，确实提高了思想认识，有悔过自新的表现；第二，观音菩萨已经同意给孙悟空减刑，这个减刑的决定也已获得如来佛祖的许可了；第三，取经路上千难万险，需要有帮手，这孙悟空虽然有“前科”，干过不少出格的事，但他是有真本事的，属于稀缺人才，如果让他参与到取经工作中来，是可以发挥作用的。鉴于这样的考虑，当孙悟空老实交代了以往的犯罪记录，提出释放请求的时候，三藏法师就在镇山太保的搀扶下上到山顶把那张关押的封条给撕下，孙悟空总算刑满释放，重见天日。

孙悟空刑满释放，立刻就成为三藏法师的徒弟，进入取经团队。这其实是观音菩萨早已安排好的，观音这样安排，于各个方面来讲都是利大于弊的。就孙悟空来看，他虽然先后从事过几份职业，当过花果山民间团体的美猴王，天庭也曾经正式任命他为弼马温、齐天大圣，但他现在不可能再从事原来的工作了。因为过了五百年，那花果山的猴群早已散失了，尽管可以重新创业，但他的目标其实已经转移；而那个齐天大圣的头衔，原本就是虚的，自从他被关押之日起，聘书自然失效，职务自动解除，他不可能官复原职；至于那个令人讨厌的小芝麻官弼马温，完全是在天庭的忽悠中当上的，他绝对不会想回去再担任这个职务。这样一来，他出狱之后实际上面临着重新就业的问题，如果没有遇上三藏法师，他就可能成为一个无业游民。现在有了重新就业的机会，这是非常好的，但原先在南瞻部洲方寸山三星洞学习的课程已经不能满足新的职业需要，要到西天取经当然应该学习点佛学知识，这一点，三藏法师作为他的师父当然绰绰有余。于是，孙悟空跟随三藏法师，一方面进行岗前培训，另一方面，则可以在路途中理论联系实际，不断提高，何乐而不为？

就社会稳定方面来讲，给孙悟空这样的“刑满释放人员”适当安排工作，也是非常要紧的。如果不给此类人员安排工作，就会使社会上闲杂分子增多，他们无所事事，就可能惹是生非，成为社会的不稳定因素。因此，观音菩萨这个安排，于公于私来讲都是具有先见之明的。

对于观音菩萨安排的这份新工作、新职业，孙悟空满意不满意呢？可以说，基本上是满意的。孙悟空重新上岗之后，有时候也发发牢骚，甚至在后来还跟观音菩萨顶嘴，但总的来讲，他对于接受岗前培训，加入取经队伍的态度是积极的。大家知道，孙悟空虽然被判处有期徒刑，但期限实际上比人间的无期徒刑还要长。年深日久，他的头上堆满苔藓，耳朵里生了薜萝，鬓角的毛发脱落，换上了青草，颔下的胡须没有了，唯有“绿莎”。这期间，他忍受孤独、寂寞，对于一般人来讲是难以想象的。所以，他当然很珍惜新生活。

在告别镇山太保后，孙悟空立刻请师父上马，重新上路。这个时候，他是赤条条的，浑身上下没有什么遮拦，他决心来一番改变。在过了两界山之后，师徒二人遇上老虎，孙悟空从耳朵里拔出针儿，再度启用闲置了五百多年的金箍棒，轻而易举地制服了这只老虎。他剥了虎皮，裁为两幅，收起一幅，把另一幅围在腰间，再从路旁揪了一条葛藤束定虎皮，遮住下体。看来孙悟空很看重自己的仪表，很讲究精神文明。

当天晚上，师徒二人在一个庄院投宿，孙悟空最为渴望的是洗澡，因为他已有五百多年没有洗澡，很希望舒舒服服地洗一洗。这一洗，既洗去了尘垢，洗去了疲劳，洗去了寂寞，洗去了昨天，也洗去了人不人、鬼不鬼的形象，真可谓洗心革面，重新做人了！

洗完澡之后，他又对庄院主人老陈提出新的要求，希望借针线缝接那幅尚未使用的虎皮。他看见自己师父洗澡的时候脱下一件白布短小直裰忘记穿了，赶紧一把扯过来披在身上，又把起先那个虎皮裙脱下，连接在一起，还打一个马面样的折子，围在腰间，勒了藤条，蹦跳到师父面前显摆："老孙今日这等打扮，比昨日如何？"三藏一看，也觉得很不错，连声说："好！好！好！这等样，才像个行者。"孙悟空还真是多才多艺啊，不仅可以要"大针"，还能要小针，连针线活都做得这么好，以后取经路上要是唐三藏的衣服破了，还有人能够缝缝补补呢。

经过这样的自我打扮，孙悟空在心理上和形象上应该说都适应新岗位的需要了，可以重新上岗执行任务了。然而，必须看到，这孙悟空尽管悔过自新，但无论如何是个犯过事、蹲过监狱的，他骨子里不服管束、喜欢闹事的脾性依然存在。你看他后来因为把"剪径"的"六贼"打死，受了师父的批评，就要起脾气来，将身子一纵，就不见影子了。这一点，如来佛早已估计到了，所以在派遣观音寻找取经人的时候就准备了紧箍咒。在悟空要性子离开师父的时候，观音菩萨又化成老母，送了一领棉布直裰和一顶嵌金花帽给三藏。悟空一回来，看到直裰、花帽漂亮就穿上了。这也是姜太公钓鱼，愿者上钩啊！悟空戴上了花帽，怎么也脱不下来了。三藏法师一念紧箍咒，悟空就头痛，算是彻底把悟空给制服了。

这正是：

太保救僧，三藏跨越两界山；
悟空戴帽，定心真言有奇效。

体验了紧箍咒的威力之后，悟空作何反应？请看下一章《袈裟风波》。

第十八章 袈裟风波

上一章，我们讲到唐三藏一念紧箍咒，孙悟空就头疼，孙悟空终于知道了紧箍咒的厉害，所以愿意保护唐三藏到西天取经，再无退悔之意。三藏师徒过了蛇盘山鹰愁涧，在观音菩萨的帮助下，制伏了涧里作孽的小龙，让它变成白马，成为唐三藏的坐骑。此后，他们走了两个来月，日子比较平稳，但没过多久就丢了袈裟。我们本章要谈的就是袈裟风波。

（一）显摆袈裟引来的麻烦

大家知道，唐三藏包袱里那件袈裟是如来佛委托观音菩萨不远万里从西天带来的，特别珍贵，可以说是无价之宝。所以，自从出门以来，三藏法师就小心翼翼地把这件袈裟包得严严实实，放在包袱里，不曾拿出来穿过。出两界山之前，跟随他出门的两个随从虽然遭到老虎袭击而亡命，但袈裟并没有丢失在荒山野岭之中；过了两界山，三藏法师收了徒弟孙悟空，包袱由这个本领高强的徒弟一路保管，照理袈裟也不应该丢失才对，但偏偏就是在孙悟空接手之后反而丢失了。事情是怎样发生的呢？追究起来，其直接的起因就是两个字——显摆！

当三藏法师与孙悟空到了观音禅院的时候，那老院主知道来者是大唐派往西天取经的使者，就非常热情地接待。老院主吩咐童仆端出院里最好的茶几、茶壶，茶盘是“羊脂玉”制作的，茶杯是“法蓝镶金”的，三藏看到之后连连夸奖。听到了三藏的赞美，观音禅院的老院主当然很高兴，却又故作谦虚地说：“污眼！污眼!”意思是讲，他这茶具实在太差啦，恐怕会玷污三藏法师的眼睛。他接着就夸奖三藏来自“天朝上国，广览珍奇”，并且试探性地询问三藏可有什么宝贝，希望三藏法师也能够拿出来，让深山老林里的众僧人一饱眼福。三藏回答：“我那东土，无甚宝贝，即便是有，路途遥远，也是无法携带的。”

孙悟空听了师父的话，马上提醒说：“师父，我前日在包袱里看见一件袈裟，那不是宝贝么？咱们拿出来也让他们瞧瞧怎么样？”没想到，他一提包袱里的袈裟，就遭到观音禅院众僧的嘲笑。因为在他们眼里，袈裟实在是太平常啦！他们每人保存的至少有二三十件，而老院主则有七八百件之多。你这东土来的行脚僧，包袱里不外就是一件裹身御寒的袈裟，有什么了不起的值得一说？

接下来的情节可想而知，老院主吩咐勤杂工打开储藏室，把十二柜的袈裟都抬出来，放在天井中，两边设了衣架，把一件件袈裟挂起来，好像在举办服装博览会一样，请三藏法师尽情观赏。老院主对此洋洋得意。然后，孙悟空不顾师父警示，解开包袱，拿出那光芒四射的袈裟让观音禅院众僧人欣赏。

孙悟空炫耀袈裟

没想到观音禅院的老院主爱上了三藏法师的袈裟，想方设法想得到这件袈裟。为了占有这件袈裟，老院主在听取小和尚广智、广谋的建议之后，下令放火烧了三藏法师与孙悟空借宿的禅房。这一招不仅没有把三藏师徒烧死，反而把数百年来苦心经营的观音禅院烧毁了。因为孙悟空虽然合眼了，却只是存神炼气，没有真正睡着，他一个筋斗到了南天门，向广目天王借了“辟火罩儿”来保护师父；同时，又暗中吹风，让火烧得更旺，最终整个禅院除了三藏住的禅堂以及放着袈裟的方丈室外，都化为灰烬。在混乱之中，黑风洞的黑风怪趁机窃取了袈裟。在万般无奈之下，观音禅院老院主撞墙而死。

这场袈裟风波给后人留下了什么教训呢？概括起来有两点：

第一，显摆张扬，容易惹祸。这种情况早在《周易》中已见记载，该书《解卦》六三爻辞说：

> 负且乘，致寇至。

小人背着重负，却又使用了君子的高级车辆，所以招致强盗前来抢夺。强盗为什么来抢夺呢？因为这个背着重负的小人太张扬了，本来他只要随便雇一辆破烂牛车就可以把货物运到目的地，但他偏偏要招摇过市，所以就被强盗盯上了，其财宝不损失才怪呢！在孙悟空显摆袈裟时，唐三藏就悄悄地告诫他：“珍奇玩好之物，不可使见贪婪奸伪之人。”珍奇好玩的东西是很有诱惑力的，那些贪婪的人看见了，必然会动心，一旦动心，就会想方设法想得到。孙悟空把袈裟丢了，就在于没有听取师父的劝告。如果当时他没有一再张扬师父这件宝贝袈裟，那老和尚怎么会想到把三藏法师的袈裟借回方丈室，后来黑风怪怎么可能在混乱中盗走袈裟呢？

第二，贪婪成性，引火烧身。观音禅院老和尚图谋袈裟不成，最终自杀，对世人是有深刻警诫意义的。他从借袈裟到指使徒子徒孙放火烧禅房，再到撞墙身亡，这一切的发生就在于贪婪心作怪。大家看看，这“贪”字是“今”在“贝”上，象征财；“婪”字是树林下藏着一个女人，象征色。色加上财当然容易引起人们的欲望了。当这种欲望膨胀起来，就可能让人铤而走险，走火入魔，于是“婪”就转化为“焚”。从五行上看，无论是色还是财都属于水，水可生木，木可生火。贪火一旦燃烧，必然自焚。观音禅院老和尚企图占有三藏的袈裟，就是由“婪”转化为“焚”的写照。

然而，贪婪的欲望是怎样产生的呢？《西游记》告诉我们，就在一个

"心"字。第十六回塑造的观音禅院老院主实际上就是贪婪之心的缩影。老院主年龄是"二百七十岁"，这个岁数是意味深长的。如果我们从《周易》"河图之学"的角度来看这个岁数，就会悟出其中的奥妙。

所谓河图，由来已久。相传古有龙马负图出河。龙马身上的"图"共有五十五点，按照五方排列，与五行、五脏相对应：一、六在北；二、七在南；三、八在东；四、九在西；五、十居中。"二百七十"略去"百"与"十"不计，就成了二、七，恰好与河图南方之数相合。在五行中，南方为火，与五脏之心相配。可见，"二百七十"实际上暗示着一颗心。我们再从易学后天八卦方位来看，"二百七十"依然是表示心，因为后天八卦方位是以离、坎定南、北，离在南，坎在北，离既代表日，也象征心。

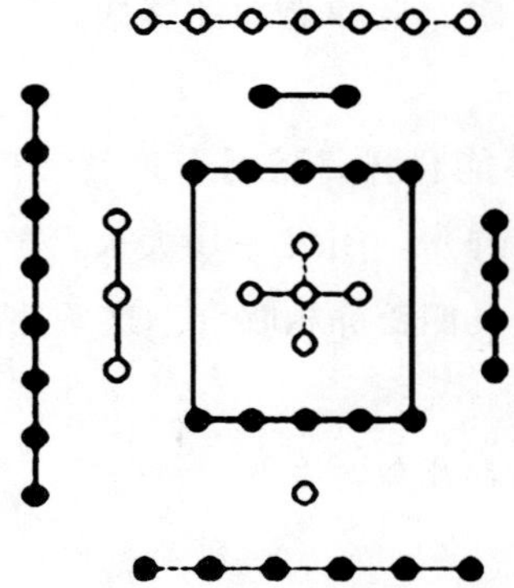

河图

《西游记》不仅以老和尚"二百七十岁"表征心，而且通过童仆拿出的茶儿来强化这个心。三藏法师与孙悟空到达观音禅院，老和尚让童仆敬茶，童仆端出的羊脂玉的盘儿就像"心"字的一勾，而三个"法蓝镶金"的茶杯，就像"心"字的三点。另外一个童仆提上一个白铜壶儿，斟满了三杯香茶，这"三杯"进一步凸显了"心"字的三点。这样，《西游记》就活脱脱地勾勒出一颗心来。只是这颗心不是道心，而是充满欲望的人心。

如果我们查一下《周易》经传，还可以发现观音禅院老和尚被人心欲望驱使的依据。该书"离卦"九三爻辞说：

日昃之离，不鼓缶而歌，则大耋之嗟，凶。

这条爻辞中的“大耋”形容年纪极大，《西游记》第十六回写的老和尚即属于大耋之列。这位大耋“二百七十岁”，除了合乎河图南方之数外，还与“离卦”九三之爻有关，这里的“九”是老阴，“三”表示第三爻，老阴之数九与三相乘为二十七，二十七再乘以十就是二百七十，如此大的年纪不是大耋是什么？

按《周易·离卦》描述，九三之爻，表示太阳将落山，隐隐约约挂在西天，暗示人生应该敲起缶器，怡然而歌；否则老暮穷衰，必有嗟叹。《西游记》作者化用了“离卦”九三爻辞，刻画了一个凡心未退、贪恋别人袈裟的老和尚形象。他从孙悟空手上借到那宝贝袈裟之后，先是在后房灯下对着袈裟号啕痛哭，弄得本寺僧人大大小小都不敢睡觉，然后又是唉声叹气，徒子徒孙一个个都来安慰。老和尚如此这般，不正是离卦“大耋之嗟”的变形吗？

老和尚想得到袈裟，不能释怀，随后有广智、广谋为之献策，企图谋杀三藏师徒，最终放火烧了禅房，引发一场大火，整个观音禅院化为灰烬。这场景又与《周易·离卦》九四爻辞相吻合。这条爻辞说：

突如其来如，焚如，死如，弃如。

其意为：突然发生了一场大火灾，烈焰腾腾升起，把许多建筑物焚烧得一干二净，最终又回归一片寂静。对照一下，不难看出，《西游记》作者正是以离卦为基础来构想观音禅院火灾情节的。

（二）孙大圣“破案”找袈裟

观音禅院的老和尚虽然死了，但事情并没有了结。因为那无价之宝的袈裟不知下落！孙悟空当然心急如焚，他一定得清查到底。因为孙悟空在卖弄袈裟时曾经夸下海口，说一切由他来“管整”，现在把师父的袈裟给“管”没了，“整”掉了，他负有不可推卸的责任。如果不能找回来，师父肯定要念紧箍咒让他头痛，说不定会让他下岗，事情可就难办了。所以，孙悟空无论如何得找回袈裟。

他怎么找袈裟呢？首先从观音禅院查起。这老孙，像对付一场恐怖袭击一样，设置了严格的人口清点程序，让观音禅院上下两院的院主开列名单，总共二百三十名和尚、头陀、幸童、道人，一个个点名搜检。接着检查所有幸存下来的箱笼物件，还把老院主尸首抬出来验尸。最后挖掘方丈室，达到三尺之深。如此这般，依然没有找到袈裟。

这时候，老孙开始思考袈裟的其他去向，他问在场的分院院主："这禅院附近是否有什么妖怪成精？"分院院主告诉老孙："观音禅院的正东南有座黑风山，黑风山有个黑风洞，黑风洞有个黑大王，这黑大王就是个妖精，他常与老院主往来。"行者又问："这禅院离那黑风洞有多远？"院主说："只有二十里，那能够看见的山头就是。"了解了这个情况，老孙立刻对三藏说："师父放心。"他来了底气，因为他判断这袈裟一定是黑大王偷走的。做出判断之后，老孙像警察一样采取了一系列的破案行动，先是秘密侦查，然后"乔装打扮，深入虎穴"。经过不懈努力，孙悟空终于把袈裟找回来了。

孙悟空寻找袈裟的破案行动，能够给我们什么启示呢？

从情节上看，《西游记》作者花了不少笔墨描述孙悟空破案的过程。例如写他到了黑风山，忽听得芳草坡前有人言语，他就"轻步潜踪，闪在那石崖之下，偷睛观看"。又写他变化成为观音禅院老院主金池长老的模样，进入黑风洞，力图智取袈裟。他前后三次到了黑风山，又三次返回观音禅院，故事一波三折，引人入胜。无论从刑侦技术看，还是从案情分析看，孙悟空作为"警察"的功夫都是第一流的，我们的公安如果能够多聘用像孙悟空这样的高手，我想很多疑案、大案都能够大白于天下！

然而，必须指出，《西游记》作者写孙悟空破案找袈裟，只是表层的。作者的真正用意是：通过破案找袈裟的情节，暗示养性修真的操作法门与注意事项。概括起来，有三点值得我们反思：

第一，破案实际上就是破一个"情"字。这一点，清代道教学者刘一明早已看出来。他在《西游记百回详注》中指出，孙悟空第二次到了黑风山，"只见一个小怪，左胁下夹着一个梨木匣儿，从大路而来"，这段文字就暗藏一个"情"字。因为小怪之"小"，其实就是个竖心旁；而"梨木"之色为青，竖心旁与"青"结合，分明就是"情"。十分有趣的是：如果进行象数学的笔画转换，"情"字恰好又暗藏着离卦。因为"情"字有十一画，除以八卦数八，余数三，合于先天八卦图离卦之数。离卦居于南方，火旺而欲动，“欲动而生情，情生而心乱”。所以，《西游记》写孙悟空破案，实际上暗示着修道过程中对情欲的制约。他看见夹着梨木匣儿的小怪，心想那匣子里必定有什么请柬之类，“举起棒，劈头一下，可怜不禁打，就打得似个肉饼一般，却拖在路旁”。这个细节颇有象征含义，它暗示着：情亡而心死，心死则欲望渐消。

第二，破案即破除旁门左道。宇宙天地，向来是两两相对的，有阴就有阳，有正道就有旁门。在历史上，陆陆续续出现过很多“延生”的旁门，守肾是其中比较典型的一种。所谓“守肾”就是守住肾脏中的精气，以求延年益寿。后来，此法发展成为房中术的一种具体技巧。唐代养生家孙思邈《房内补益》说：“男子守肾，因精炼包。”宋代张君房编纂的《云笈七签》卷一百五中也有关于交媾时“男子守肾，固精炼炁”的记载。可见，守肾之法在历史上曾经具有相当大的影响。从宏观上看，守肾固精并非毫无可取之处，事实上它在一定程度上也能延年益寿。所以，至今依然有不少人练习守肾之法。但是，在全真道南北宗看来，守肾之法虽能够延年，却不能得道，因此被列入了“三千六百旁门”而加以批判，这种观念在《西游记》第十七回中得到很好的艺术表现。

孙悟空到了黑风山，躲在石崖下悄悄观察，他看到三个妖魔席地而坐，为首的是一条黑汉，左边下方是一个道人，右边下方是一个白衣秀士，都在那里高谈阔论。他们讲的是：

立鼎安炉，抟砂炼汞；白雪黄芽，傍门外道。

从表面看来，这些妖魔似乎也懂得炼丹修身法门，但实际上只是名称相同而已，内涵却有很大差别。为什么呢？只要弄清楚三个妖魔的本相就明白了。黑汉是黑熊罴的化身，道人是苍狼的化身，白衣秀士是白花蛇怪的化身，这三个妖魔都是旁门的象征。黑汉代表肾脏，因为在传统医学与丹法里，肾属水，水色黑，所以《西游记》作者让这个熊罴怪一身乌黑。孙悟空暗中讥笑熊罴怪是“如烧窑的一般，筑煤的无二！想必是在此处刷炭为主”。不过，一身乌黑还只是表象，他的骨子里是熊熊燃烧的欲火，因为“熊罴”在五行中又属火，这说明黑汉表示的是外水包着内火。道人号凌虚子，表征肾脏中的阳气；白衣秀士作为白花蛇怪，以白为显著特征，同那个黑汉形成鲜明对比，这里的“白”代表肾中的浊精。此三怪都是后天有形重浊之物。“席地而坐”表明重浊之物不可轻扬于天，只能归阴于地。三怪所谓“立鼎安炉”只是用功于肾脏，在交感之精上做功夫。黑汉窃取了袈裟，要做佛衣会，不过是以肾中阴精为宝贝，搞什么“守肾”“搬运”的修炼，外加一些炉火外药的滋养。在全真道看来，这是不能长生的。《西游记》写孙悟空破案正是要告诉世人，不要迷信肾中阴精搬运的技巧，而应该法天则地，顺应自然。

第三，破案意味着修道乃是修真去假。孙悟空变化为金池长老混入黑风洞，被熊罴怪识破，未能夺回袈裟，只好到南海请观音菩萨。路上遇上苍狼变成的道人凌虚子，这凌虚子手里拿着一个玻璃盘儿，盘中放着两粒金丹。孙悟空一棍将那假道人打死，自己变作一粒大金丹，菩萨变成凌虚子道人模样，端上玻璃盘，进入黑风洞。熊罴怪看到大金丹，就拿起来，吞入肚子里。孙悟空现了本相，乱踢乱打，熊罴怪倒在地下，连声哀求，只好归还袈裟。观音菩萨将一个金箍丢在熊罴怪头上，念起真言，终于制伏了熊罴怪。

这正是：

观音禅院，袈裟丢失因显摆；
黑风洞中，佛衣归回证本真。

找回袈裟，孙悟空回到观音院，三藏大喜，众僧人也无比高兴。三藏与孙悟空第二天早上离开观音院，前往高老庄。他们到那里遇上了什么新情况呢？请看下一章《女婿难题》。

第十九章　女婿难题

上一章，我们讲到孙悟空为了找回唐三藏的宝贝袈裟，实实在在地当了一回“警察”，他采用独特的刑侦技术，乔装打扮，进入黑风洞，制伏了盗窃袈裟的黑风怪，最终找回袈裟。唐三藏与孙悟空在第二天一早离开了观音禅院，继续赶路。他们走了六七天，到了高老庄，这里有个大户人家，户主是高太公，正遇上了女婿难题。本章我们要讲的就是女婿难题。

（一）问路问出女婿难题

孙行者服侍着唐三藏上路，到山庄之前天色已晚，他们准备借宿。这时候，迎面来了个少年，少年匆匆忙忙走着，孙行者顺手一把扯住问路，结果就问出高太公的女婿难题来了。少年告诉孙行者：“此处乃是乌斯藏国界之地。庄里有大半的人都姓高，所以这个村庄叫作高老庄。”行者看着少年行色匆忙，加上背着行囊，料定他有急事，就说：“你这样的行装，不是个走近路的，你实话告诉我，要往哪里去，想做什么，我才放你。”少年很无奈，但行者一直没有放手，少年只好实情相告。

这位少年叫高才，是高太公家里的人，他急匆匆行走，是奉家长高太公的命，要到外地请个高明的和尚或道士来家里捉拿高太公的妖精女婿。原来，高太公膝下无男，只有三个女儿，大女儿香兰、二女儿玉兰早已出嫁，有了婆家，唯独小女儿翠兰一直养在深闺。高太公心想，最后这个女儿不能再嫁出去了，希望招个上门女婿，以便将来养老。就这样熬着，熬到小女儿二十岁，才找到一个女婿。

三年前，有个汉子来自福陵山，称自己姓猪，上无父母，下无兄弟，表示愿意上门当女婿。高太公考虑这人“无根无绊”，没有什么牵扯，也就把他招进门了。开头倒好，这汉子干活勤快，“耕田耙地，不用牛具；收割田禾，不用刀杖”，真是一把好手啊！

可是，慢慢地问题就来啦。按高太公的说法，这女婿有五个方面的问题：

第一，会变嘴脸。初来的时候，虽然是一条胖黑汉，样子倒也可以接受。但进门不久，他的真嘴脸就暴露出来了，原来是一个长嘴大耳朵的“呆子”。更让人难以接受的是他的后脑勺有一簇鬃毛，像个猪公，而那身体粗糙得怕人，无法形容。总之，长相丑陋不堪，难怪左邻右舍笑话高太公的女儿嫁给这个汉子是一朵金花插在牛粪上。第二，食肠大得惊人。一顿要吃三五斗米的饭，即使是早上的点心也要吃百十个烧饼才够。还好这“呆子”是吃斋素，要是吃荤喝酒，高太公担心整个家业田产不出半年，恐怕就得被吃光了。第三，会弄风，云来雾去，飞沙走石，唬得高太公一家以及左邻右舍都不得安生。第四，把妻子翠兰关在后宅子里大半年都看不见踪影，是死是活全然不知。第五，最要紧的是，左邻右舍
都说高家招了一个妖精女婿，坏了高太公“多少清名”，疏远了“多少亲眷”。这一点，高太公相当看重，因为坏了他的名声，在庄里不好做人啊。所以，当孙行者说包管拿住这个妖精，让他写个“退亲文书”，这高太公干脆说：“还要什么文书？劳驾法师为我斩草除根吧！”言下之意是来狠的，把他的生命结果了最好！

高太公向远方来的和尚唠唠叨叨，讲了许多女婿的不是。这些是不是都能成为问题呢？我们不妨分析一下。

第一条，关于会变嘴脸、形象丑陋的事。我们从行文中，看不出高太公女儿翠兰嫌弃他夫婿丑陋，实际上是高太公自己嫌弃女婿丑陋。他为什么嫌弃呢？因为挡不住左邻右舍的闲话，周围的人们议论纷纷，说高家招了一个妖精女婿，这使他很难堪。但这一条理由其实是站不住脚的，因为当初黑汉上门来的时候，就向高太公当面讲清楚了。也就是说，黑汉已经把丑话讲在前头了，高太公当初是没意见的。现在，高太公把这重新提了出来当作问题，实在说不过去。如果我是法官，一定驳回！

我们再看第二条，关于食肠大、吃得多的事。唐三藏一听就觉得也不是问题，指出这汉子“只因他做得，所以吃得”。他很会干活，消耗了大量体力，需要营养补充，所以吃得多。孙悟空也同意师父的看法，他对高太公说：“你的女婿虽然食肠大，吃了你家些茶饭，他与你干了许多好事。这

几年挣了许多家资，皆是他之力量。”这样看来，高太公嫌女婿食肠大，要求退亲，也不是能够站得住脚的理由。如果以这条理由向乌斯藏国的地方法院告状，法院恐怕都不会受理。

至于第三条“云来雾去，飞沙走石”，惊扰高太公一家以及左邻右舍的正常生活，这就是问题了。你想想看，动不动“云来雾去，飞沙走石”，谁受得了？这“云来雾去”影响了人们的视线，如果农民在山间挑担行走，被云雾所迷惑，误入峡谷深坑，轻者筋骨损伤，重者生命垂危。而那“飞沙走石”更危险，沙尘蔽日，人们无法行走，要耽误多少人的正常工作？要是在今天高速公路上突然来一股沙尘暴，有可能造成数十辆甚至百余辆的汽车追尾，问题就十分严重了。再说“走石”，许多大石头从地面飞起，再从高空坠下来，难免砸伤过往行人、牲口，甚至各种建筑物。如果在今天，那石头有可能砸到变压器、高压线、电线杆等，造成电线短路或者断路。如果短路，极有可能酿成火灾，让居民区成为一片火海，造成人员的重大伤亡；如果断路，使广大居民不能正常照明，工厂停工，实验室停止运行，飞机指挥失灵，这不仅会引发重大事故，造成极大经济损失，也有可能造成人群骚乱，影响社会治安。可见，动不动就“云来雾去，飞沙走石”，至少是扰乱社会治安的。

第四条，把老婆翠兰关在后宅子里，这是侵犯自由权。翠兰虽然与黑汉成婚，两人是夫妻关系，但女人不是男人的私有财产，妻子享有自由出入宅院的权利。这个黑汉把老婆关起来大半年，不让她与其他家人见面，尤其是不准与她父亲见面，这不仅有悖人情，而且涉嫌虐待。由此连带着给高太公造成精神创伤。从这些情况看，高太公提出的退亲理由虽然不完全成立，但大半是说得过去的，所以连心慈手软的唐三藏都要求孙行者帮助高家解决女婿问题。

（二）孙行者解决高太公的女婿难题

由于高太公强烈要求，师父唐三藏又加以敦促，孙行者也就爽快地答应为高太公解决女婿难题。他怎样解决这个难题呢？概括起来，有三大步骤：

第一步，察看虚实。

孙行者虽然了解到高太公女婿的初步情况，但他并没有贸然行动，而是着手进行调查，为进一步行动做好准备。他怎样调查呢？首先是跟随高太公到了翠兰被关的后宅子，他让高太公拿钥匙开锁，高太公说：“你且看看，若是用得钥匙，却不请你了。”高太公讲的是实情，因为他如果掌握钥匙，说明女婿对丈人没有提防，女儿能够与父亲见面，这就不存在问题了。孙行者让高太公拿钥匙，不过是开个玩笑，没等高太公说完，孙行者就抡起大棒，捣开门扇，让高太公叫叫女儿。女儿认得父亲的声音，就回应了，但声音有气无力，说明身体虚弱。翠兰走出来看见父亲，一把抱住，抱头痛哭。

翠兰与父亲高太公相见，这对孙行者进一步解决问题来讲相当重要。因为相见了，孙行者可以仔细了解黑汉往来行踪，以便采取适当措施。果然，孙行者一知道黑汉是“天明就去，入夜方来”的行踪后，即让高太公带着女儿到前宅子叙说，自己在后宅子等候黑汉回来。当然，聪明的孙行者不可能拿着金箍棒在门口等候。如果那样，不就把黑汉吓跑了？或者双方可能马上对打起来，这也无法进一步掌握更多信息，事情就难办了。孙

高老庄悟空戏弄猪八戒

行者采取机智的方式，他变化成翠兰，睡在床上假装生病。老猪回来后，上前一把搂住，就要亲嘴，行者使个“拿法”，托住老猪的长嘴，把他掼下床。就这样，双方像躲猫猫似的，演了一场精彩的洞房戏。孙行者抓住机会，以妻子特有的撒娇口吻，说老猪“造化低”；又说“父母隔墙丢砖料瓦”，嫌女婿“全没有些儿礼体”，丑得不能见人等话来刺激老猪。而老猪呢，既解释又申辩，把自己的身世、姓名、住处都讲出来。行者感觉火候已到，就说老丈人请了五百年前大闹天宫的齐天大圣来拿他。老猪一听害怕了，套上衣服就想走，被孙行者一把扯住。孙行者把自己脸一抹，现出原形，慌得老猪手麻脚软，哗啦一声挣破衣服，化一阵狂风，脱身而去。老猪虽逃脱了，但透露的信息极为有用。孙行者正是根据这次床头悄悄话透露的情况，采取特别行动。

第二步，小试身手。

老猪一跑，行者立刻就追。老猪把红光一聚现了本相，撞入洞里，取出九齿钉钯来战。开打之前，双方自然是对骂叫阵。这一叫阵，孙行者方知，原来云栈洞里的老猪也不是等闲之辈，尤其对道门内丹修炼的高端技术非常熟悉。你听他自己说：

> 三花聚顶得归根，五气朝元通透彻。
> 功圆行满却飞升，天仙对对来迎接。——第十九回

什么是“三花聚顶”呢？是不是说老猪觉得自己太丑，就在头顶上戴了三朵花呢？这个问题有点复杂，不能笼统而论。从表层的字义看，“三花聚顶”分明是说有三朵花聚在头顶上；但是，如果进一步追问，三花是什么花儿？是喇叭花、狗尾巴花，还是梅花、菊花、牡丹花等等？其实，老猪说的“三花”在自然界是找不到的。那么，这神秘的花到底在哪里呢？其实就在自己的身体中！说穿了，这是道门内丹修炼的隐语，说是花，其实是比喻，具体指的是人体内的精、气、神。

在古代，“花”与“华”通，早先的“花”就写作“华”，所以“三花”也就是“三华”，表示精、气、神，乃是人体的荣华。所谓“聚顶”就是精、气、神混一而聚于玄关一窍。元代著名道教学者萧廷之《金丹大成集》说：

问三花聚顶。答曰：神、气、精混而为一也。玄关一窍，乃神、气、精之穴也。

这里的“顶”有特指意义，它表示人体的“天宫内院”。所谓“天宫”指的是脑部；“内院”就是以印堂穴与百会穴垂直为中心点的脑部内空间。这个地方很玄，所以又称作“玄关一窍”。这一窍非常要紧，如果这窍不通，只能永远当凡人；如果这一窍通了，百窍就通，于是脱胎换骨、延年益寿、变化成仙就是道教追求的长远目标。

什么是“五气朝元”呢？这是道门内丹修炼的另一个隐语。内丹功通常讲的“五气”就是心、肝、脾、肺、肾这五脏之气，因为五脏可以用木火土金水五行作为代表，所以五脏之气又通于五行之气。在印度的瑜伽术里，也有五气的说法，这指的是上行气、下行气、中行气、左行气、右行气。笔者以为这里的“五气”是从中国固有的丹道理论来的。至于“朝元”的“元”向来也有不同理解。有人以为，这个“元”是指关元穴，也就是所谓下丹田，在肚脐之下一寸三分；还有人认为，这是指会阴穴，也就是瑜伽术所谓“海底”。事实上，这个问题在道书《性命圭旨·元集》中早有说明：

盖身不动则精固，而水朝元；心不动则气固，而火朝元；真性寂则魂藏，而木朝元；妄情忘则魄伏，而金藏元；四大安和则意定，而土朝元。此谓五气朝元，皆聚于顶也。

《性命圭旨》这段话除了证实“五气”就是木火土金水五行之气外，还明确指出了“朝元”其实也就是“聚顶”，这个“顶”与“三花聚顶”的“顶”应该是同一的，也就是上面说到的以印堂穴与百会穴垂直为中心点的脑部内空间。

按老猪自己的说法，这种内丹修炼大法是他往昔遇上的一位真仙传授的。他依照真仙的指点，功夫达到了炉火纯青的境地，所以在天庭里被敕封为天蓬元帅，主管天河，总督水兵；后来因为酒醉调戏嫦娥，被贬谪下界，错投猪胎，虽形象丑陋，但功夫依旧，有三十六种变化。由此可见，高太公这位上门女婿并非那么容易对付。孙行者在半山与老猪恶斗，从二更时分一直打到东方发白。如果不是孙行者讲出了到西天取经的事，恐怕再打七天七夜也解决不了问题。

第三步，善猪恶拿。

双方对打多时，老猪问起："莫敢是我丈人请你来的?"行者告诉老猪："你丈人并没有来请我，是因为我老孙改邪归正，保护一个东土大唐驾下御弟三藏法师往西天取经，路过高老庄借宿，那高老儿因话说起，就请我救他女儿，拿你这馕糠的夯货!"行者这样说实际上告诉老猪：你的丈人并没有特地请我来抓你，我孙悟空到这里只是顺便为高家解决一点儿家务事。

没想到老孙这一说，老猪就丢了钉钯，请求行者带他去见取经人三藏法师。行者这话为什么如此见效呢？因为该书第八回写道观音菩萨到东土寻找取经人时已经让老猪受戒，并且给他取了法名悟能，老猪满口答应等候取经人。眼下，取经人真的来了，所以老猪急着要相见。老孙怕老猪诡诈，要他发誓，并且焚烧云栈洞，他才放心带老猪去见三藏法师。不过，行者并不是让老猪舒舒服服地跟着走，而是缴了他的九齿钉钯，又从身上拔了毫毛，吹口仙气，变成绳索，把老猪五花大绑，然后揪住老猪的耳朵，拉着他说："快走！快走!"老猪大喊轻点儿，轻点儿，但行者却说："顾不得你，常言说，善猪恶拿，只等见了师父，才能放你。"

孙行者为什么这样对待老猪呢？因为他曾经对师父与高太公表示：此去一定把高太公女婿拿来。现在老猪虽然已经老老实实，是一头"善猪"了，但为了兑现自己的诺言，孙行者只好委屈一下老猪了。他这样做，对已经发誓皈依三藏法师的猪八戒，似乎有些不公平，但实际上这是作者的特意安排。

从种种行迹来看，高太公女婿老猪乃是色心的一种艺术表现。对养性修真来说，攻克色心是一大难题。因此高太公遇上的女婿难题实际上是修道学佛者面临的色心难题。如何解决这个难题？在作者看来，需要以毒攻毒。第一个毒就是孙悟空，而第二个毒就是猪八戒。色心遇上了孙悟空，就像木碰上了金。对此，作者用一首诗来暗示：

金性刚强能克木，心猿降得木龙归。
金从木顺皆为一，木恋金仁总发挥。

一主一宾无间隔，三交三合有玄微。

性情并喜贞元聚，同证西方话不违。——第十九回

这里的“金”代表孙悟空，“木”代表猪八戒。顺便说一下，许多学者认为，唐僧师徒四人与白马合起来刚好合乎五行之数。这个思路没有错。不过，应该看到的是，在《西游记》中，唐僧师徒、白马与五行的对应并不是一成不变的，作者在许多地方用五行来暗示唐僧师徒和白马的禀性，都是象征性的，我们不可用僵化的模式来看待。就这首诗来说，所谓“金克木”，暗示的无非就是以毒攻毒，去除色心。对于金来说，如果没有遇上木，就不能体现肃杀的特点；对于木来说，如果没有遇上金，它就只能弯曲而不能成器。金木相遇，各尽其用，所以说“金从木顺”，两者相辅为用，这就叫作“皆为一”。木恋金情，金爱木仁，所以能够发挥出最大的能量。本来，木在东方是主；金在西方是客，现在反客为主，以虎驾龙，回归大道，所以说“玄微”。至于“三交三合”，则是对孙悟空与猪八戒三次接触、对打的概括。第一次，孙悟空化作高太公女儿翠兰在洞房里试探猪八戒的虚实；第二次，猪八戒从高太公后宅子逃走，孙悟空追到云栈洞，彼此从二更时分战到天明；第三次，孙悟空回到观音禅院向师父汇报情况之后再度来到云栈洞，经过一番口水仗，终于降伏了猪怪，解决了高太公的女婿难题。老孙降伏老猪，正是阴阳既济，真气归元，最终都在西方获得正果。

这正是：

高老庄里，八戒上门当女婿；

云栈洞前，猴猪会战知性情。

这猪八戒皈依佛法、成为三藏法师徒弟之后情况如何呢？请看下一章《九宫法船》。

第二十章 九宫法船

上一章，我们说到孙悟空在师父唐三藏的敦促下，为高太公化解了女婿难题。高太公这位女婿也就是猪八戒，他与孙悟空一样，是观音菩萨度化的取经团队预备人选之一，所以当他得知三藏法师就在自己丈人家里，也就老老实实表示皈依了。于是，孙悟空与猪八戒侍候唐三藏继续赶路。在过流沙河的时候，三藏师徒遇上了一个水怪，原来他就是遭贬人间的天庭卷帘大将沙悟净。这个水怪是怎样被降服的呢？在降服水怪的过程中有什么特别的情节值得注意呢？我以为是九宫法船，所以，我们本章就来谈谈九宫法船的问题。

（一）“九宫”何以成“船”

《西游记》第二十二回《八戒大战流沙河，木叉奉法收悟净》末尾有这样一段描写：

> 那悟净不敢怠慢，即将颈项下挂的骷髅取下，用索子结作九宫，把菩萨葫芦安在当中，请师父下岸。那长老遂登法船，坐于上面，果然稳似轻舟。左有八戒扶持，右有悟净捧托，孙行者在后面牵了龙马，半云半雾相跟，头直上又有木叉拥护，那师父才飘然稳渡流沙河界，浪静风平过弱河。

这段文字中的“悟净”就是在流沙河作怪的“天庭卷帘大将”。呈现在我们眼前的这位卷帘大将形象煞是奇怪，他的脖子上挂着九个骷髅！初看多么吓人！怎么会把骷髅挂在脖子上呢？难道他是故意装出可怕的样子，让过往行人害怕吗？

其实，这个水怪装出一副吓人的样子是有原因的。早在第八回《我佛造经传极乐，观音奉旨上长安》中，作者已经初步交代了水怪的来历。当观音菩萨与徒弟木叉来到流沙河的时候，这个水中怪就曾经冒出水面来打斗。由于尚不知道来者是菩萨及其徒弟木叉，当时的水怪是相当猖狂的，他手执一根宝杖，走上岸就要捉菩萨．却被木叉掣出浑铁棒挡住。两个来来往往，战上数十回合，不分胜负。那怪物架住铁棒说："你是哪里的和尚，敢来与我抵敌?"木叉道："我是托塔天王二太子木叉惠岸行者，今保我师父往东土寻取经人去。"水怪听这么一说，才明白来者是何方神圣。在菩萨的劝导下，水怪表示愿意皈依正果，做取经人的徒弟。当时，水怪向菩萨叙说了自己在流沙河吃人度日的罪过以及出现的怪异情况：他在流沙河吃人无数，凡被他吃的人，其头骨都抛进流沙河中。在这里，水面上的东西是很容易沉到水底的，甚至连鹅毛也不能浮起来；但是，有九个取经人的骷髅却是例外的，这九个骷髅一直浮在水面上，不会下沉。他担心从此取经人不敢从流沙河经过。观音菩萨说："岂有不到之理?"取经人一

观音点化沙和尚

定还会来的。观音菩萨让水怪把九个骷髅挂在脖子上，等候取经人，届时自有用处，水怪表示“愿领教诲”。观音菩萨让水怪“摩顶受戒”，并且指沙为姓，取个法名叫作沙悟净。从这个情节来看，作者对“九宫”之数早有暗示。在这里，九个骷髅其实就是后来构成九宫法船的基本要素。自从得到观音菩萨的劝导之后，沙悟净一直把九个骷髅挂在脖子上。

初看起来，沙悟净脖子上挂着九个骷髅，实在让人感觉阴森恐怖。作者这样安排有什么用意呢？其一，从沙悟净的角度讲，是为了惩戒，因为九个取经人是他吃的，把九个骷髅挂在脖子上，可以牢记自己的罪过，以示忏悔。其二，从情节推进角度来看，这是为后来第二十二回九宫法船的情节埋下伏笔。

然而，沙悟净脖子上的九个骷髅是如何变成九宫法船的呢？这个问题必须从猪八戒的九齿钉钯以及五行属性转换方面作进一步追溯。如果没有猪八戒在流沙河与沙悟净对打，就不可能了解沙悟净的脾性，最终也就不会有孙悟空到南海敬请观音菩萨，更不会有观音菩萨派遣木叉惠岸到流沙河帮助降伏沙悟净的情节。所以，要明了九宫法船的由来，就得追踪猪八戒大战沙悟净，而要考察这段故事，又得追溯猪八戒那件神奇武器——九齿钉钯的妙用。

九宫法船与九齿钉钯都有个“九”。这个数字极为重要，它是九宫法船之所以能搭建起来的一个联接纽带。在《易经》里，一、二、三、四、五是最基本的数。其中，一、三、五为奇数，也叫天数；二、四为偶数，也叫地数。一、三、五这三个奇数之和为九，二、四这两个偶数之和为六，九为老阳，六为老阴。猪八戒的九齿钉钯恰恰体现了以九为阳极的传统象数哲学的精神。可见，九齿钉钯之“九”确实值得我们认真琢磨。

说到这里，可能有人会说，猪八戒的九齿钉钯有什么好谈的？那不过是一把耕田除草的农具嘛！的确，猪八戒的九齿钉钯曾经被当作农具使用。他当高太公倒插门女婿时就是用这九齿钉钯干活的，所以孙悟空就曾经拿这一点讥笑猪八戒。孙悟空追到云栈洞打破猪八戒洞府大门，猪八戒要孙悟空“看老猪这钯”！行者使棒支住说：“你这钯可是与高老家做园工筑地种菜的？有何好处怕你！”言外之意是：你猪八戒再有本领，不过是个农民，还敢与我老孙对抗？快快受降！

其实，猪八戒的九齿钉钯虽然曾被当作农具，却不是一般的农具，而是一件多功能的器具。在天庭的时候，猪八戒作为天蓬元帅用九齿钉钯守护天河，尽了天庭高级将领应有的保卫责任；在猪八戒当农民的时候，九齿钉钯又曾为主人赢得荣誉；在遇上孙悟空的时候，猪八戒耍起九齿钉钯来也是得心应手。就这种情况来看，九齿钉钯在现实生活中甚至比当今许多尖端武器还更具实用性，因为当今的所谓尖端武器无论如何不能当农具，如果有朝一日这些掌握了尖端武器的战士们退伍回家当农民，他们恐怕就要羡慕猪八戒的九齿钉钯了！

那么，猪八戒的九齿钉钯到底有什么神奇来历呢？在《西游记》第十九回中，猪八戒念了一首诗，大赞九齿钉钯说：

此是煅炼神冰铁，磨琢成工光皎洁。
老君自己动钤锤，荧惑亲身添炭屑。
五方五帝用心机，六丁六甲费周折。
造成九齿玉垂牙，铸就双环金坠叶。

这八句诗先说制作九齿钉钯使用的材料和工艺特点，再说其制作者以及制作流程。其中的“神冰铁”大概相当于冷轧系列的钢铁；而“磨琢”二字说明其工艺细致，因为细细雕琢，所以亮光闪闪如月色。这件九齿钉钯之所以非同一般，是因为它由太上老君亲自锻铸，而烧火的“荧惑”，也就是太阳系八大行星之一的火星。道门认为九星皆有神明主管，火星之神就称作荧惑星君。“五方五帝”以及“六丁六甲”也参与制作九齿钉钯。最终锻就的就是“九齿”的样子。

接下来，猪八戒又道出了九齿钉钯的制作理念：

身妆六曜排五星，体按四时依八节。
短长上下定乾坤，左右阴阳分日月。
六爻神将按天条，八卦星辰依斗列。
名为上宝逊金钯，进与玉皇镇丹阙。

其中第一句的“五星”就是金木水火土，第六句的“八卦”就是乾、震、坎、艮、坤、巽、离、兑，“星辰”就是二十八星宿。结合起来看就会发现，这件九齿钉钯蕴含着八卦九宫的基本理念。因为“五星”有土，土居中，其外有八卦，这就构成了九宫的样式。由此可见，九齿钉钯与后来沙悟净的九宫法船有着共同的理论基础，这就是九宫八卦之学。

作者这样安排，实际上是为了进一步从五行相克的角度描述降伏流沙河怪的必然性。一方面，猪八戒与沙悟净都与九宫八卦有不解之缘；另一方面，在特定的空间场景中，五行的相生相克也具有特殊性。我们已经知道，猪八戒本来是属金的，因为他到了云栈洞倒插门，当了卯二姐的夫婿，卯二姐属木，金克木，所以卯二姐不到一年而死。猪八戒在卯二姐死后，继承了卯二姐的所有家业，成为一家之主，在五行上由金而变木。而沙悟净居于流沙河，以沙为姓，这个沙从属于土。《西游记》作者安排猪八戒潜入水中与沙悟净对打，这象征木克土。关于这一点，《西游记》第二十二回有诗暗示：

五行匹配合天真，认得从前旧主人。
炼已立基为妙用，辨明邪正见原因。
金来归性还同类，木去求情共复沦。
二土全功成寂寞，调和水火没纤尘。

根据前人的解释，这首诗在总体上是表征内丹功“攒簇五行”之妙用。什么叫作“攒簇”呢？就是汇聚在一处的意思。“攒簇五行”就是让五行之气协同为用。其中所谓“二土”相叠成“圭”，表征内丹修炼所以有成的“真土”。谁代表真土呢？向来有不同的解释。我以为在这首诗中，沙悟净就是真土。要得到真土沙悟净，唯有属木的猪八戒出战不可。因为孙悟空属金，无法克土，所以他明白表示自己“水里勾当不十分熟”，他在诱降沙悟净的过程中过于急躁，结果弄得流沙河怪潜入水中不出来。而猪八戒此时的做法却与孙悟空很不一样，他批评师兄孙悟空说：“你这弼马温，真是个急猴子！你再缓缓些儿，等我哄他到了高处，你却阻住河边，教他不能回首呵，却不拿住他也！”相互对比，我们不难看出，孙悟空体现的是金性之刚，而猪八戒则体现了木性之柔，故而诗中有“木去求情”的描述。正因为猪八戒代表的是柔木，所以在第二十二回里，他成了降伏流沙河怪沙悟净的主角，最终促成沙悟净搭建九宫法船，运载三藏法师过了流沙河。

（二）九宫法船与洛书

那么，九宫法船到底是一艘什么样的船呢？从本章开头引述的那段话中，我们已经明白了九宫法船是以沙悟净脖子上挂的九个骷髅作为基本材料搭建的。但光有九个骷髅，九宫法船还是不能建成，到木叉惠岸使者来了，九宫法船才最终搭建起来。这位观音菩萨的徒弟带来了什么东西呢？红葫芦！当孙悟空到了南海请求观音菩萨帮助的时候，菩萨拿出红葫芦交给惠岸，吩咐他带上红葫芦到流沙河，告诉沙河怪三藏法师将到西天取经的事，让他出来皈依三藏法师。惠岸按照菩萨的吩咐办事，果然，流沙河怪就归顺了，取下脖子上的九个骷髅，并把骷髅穿在一起，按九宫布列，而红葫芦就放在九宫当中，这就成为一艘法船，稳稳当当地把三藏法师渡过河去。

从《西游记》的描述可知，九宫法船就是按照九宫格局排列的，所谓“九宫”也就是按照八卦方位加上中央形成的空间地理格局。具体来讲就是：乾宫、坎宫、艮宫、震宫、中宫、巽宫、离宫、坤宫、兑宫。其中，乾、坎、艮、震属四阳宫，巽、离、坤、兑属四阴宫，加上中宫共为九宫。

九宫是八卦、五行与九数相结合而形成一个神妙的符号系统。八卦居于八方，东西南北为四正；东南、东北、西南、西北为四维，合于中央即为九宫。四正应于中央为五方，配上五行，东方为木，西方为金，南方为火，北方为水，中央为土。与此同时，古人又把九个自然数与九宫对应起来，一在北方，九在南方，三在东方，七在西方，五在中央，二在西南方，四在东南方，六在西北方，八在东北方。北周时期的甄鸾把这种数字排列看作一个人的形态，他在东汉涂岳《数术记遗》中注曰：

> 九宫者，即二四为肩，六八为足，左三右七，戴九履一，五居中央。

九宫就像站立着的一个人的样子，二与四构成肩膀，六与八构成两足，三在左手边，七在右手边，头上戴的是九，脚上踩的是一，而五就居于腹部中央。《西游记》中三藏法师过流沙河时用的法船其实就是一套数字符号。

九宫如何成为法船呢？所谓法船也是一种比喻。早先佛教将佛法比作一艘可以把人渡过生死海而到达涅槃彼岸的船。在民间法会上，匠人们用秫秸扎架，以彩纸裱糊而成船，小的法船有一丈多，大的法船达到数丈，以表达慈航普渡的愿望。《西游记》描写的法船应该与此等民俗活动有一定的关系，它把九宫的数字、卦象、五行与民俗中的法船连为一体，塑造了意义丰富的艺术形象。其中，那个红葫芦尤其令人琢磨。在中国古代，葫芦称作匏、瓠、壶，也叫作壶卢、蒲卢、匏瓠等等。在很早的时候，葫芦就成为人们的食物。随着社会的发展，葫芦的功能不断扩展，它不仅成为乐器、酒器，而且在祭祀活动中扮演重要角色。久而久之，葫芦也逐步引申出象征意义。一方面，葫芦意味着多子、多产，也意味着吉祥福禄；另一方面，葫芦还是悬壶济世、治病救人的符号。更为重要的是，葫芦可以漂浮在水面上，本身就是运载工具的象征。这个葫芦不是绿色、黄色、蓝色，而是红色。为什么特别标示为红色呢？奥妙就在这里！我们知道，古代的五色与五行是可以相互转换的，红是火的颜色，可以说就是代表火，或者说就是火。流沙河上出现了红葫芦，这不构成了火在水上的格局吗？在《周易》里，火在水上就是“未济”的卦象。“未济”是《周易》最后一个卦，该卦之《象》曰：

火在水上未济，君子以慎，辨物居方。

火在水上燃烧，不成烹饪，也就没有功效，这就叫作未济。所以，君子应该慎重行事，辨别各种事物居处的处所。本来，未济表示的是无济于事，事态当然是不好的。然而，物极必反，否极泰来。《西游记》在这里反其意而用之，用一个飘在水上的红葫芦暗示流沙河之弱水克不了强火，唐三藏因此得以安全渡过，体现了老子《道德经》“反者道之动”的精神。

不过，我们还应该看到，红葫芦的象征意味并不是孤立存在的，而是以九宫的整体协调布局为前提的。从根源上看，九宫的架构可以追溯到远古时期洛书的发现。《周易·系辞传》说：

河出图，洛出书，圣人则之。

相传在伏羲氏时代，有龙马出河，背上排列着一到十的数字，先民们把它描摹下来就是河图，据说这就是八卦之所以诞生的根本。在大禹的时代，有神龟出洛水，背上有一到九的数字排列，先民们把神龟背上的数字图形描摹下来就是洛书。根据前人的解释，龟背上不仅有五行、二十四节气，而且体现了数字组合的奇妙，纵横斜正，都构成了十五，这绝不是一个简单的自然数字，而是“和合聚力”的数字表征！

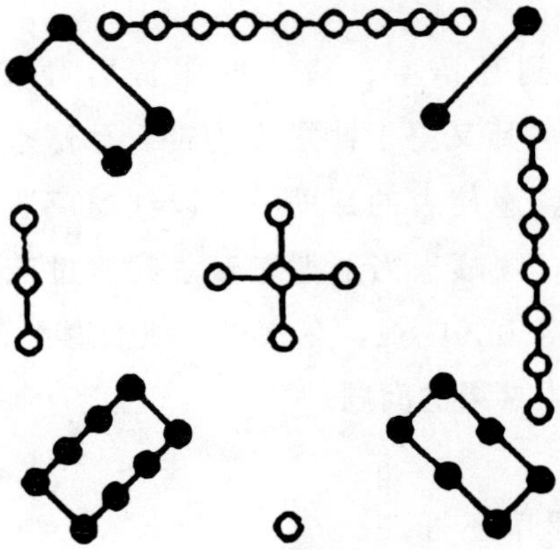

洛书

如果说河图的纵横斜正皆成十五寄托的是一种和合精神，那么以洛书为基础而构想的九宫法船则体现了《西游记》乘风破浪向前进的昂扬精神！

这正是：

> 真土未归，流沙河急过渡难；
> 五行攒簇，法船风顺和合通。

三藏师徒渡过流沙河之后，他们又有哪些奇妙的经历呢？请看《异果奇缘》。

第二十一章　异果奇缘

上一章，我们说到孙悟空、猪八戒服侍着师父三藏法师到了流沙河，因缘际会，三藏法师又得了沙悟净为徒。孙悟空、猪八戒、沙悟净在观音菩萨的徒弟木叉惠岸使者的帮助下，以红葫芦居中、九个骷髅居于八方，搭起了九宫法船，顺顺当当地把三藏法师渡过流沙河去。三藏师徒继续前行，他们到了万寿山五庄观，在这里，他们遇上了旷世稀有的人参果。本章我们要讲的就是人参果的问题。

（一）人参果乃是草还丹

说起人参果，大家应该不会陌生，因为近年来我国许多地方都在推广人参果，例如甘肃武威、河北魏县、安徽镇元等地都有关于人参果栽培的报导。在大力发展经济的形势下，许多聪明的果农积极开发人参果市场，他们通过特殊的造型技术，把梨或者其他具有可塑性的水果培养成为人头形果实。这些果实一个个笑容可掬，博得人们的喜爱，相当畅销，取得了可观的经济效益。不论果农们培育出来的是什么样的人参果，都证明了《西游记》关于人参果的情节具有很大的影响力。

《西游记》中的人参果是一种什么样的果实呢？第二十四回《万寿山大仙留故友，五庄观行者窃人参》用了不少篇幅对五庄观里的“异宝”人参果作了描述。

首先，《西游记》指出了人参果树的由来：

> 乃是混沌初分，鸿蒙始判，天地未开之际，产成这颗灵根。

这颗能够结出奇异果实的大树具有非常悠久的历史。“混沌初分，鸿蒙

人参果

始判”，形容宇宙形成的时候阴阳二气刚刚分别的状态。在那个时候，天地都还没有分开，就已经有了人参果树的“灵根”了，说明它的存在比人类还要早。这不过是一种艺术夸张，却显示了人类产生之前早有许多珍贵植物存在。

其次，《西游记》强调了灵根果实的极端稀罕，叙说了它的特殊名称：

> 盖天下四大部洲，惟西牛贺洲五庄观出此，唤名草还丹，又名人参果。

四大部洲是佛教的地理概念，实际上囊括了整个世界。按照《西游记》的说法，世界各地只有五庄观存在人参果树，生产人参果。可见，这人参果是独一无二、不可多得的。

值得注意的是，这种果实有两个名称。其一是“草还丹”。在传统医学的著作中，有许多关于“草还丹”的方药，例如《圣济总录》卷一八七、《良朋汇集》卷二、《鸡峰》卷十二、《普济方》卷二二四等文献都著录了“草还丹”。此外，尚有“张天师草还丹”“仙传草还丹”等相近名称。在不同的医学文献里，所谓“草还丹”的配伍是不一样的，不过都表明草还丹本来是中医的一种方药。《西游记》所谓“草还丹”当然不同于中医方药中的草还丹，却可以引起读者关于方药可以滋补延年的联想。其二，人参果的名称进一步强化了这种果实滋补延年的功效。虽然人参果不同于人参，但彼此却有着密切关系。早在《神农本草经》中，古代医家即对人参的特殊作用予以说明。该书把各种药物分为上中下品，人参乃是上品中的上品，它“主补五脏，安精神，止惊悸，除邪气，明目，开心益智”。这说明，人参本来就是珍贵的补品。《西游记》用人参来修饰异果，称之为人参果，这既可以引起其形酷似人体形态的联想，也给读者造成一种悬念，希望知道它的特异之处。

复次，《西游记》仔细介绍了人参果的特性、形态和功效：

> 三千年一开花，三千年一结果，再三千年才得熟，短头一万年方得吃。似这万年，只结得三十个果子。果子的模样就如三朝未满的小孩相似，四肢俱全，五官咸备。人若有缘，得那果子闻了一闻，就活三百六十岁；吃一个，就活四万七千年。

这段话包含着三个方面的信息：第一，人参果生长期特别长，而产量却特别低。从开花、结果到成熟需要上万年，而结的果子也就是那么稀少的三十个，不是那种半年就长成、漫山遍野到处都是的粗俗果子。可以说，一般人基本上没有享用人参果的口福。第二，人参果的形态特殊，它长得像出生未满“三朝”的婴儿，不仅四肢齐全，而且五官皆备，让人产生无限的遐想。第三，人参果的功效超绝，“闻了一闻，就活三百六十岁；吃一个，就活四万七千年”，这是多么诱人啊！难怪当时在厨房做饭的猪八戒听到隔壁谈论人参果的时候垂涎三尺，巴不得立刻弄几个尝尝。

可以看出，《西游记》关于人参果的情节，采用了极度夸张的艺术手法。在客观世界中，当然找不到这种具有万年生长期的异果，但是，《西游记》这种描述也并非向壁虚构。在一些历史文献中，我们是可以看到关于人参果的记载的，例如明代王士祯《居易录》卷二十九引述了一则前人的文字说：

> 大食王遣人之海上，见一方石，石上有树，枝赤叶青，总生小儿，不语能笑，手足着枝上，疑即人参果也。

这段话说有个号称“大食王”的人派人到了海上，看见一块大石头，石头上有树，树干是赤色的，叶子是青色的。这种树很奇怪，它总是生长出“小儿”来，这“小儿”不说话，却总是面带笑容，他的手脚连在枝条上，仔细一看，才知道原来是果实。作者猜想这种果实乃是“人参果”，尽管这只是推测，但表明自然界中确有一种果实长得像婴儿。

如果我们再进一步查考就会发现，早在魏晋时期，便有关于奇树异果的描述，例如《神异录》称，东方大荒之中有一种树，名叫“柤稼柩”。据说这种树，三千年开花，九千年结果，它的花蕊是紫色的，而果实则是赤色的。树高达百丈，有的甚至达到千丈，枝干铺陈张扬、层叠交错，东西南北各方的树枝，基本上都在五十丈左右。叶长七尺，宽五尺，叶色绿青，树皮像梓树皮，有如甘草，味道甜美。果实长九尺，围长也九尺，果实没有瓤和核，用竹刀把它剖开，有如切割凝结的蜜一样。如果有幸享用成熟的果实，就可以活到一万两千岁。《神异录》的记载有两点值得注意：一是生长期，“柤稼柩”从开花到结果要经过一万两千年；二是果实的奇妙作用，能够让人极为长寿。

对比一下《神异录》，不难看出，关于异果的生长期长以及令人长寿的描述实际上早有先例，《西游记》的艺术夸张显然对前人的作品有所借鉴。当然，也必须看到，《西游记》的借鉴并非是照搬，而是进行了一番重新创作。一方面，作品巧妙地把几种果树的形态、特性、功能集中在人参果上，从而增强了艺术效果；另一方面，作品又进行渲染，通过对万寿山、五庄观的景物描写，以表现人参果生长的大环境与小环境。然后，作品着重铺叙人参果“五行相畏”的特性。什么叫作五行相畏？作品借助土地神的口说这果子：

> 遇金而落，遇木而枯，遇水而化，遇火而焦，遇土而入。
>
> ——第二十四回

其中的“遇金而落”，说的是唯有用金器才能把它敲落，所以五庄观里有专门采集人参果的工具——金击子；“遇木而枯”表明这果子不能与木质的东西接触，否则果子不仅会一下子变得枯蔫，而且还会丧失神秘的活力，即使勉强吃下去，也不会延年益寿；“遇水而化”是说果子遇水就会融化，所以盛放果实的盘子必须干燥；“遇火而焦”是说果子一靠近火苗马上就焦枯无用；“遇土而入”是说果子一旦掉到地上就钻进土里，无影无踪。所以，这种果子被打下来后不能任其落地，要在半空中就把它给接住了，然后用有丝帕做衬垫的盘子来盛放，这样才能享用。

（二）甘露活树的妙想

围绕着人参果，《西游记》在情节上作了许多铺排。例如写清风、明月如何用金击子打落人参果，请三藏法师吃果实：写猪八戒在厨房里发现清风、明月吃人参果时，左顾右盼、东张西望，顾不得煮饭；写猪八戒鼓动孙悟空去偷取人参果，师兄弟三人分吃，等等。再如写清风、明月辱骂孙悟空偷取人参果，孙悟空忍受不了辱骂，拔一根毫毛化为假身，陪着悟净、悟能，自己的真身飞到人参果园，把人参果击落，把人参果树打倒，闯下大祸。

《西游记》以人参果为线索，张开想象的翅膀，构造迷人的情节，表现出不同人物的不同个性。三藏法师看到人参果像个三朝未满的婴儿就不敢吃，而猪八戒想的是如何获取人参果来满足口欲，孙悟空被道童一骂，钢牙咬得格格响。镇元大仙一知道老朋友的徒弟推倒人参果树，也顾不得情面，吩咐徒弟们打唐僧师徒，并搬出油锅要来炸孙悟空。好在孙悟空有无穷的手段，使了法子，化解了一场又一场危机。但无论如何，人参果树被孙悟空推倒，果子都钻到地下了，镇元大仙是不会放过他的。经过一番理论，孙悟空表示：如果把师父放了，他一定负责把树医活。镇元大仙说，如果把树医活了：“我与你八拜为交，结为兄弟。”当镇元大仙真的把三藏、八戒、沙僧都放了以后，孙悟空就出门去请名医来救治人参果树。这位医树的名医是谁呢？就是观音菩萨。她一到场，先是用杨柳枝蘸出瓶中的甘露，在行者手中画了一道起死回生的符字，叫行者放在树根之下，没过多久，树根就涌出一汪清泉。菩萨又吩咐悟空、八戒、沙僧如何如何，他们一一照办。最终，菩萨用甘露化成的清泉，硬是救活了人参果树。

作为小说，《西游记》描写观音菩萨用甘露泉水救活人参果树，当然是一种大胆的艺术构思。不过，也不是毫无根据。实际上，在出自玄奘法师的《大唐西域记》中早有医树的描述。该书卷八记载这样一个故事：古时候有个摩揭陀国，系古印度十六大国之一。国中有座大山，叫作钵罗笈菩提山，也叫作前正觉山。山的西南有一棵非常奇妙的卑钵罗树，也叫作菩提树。据说这棵树的经历非同寻常，当年释迦牟尼就在这棵树下修成“等正觉”，也就是顿悟了大智慧。此树枝叶青翠，茎干黄白，冬夏不凋。每到佛祖涅槃之日，叶子尽凋零，过后又青翠如故。所以，这棵树受到佛教信徒们特别的崇敬和保护。

可是，到了无忧王的时候，他被邪教蛊惑，竟然大毁佛祖遗迹。他亲自派兵来到菩提树下，命令军士把菩提树的根茎、枝叶一一斩断，又吩咐士兵把砍断的枝叶堆积起来，让婆罗门纵火焚烧。就在这时候，奇迹出现了，烈焰升起的地方，忽然冒出两棵大树，枝繁叶茂，郁郁葱葱，烟火也非常奇妙地熄灭了。无忧王目睹了发生的一切，他深深意识到自己下令砍树的罪过，便让身旁的仆人用香乳灌溉树根。到第二天黎明，菩提树奇迹般地蓬勃生长，恢复了本来的丰姿。无忧王害怕触犯神灵受到报应，从此皈依佛教。

谁料到无忧王有个王妃却崇奉外道，痛恨佛教。她得知这件事后，暗中指使仆人在夜半时分又去把菩提树砍倒了。第二天清早，无忧王去礼敬，看到的只是杂乱不堪的枝叶。他十分悲愤，再次于树前祈祷，并用香乳灌溉。过了不久，菩提树又重新长成，旺盛挺拔如故。无忧王大为惊异，崇佛之心愈加虔诚。为了防止外道人士损害菩提树，无忧王派人在周围砌筑高达十余丈的石墙，悉心保护。

对照一下《大唐西域记》，我们可以看出，《西游记》关于观音菩萨救活人参果树的情节也是有所参照的。虽然《大唐西域记》中的无忧王救治菩提树用的是香乳，而《西游记》里观音菩萨救治人参果树用的是甘露清泉，但本质是一样的，都显示了珍奇物质的超绝功能。

不过，《西游记》毕竟是《西游记》，它虽然汲取了《大唐西域记》故事传说的“魂魄”，却对其情节进行了全面改造，无论是内容还是表现手法，都体现了艺术创新。这种创新主要体现在三个方面：

第一，菩提树变成人参果树，强调长生不老的生命主题，寄托人类超越有限生命的美好愿望。在《大唐西域记》里，令人刮目相看的珍奇之树——菩提树乃是觉悟与境界的象征。所谓“觉悟”，是说如来佛在此菩提树下的金刚座顿悟了人生真谛，成就了“等正觉”，故而称作觉悟。因为觉悟提升了人生的精神境界，这菩提树又被看作觉悟境界树，表征佛法的修持最讲究精神升华。

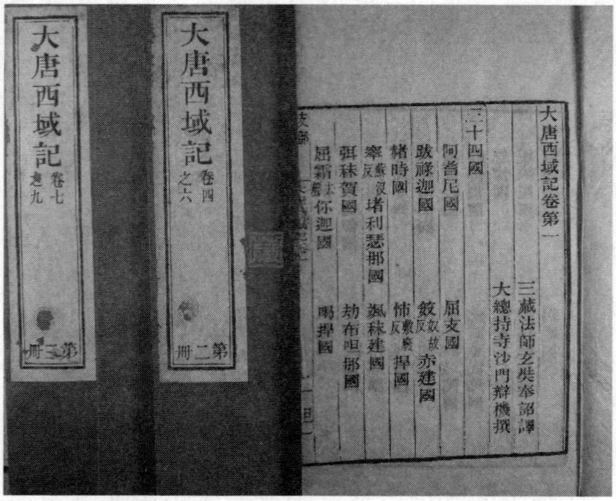

《大唐西域记》书影

在《西游记》里，菩提树变成人参果树。这种名称上的改变，意味着《西游记》艺术表征的中国化，在思想宗旨上体现了长生不老的基本精神。因为人参在中国人心目中就是一种强滋补的药物，而人参果需要万年才长成，果实又少，意味着来之不易。在人世间，这是无法遇上的，唯有在深山的全真道修持场所五庄观里才有可能长成。《西游记》如此描写，从一个侧面暗示了全真道法的美妙神奇。

第二，融入了三岛的神仙方术内容，彰显了道教洞天福地的文化氛围。被孙悟空推倒的人参果树最终是由观音菩萨救活的，但孙悟空并不是一下子就请来观音菩萨。他在应允镇元大仙救治人参果树之后，首先想到的是东洋大海，希望在这里请到能够医治人参果树的神仙。他先是到了蓬莱仙岛，请福、禄、寿三星，得到的答复是："若是大圣打杀了走兽飞禽，蜾虫鳞长，只用我黍米之丹，可以救活。那人参果乃仙木之根，如何医治？"既然福、禄、寿三星无法救治人参果树，孙悟空只好请三位神仙一起到五庄观与三藏法师见面，因为他担心离开太久了师父生疑，念诵起紧箍咒来头疼，所以见了师父之后即刻又出门，到了方丈仙岛，见了东华帝君和东方朔。东华帝君告知："我有一粒九转太乙还丹，但能治世间生灵，却不能医树。"为什么不能医树呢？东华帝君解释说："树乃水土之灵，天滋地润。若是凡间的果木，医治还可；这万寿山乃先天福地，五庄观乃贺洲洞天，人参果又是天开地辟之灵根，如何可治？"由此可知，东华帝君所讲的

“不能医树”是特指不能救治作为天地灵根的仙树。孙悟空得知东华帝君也不能救治人参果树，又到了瀛洲岛，见了九老，九老声称“无方”，孙悟空才到洛迦山，请观音菩萨。

《西游记》不厌其烦、大费周折地写孙悟空请“名医”救树的过程，引入了蓬莱、方丈、瀛洲三岛神仙人物，从比较广阔的文化背景上展示了孙悟空力图救活人参果树的决心与毅力，表达了起死回生的强烈愿望。

第三，以奇特的艺术手法，塑造了一个道佛共同尊奉的慈航真人——观世音的崇高形象。这位用柳枝蘸甘露、清泉救活人参果树的大医，不仅是佛教景仰的菩萨，也是道教的真人。大家知道，“观世音”本有观自在、观世自在、观音声的称号。在佛教初传中国的时候，观音以“伟丈夫”的男性形象出现于佛殿神堂，但到南北朝时期，观音已经渐次以慈祥、雅丽的女菩萨形象示人了。发生这样的转变，除了社会心理需求的作用外，应该说与道教阴柔大美的思想影响有一定关联。出于汉魏之际的道教古《灵宝经》记载：有女子“姓音”，获神人秘传，得“采书入字之音”大法。那个时候，国中大旱，地下生火，人民焦燎，死者过半。姓音显灵，仰天长啸，于是天降洪水，解救了一场大灾难。清代著名学者俞樾认为，《灵宝经》中所载这位姓音女仙可能就是《观音得道》《观音大士传》《观世音菩萨传略》等书描述的“妙庄王女”的由来。他还说：“姓音或即观世音也。”不论“姓音”是不是妙庄王女，唐宋以来，“观音”已经成为佛道共同崇拜的神仙、菩萨则是事实。在《西游记》里，作者以烘云托月的艺术手法，展示了观音救治人参果树的高超技能，塑造了熠熠生辉的大医形象，这位大医观世音，既属于佛教，也属于道教。从社会心理角度看，她属于广大民众，是芸芸众生超越有限能力的美好愿望的集中体现和寄托！

这正是：

宝树倾倒，泼猴辗转寻方药；
妙手回春，观音驾到活人参。

这人参果树被救活之后情况如何？请看下一章《尸魔迷障》。

第二十二章　尸魔迷障

上一章，我们追溯了五庄观人参果树的由来，结合孙悟空漂洋过海到蓬莱、方丈、瀛洲三岛寻找医树方药的过程，展示观音菩萨以杨柳枝蘸甘露、清泉，救活人参果树的文化背景，探讨了救治人参果树的思想意义。本章我们要说的是唐僧师徒告别五庄观镇元大仙之后遇上的尸魔迷障，也就是白骨精问题。

（一）从郭沫若、毛泽东的唱和诗说起

有关尸魔白骨精的情节，很多人已经相当熟悉了。简单来讲，这段故事说的是唐僧师徒离开五庄观之后来到了白虎岭，在这里，他们遇上了妖精白骨夫人。这个妖精善于变化，第一次变成一个艳丽无比的少妇，第二次变成年满八旬的老太婆，第三次变成一个白发苍苍的老公公。由于具备火眼金睛，孙悟空每次都很快把妖精看穿，所以举起金箍棒就打。但唐僧却是肉眼凡胎，不能识破妖精的诡计，把孙悟空棒打妖精看作违背佛教不杀生戒律的行为，他念了三次紧箍咒，三次恨逐孙悟空。到了最后一次，孙悟空不得不告别师父，回到花果山。在故事中，白骨精有三次变化，孙悟空给予三次打击。因此，后人将这段情节概括为“孙悟空三打白骨精”。

《西游记》中的白骨精情节具有很强的戏剧性，也很有象征意味，所以人们特别关注。早在20世纪中期，孙悟空三打白骨精的故事已经搬上了舞台、银幕，引起了热烈反响。1961年10月18日晚，郭沫若在北京民族文化宫观看了浙江省绍兴剧团演出的绍剧《孙悟空三打白骨精》。演出结束，剧团的同志请郭沫若提意见。郭沫若在10月25日写了《七律·看〈孙悟空三打白骨精〉》的诗送给了剧团，与此同时，郭沫若也把这首诗抄送给了毛泽东主席。剧团收到这首诗后，马上送交上级，并于11月1日在

《人民日报》上发表。郭沫若的诗是这样写的：

人妖颠倒是非淆，对敌慈悲对友刁。
咒念紧箍闻万遍，精逃白骨累三遭。
千刀当剐唐僧肉，一拔何亏大圣毛。
教育及时堪赞赏，猪犹智慧胜愚曹。

这首诗紧扣孙悟空三打白骨精的故事主题，叙事抒情。从其措辞来看，作者对唐僧是猛烈批评的，尤其第三联更是表达了作者的义愤。然而，如何理解“当剐”与“何亏”，目前学术界存在分歧。有论者以为：“当剐”应该看作正要如何，而“何亏”的“何”字应该理解为多么。根据这样的词义解释，第三联两句合起来的意思就是：白骨精正要千刀万剐唐僧的时候，孙悟空拔一根毫毛来相救，这是多么亏损啊！我以为，如此解读并没有贯通上下文意，甚至违背了七律颈联对偶的基本常识。

其实，在该诗第三联里，“当”与“何”都是副词，用以修饰动词“剐”与“亏”。所谓“当”也就是应该，而“何”字，我同意作多么解。两句连结起来是说：千刀万剐对唐僧而言是应该的，拔一根毫毛对孙悟空来讲是可惜的。郭沫若看了绍剧《孙悟空三打白骨精》之后为什么对唐僧如此义愤填膺呢？律诗的第一联、第二联已经作了说明：唐僧人妖颠倒，是非不分，他被假象所迷惑，对敌人施以慈悲，对大徒弟孙悟空却相当严厉，不断地念起紧箍咒，结果让妖精逃窜，继续为害。这是多么可恨啊！关于这种情感，郭沫若于1964年在《人民日报》发表的《“玉宇澄清万里埃”——读毛主席有关〈孙悟空三打白骨精〉的一首七律》中已经作了解释，他说：“看到舞台上的唐僧形象实在使人憎恨，觉得也是值得千刀万剐。这种感情，我是如实地写在诗里面了。”由此可见，绍剧《孙悟空三打白骨精》引起郭沫若对唐僧的憎恨。

郭沫若写完这首诗就因公外出了，他的诗歌通过康生转给毛泽东。那时，毛泽东正在广州，看到郭沫若这首诗之后，于11月17日写了一首和诗，题为《七律·和郭沫若同志》，并通过康生转交给郭沫若。毛泽东的和诗是这样写的：

一从大地起风雷，便有精生白骨堆。
僧是愚氓犹可训，妖为鬼蜮必成灾。
金猴奋起千钧棒，玉宇澄清万里埃。
今日欢呼孙大圣，只缘妖雾又重来。

毛泽东与郭沫若写的这两首诗都不是就事论事，而是有所寄托的。从20世纪50年代末期开始，中国与苏联的关系逐步恶化。最初是意识形态发生分歧，接着是公开论战，然后是政治、军事的对抗。特别是1960年7月16日，苏联突然撤走专家、撕毁合同，不但使当时的中国经济雪上加霜，而且严重地伤害了中国人民的感情。这就是两首诗产生的社会大背景。在这样的背景下，郭沫若与毛泽东关于孙悟空三打白骨精的律诗，显然有特别的思想意涵，这就是借助戏剧情节来表达政治感触。不过，由于视野不同，彼此的社会认知和思想境界也有较大的差别。大家知道，毛泽东纵观社会发展历史，总结国际国内政治斗争的经验教训，曾经提出了关于正确处理敌我矛盾与人民内部矛盾的社会哲学理论。在他看来，分清敌我矛盾与人民内部矛盾，是建立广泛的统一战线的法宝。根据这种理论，唐僧不能识破妖精真面目，反而大念紧箍咒，恨逐孙悟空，这是蠢人做蠢事，但属于人民内部矛盾问题，所以他在诗里说“僧是愚氓犹可训”，表示唐僧虽然愚蠢，却是可以教育好的对象。唐僧经过磨难，总算认清了白骨精的真面目，毛泽东诗歌里的“训”字正是从这个角度说的。与此相反，妖精则属于敌我矛盾范围，是必须打击的对象，因为“妖为鬼蜮必成灾”，只要妖精存在，环宇就不得安宁而有灾难。所以，毛泽东感慨万千地写道：“今日欢呼孙大圣!”在毛泽东的精神世界里，孙大圣代表着正气，象征着强大的力量，他坚信这股力量一定可以澄清环宇中的万里尘埃!

当郭沫若看到毛泽东的和诗之后，马上意识到自己原先的想法和毛主席的思想立场有不一致之处。于是，郭沫若依毛泽东和诗原韵，又写了一首和诗。1962年1月8日，郭沫若的和诗由康生转呈毛泽东。郭沫若的和诗写道：

赖有晴空霹雳雷，不教白骨聚成堆。
九天四海澄迷雾，八十一番弥大灾。

僧受折磨知悔恨，猪期振奋报涓埃。
金睛火眼无容赦，哪怕妖精几度来。

在这首和诗里，郭沫若对唐僧的态度有了根本性的改变。他对唐僧不再千刀万剐了，而是着重于唐僧受到妖精折磨之后的“悔恨”。这里的“悔恨”一方面写出了唐僧几度受到妖精欺骗的痛苦心情，另一方面也透露出诗人自己早先在敌我矛盾与人民内部矛盾问题上没有清醒认识的情绪。可以看出，这时候郭沫若的立场已经与毛泽东的立场一致了，所以毛泽东称赞郭沫若的“和诗好”，毛泽东还说：“对中间派采取了统一战线政策，这就好了。”

（二）唐僧遭受尸魔迷障的几点思考

郭沫若与毛泽东关于孙悟空三打白骨精的唱和诗，为我们提供了从现当代社会视野来理解我国古代名著的范例。看了这三首唱和诗，我相信各位一定有许多感触。现在，我们想进一步讨论的问题是：唐僧为什么会受到白骨精的迷惑？《西游记》花费如此笔墨来写尸魔迷障对我们有什么启示呢？这两个问题是互相关联的，只有把第一个问题搞清楚了，我们才能接着进一步考虑第二个问题。反过来说，只有回答了第二个问题，第一个问题的探讨才有意义。

关于第一个问题，我们可以从情节所涉及的人物关系入手来解答。从题目上看，最为直接的关系是唐僧与白骨精的关系，一方是受迷惑，另一方是迷惑人。此外，使得这个事件得以发生的人物还有猪八戒等。我们分析这个问题，也得考虑猪八戒的作用。

毫无疑问，唐僧念诵紧箍咒、赶走孙悟空，首先是因为白骨夫人作怪。她怎样作怪的呢？这就是乔装打扮，以假象惑人。为了达到蒙骗唐僧、吃唐僧肉的目的，白骨夫人通过种种变化，以假乱真。不论是变成花容月貌的小女子，还是变成年满八旬的老太太、白发苍苍的老公公，白骨精在外形上都很逼真，让凡夫俗子无法识别。例如，当她变成小女子的时候，白骨精看起来艳丽妩媚，看了令人怦然心动。书上用了几句诗描写她的外貌特征：

翠袖轻摇笼玉笋，湘裙斜拽显金莲。

汗流粉面花含露，尘拂蛾眉柳带烟。——第二十七回

这里的“翠袖轻摇”写“女子”穿着翠绿的上衣，长长的袖子随风飘曳，“笼玉笋”形容她的手指洁白如玉，修长似笋；“湘裙斜拽”形容她穿着湘地出产的丝织长裙，随着脚步起落而左右牵引摇曳；“显金莲”写她的脚小巧玲珑好像三寸金莲。接下来写这位漂亮“女子”的面容，粉白的脸庞因为天气炎热流淌着汗珠，恰如盛夏怒放的花儿，还有那眉毛宛如柳叶，朦胧中还带着一股烟气，多么迷人！难怪一贯好色的猪八戒看到那妖艳“女子”生得俊俏，立刻动了凡心，忍不住胡言乱语，问道：“女菩萨，往哪里去?”这说明，白骨精以假乱真是相当成功的，所以猪八戒难以看穿。

白骨精不仅善于乔装打扮，而且很能说花言巧语，博得唐僧的好感与同情。白骨精第一次化成的年轻美妇，左手提着一个青砂罐儿，右手提着一个绿瓷瓶儿，假装是来给过往僧人送斋饭的。当唐僧问起来历的时候，妖精声称自己的家就在白虎岭下的西边，她说：

父母在堂，看经好善，广斋方上远近僧人。——第二十七回

这种言辞显然是针对笃信佛教的唐僧而设计的。不言而喻，其中所谓“看经”指的就是看佛经，也就是说自己的父母是有佛教信仰的。因为有信仰，所以就有善心；因为有善心，所以能够对过往的僧人施斋。妖精这样说，是为了显示自己是出生于一个有佛教信仰的家庭中，从而与唐僧拉近感情。接下来，妖精叙述了自己的身世：父母“只因无子，求福作福，生了奴奴，欲扳门第，配嫁他人，又恐老来无倚，只得将奴招了一个女婿，养老送终”。妖精这样说，是为了表明自己是良家妇女。

唐僧刚刚见到这位艳丽女子时是心存疑虑的。因为在古时候，一个女子独自出门有背妇道。难怪唐僧问她：“既然是要斋僧，为什么不让丈夫出来呢？你一个女子出门，为什么没有人陪伴呢?”这妖精被唐僧这么一问，又编造了一套理由，说丈夫正在山北凹里带几个雇工耕地锄田。她携带的食物是她煮的午饭，送给那些人吃的。只为大忙季节无人使唤，父母又年老，所以

亲身来送。忽然遇上三位远来的僧人，想到平日父母好善，所以就准备用这些饭先来斋僧。

妖精这样说虽然可以解释自己一个女子跑出来斋僧的缘故，但唐僧依然不敢吃。因为女子准备的午饭本来是要给正在锄地的丈夫以及一群雇工吃的，如果几位僧人把饭给吃了，她丈夫怪罪了怎么办？对此，妖精又说出另外一通理由："师父啊，我父母斋僧，还是小可；我丈夫更是个善人，一生好的是修桥补路，爱老怜贫。"这是为了表白她的丈夫也是个大善人，与自己的父母一样乐善好施，所以把午饭来斋僧，丈夫一定会同意，你们几位远方僧人尽管吃就是了。这妖精一而再、再而三"敬请"唐僧吃斋饭，唐僧虽然不敢吃，却相信眼前的"女子"是好人。从妖精与唐僧第一次见面的情况可以看出，妖精不仅善于装扮自己的外表，而且能说会道，精通以言辞惑人的骗术。这种以言辞蒙人的骗术，在后来妖精变化为老太太、老公公时也一再表现。

然而，应该看到，如果仅是白骨精自我表演，唐僧可能不会完全被迷惑。因为妖精的蒙骗手段尽管高明，但也会留下一些破绽，唐僧不免会有所怀疑。但不可否认的事实是：唐僧在三次恨逐孙悟空时没有识破白骨精的真面目。其中最重要的影响因子是什么呢？当然是猪八戒啦！

由于猪八戒的风言风语、火上浇油，导致了唐僧多次念诵紧箍咒。这个"呆子"在师父看到妖精留下的罐子里都是长蛆时，就说："这些东西嘛，肯定是大师兄变化的，是用来遮师父眼睛的，大师兄的棍子很重，一打下去，就把农妇给打死了，他怕师父念起紧箍咒头痛，就使个障眼法儿，用长蛆来演幌你眼，使不念咒哩。"当妖精变化成老太太时，猪八戒连忙说："师父，不好了，那妈妈儿来寻人了！"唐僧问寻什么人？猪八戒就说："师兄打杀的，定是他女儿。这个定是他娘寻将来了。"当唐僧要赶走孙悟空而孙悟空不想走的时候，猪八戒在一旁又冷言冷语地说："师父，他要和你分行李哩。跟着你做了这几年和尚，不成空着手回去？你把那包袱里的甚么旧褊衫，破帽子，分两件与他罢。"这话简直就是奚落人，难怪孙悟空听了气得暴跳如雷。

猪八戒为什么要这样风言冷语呢？他是想整死师兄孙悟空吗？当然不是。从整体上来看，猪八戒并没有狠毒心肠，自从皈依唐僧之后，他更没有故意害人的念头。他之所以这样挑拨，是因为那送饭的小女子的确长得漂亮，本来可以借故献点殷勤和美女搭讪，以解思念还在高老庄的“拙荆”的苦闷，现在漂亮小女子被师兄一棍打死，他失去了一个释放能量的机会，当然心怀不满。另外，这呆子在高老庄当倒插门女婿时，曾经被孙悟空修理过，孙悟空以善猪恶拿的方式，五花大绑猪八戒去见师父和老丈人，说起来实在丢了脸面，所以一有机会，这呆子总是要报复一下师兄，让师兄也有难堪吃苦的时候。猪八戒知道师父不会害死人，大不了是念念紧箍咒，让师兄头疼而已。所以，猪八戒三番五次挑拨师父念咒，这样既不会把师兄整死，也泄了私愤。在客观上，猪八戒的目的算是达到了，从这一点来看，他其实不呆啊！

说到这里，我们可以接着探讨《西游记》写尸魔迷障的启示了。故事情节摆在那里，我相信只要深入思考，每个人都会有认识、有体会。我这里想要追问的是：白骨精这个尸魔从哪里来？它为什么弄得唐僧晕头转向？按照清代《西游记》研究专家刘一明的看法，这尸魔乃是从心中来。他在《西游记百回详注》第二十七回详注中指出：

> 学者若不将尸魔堪破，在在尸魔，处处尸魔，一步一足，一举一动，无往而非尸魔，必将认假为真，以真作假。

他认为，这“尸魔”从唐僧感觉腹中饥饿，让大徒弟孙悟空去化斋时就产生了。他又说：“三藏以食起见，八戒以色动心，皆以食色之性，害却天命之性者，尸魔为之也。”这话说得很精辟。西方恐怖小说之王斯蒂芬·金也说过类似的话：“没错，各种各样的妖魔鬼怪就生活在我们的内心里，稍不留神，他们就赢了。”所以，养性修真，最为重要的就是破除心中之魔啊！

这正是：

> 痴心妄想，食色迷本即尸魔；
> 静气宁心，妖氛澄清乃修真。

唐僧赶走了孙悟空之后情况如何呢？请看下一章《少女秘信》。

第二十三章　少女秘信

上一章，我们回顾了绍剧《孙悟空三打白骨精》在20世纪中期演出时所引起的反响，并且结合当时的社会背景，阐述了毛泽东、郭沫若关于该剧唱和诗篇的内容以及政治思考，进而追溯唐僧受到白骨精迷惑的原因，彰显尸魔迷障的当代启示。本章我们要说的是唐僧误入碗子山波月洞之后的一个重要情节：少女秘信。

（一）受困少女的一封秘信

这里的少女指的是谁呢？她传了什么秘信呢？为了说明这两个问题，我们先来看看《西游记》第二十八回、第二十九回中的有关情节：

唐僧赶走孙悟空之后，在猪八戒、沙和尚的陪同下，过了白虎岭。因为赶路肚子饿了，唐僧让猪八戒去化斋，谁知道猪八戒没有化斋，却把头拱在草里睡觉。过了好长时间，唐僧不见猪八戒回来，就让沙和尚去找猪八戒，而他自己因为闷得慌，就在山林里转悠。由于被周围景色所迷，唐僧误入了妖怪洞府——碗子山波月洞，被小妖们绳缠索绑，缚在那定魂桩上。

正当唐僧在波月洞里哭哭啼啼的时候，忽见那洞里走出一个妇人来。这妇人大约三十岁，她扶着定魂桩叫道："那长老，你从何来？为何被他缚在此处？"长老听了妇人的喊声，不由得眼中含泪，瞥了一眼那妇人，说："女菩萨，不消问了，我已是该死的，走进你家门来也。要吃就吃了罢，又问怎的？"那妇人回答说："我不是吃人的。我家离此有三百余里，那里有座城，叫作宝象国，我是那国王的第三个公主，乳名叫作百花羞。只因十三年前八月十五日夜，玩月中间，被这妖魔一阵狂风摄将来，与他做了十三年夫妻。在此生儿育女，杳无音信回朝，思量我那父母，不能相见。你从何来，被他拿住？”唐僧说：“贫僧乃是差往西天取经者，不期闲步，误撞在此。如今要拿住我两个徒弟，一齐蒸吃哩。”那公主陪笑道：“长老宽心，你既是取经的，我救得你。那宝象国是你西方去的大路，你与我捎一封书儿去，拜上我那父母，我就教他饶了你罢。”三藏点头说：“女菩萨，若还救得贫僧命，愿做捎书寄信人。”那公主即修了一纸家书，封固停当，到桩前放了唐僧，将信交给了唐僧。唐僧得解脱，捧书在手道：“女菩萨，多谢你活命之恩。贫僧这一去，过贵处，定送国王处。”

波月洞唐僧和百花羞对话

以上即是少女秘信这个重要情节。故事中的妇人本是宝象国的三公主，在三姐妹中排行最小，所以有少女之称。此外，少女还另有一层含义。按照清代著名道士刘一明的看法，宝象国代表《周易》八宫卦的“坤宫”，这个“坤”乃是“众阴”的归宿。根据同类相聚的原则，八卦中的六个子女卦——震、坎、艮、巽、离、兑，凡是阳性的卦都归到乾宫，凡是阴性的卦都归到坤宫。震、坎、艮三个卦为男，归属乾宫；巽、离、兑三个卦为女，归属坤宫。巽卦是长女，离卦是中女，兑卦就是少女。宝象国国王小女儿三公主，用《周易》卦象表示就是兑卦，所以具有永久的少女特质。

再说，三公主的乳名百花羞也暗示了少女的一些特征。大家知道，"羞"本有害臊、难为情的意思，常被用来形容少女的腼腆样子。把"羞"与"百花"结合起来，作为一个昵称，可以让人产生丰富的联想。人们常常以花来比喻女人，女人光鲜艳丽，犹如花朵；而"百花"泛指众多的艳丽女人。百花羞可以有两种解释：第一种，可以理解为让百花羞了，也就是说有一种花儿特别高贵、艳丽，让众花相形见绌、自愧不如，所以害羞；第二种，可以理解为置身百花丛中，秀色可餐。根据许慎《说文解字》的诠释，"羞"字从羊从又，本义为进献食品，又指美味食物，例如珍羞、庶羞等。百花羞即暗示秀色可餐的出众花朵，这种花朵未受沾染，清纯可口，它所象征的当然是少女了。

百花羞

说到这里，令我想起了不久前与一位朋友关于百花羞身份问题的谈话，他提出，在被波月洞妖魔摄掳为妻的十三年前，百花羞是少女，这是无疑的；不过，自从她与波月洞妖魔黄袍郎结为夫妇且生儿育女之后就不再是少女了。既然如此，为什么还要称她为少女呢？其实，这并不影响我们继续把宝象国三公主看作少女，因为《西游记》塑造的宝象国三公主形象本来就体现着变与不变的艺术统一。一方面，三公主与黄袍郎结为夫妻十三年，她已经是两个孩子的母亲，当然是大变了，所以，我的好朋友不承认她是少女完全可以理解；另一方面，三公主时时惦记宝象国的父母，她的少女纯情未变，她的三公主地位也没有变化，从这个意义上看，三公主依然是个少女。所以，我们照旧可以称她为少女。

百花羞到底传了什么信呢？《西游记》第二十九回展示了具体内容。概括来说，这封信可以分为三个部分。

首先是称呼：

> 不孝女百花羞顿首百拜大德父王万岁龙凤殿前，暨三宫母后昭阳宫下，及举朝文武贤卿台次。

从其称呼来看，百花羞这封信既是写给父母的，也是写给朝廷文武百官的，既是家书，也是公开信。她自称“不孝女”，是因为离开皇宫十三年让父母操心了，深为自责。而“顿首”是古代庄重的礼节，意思是跪而头叩地下拜。“顿”是稍停的意思，行礼时，头碰地即起，因其头接触地面时间短暂，故称顿首，这通常用于下对上及平辈间的敬礼。“顿首百拜”，说明拜的次数很多，以表达亏欠的孝心。

其次是信的正文。其中又可分为三个层次。第一层次，说明事情原委：

> 拙女幸托坤宫，感激劬劳万种，不能竭力怡颜，尽心奉孝。乃于十三年前八月十五日良夜佳辰，蒙父王恩旨，着各宫排宴，赏玩月华，共乐清霄盛会。正欢娱之间，不觉一阵香风，闪出个金睛蓝面青发魔王，将女擒住，驾祥光，直带至半野山中无人处，难分难辨，被妖倚强，霸占为妻。

这一段先说自己对父母的感谢之情以及自己不能奉孝的遗憾。其中的“坤宫”表明自己的女儿身份，“幸托坤宫”说的是自己有幸降生为公主。“劬劳”是辛苦、劳累的意思，“劬劳万种”表示父母为了抚养子女，付出了极大的心血，所以应该万分感谢。然而，百花羞感到遗憾的是，自己没有尽孝，不能让父母开心。为什么会有这样的遗憾呢？接下来，她在信中陈述了自己在十三年前八月十五赏月之际被妖魔擒住、霸占为妻的过程，言辞虽少，但字字辛酸，令人叹息。

第二层次，陈述自己与妖精结为夫妇、生下妖种的心灵创伤：

> 是以无奈捱了一十三年。产下两个妖儿，尽是妖魔之种。论此真是败坏人伦，有伤风化，不当传书玷辱；但恐女死之后，不显分明。正含怨思忆父母，不期唐朝圣僧，亦被魔王擒住。是女滴泪修书，大胆放脱，特托寄此片楮，以表寸心。

这里，“无奈”两个字充分反映了百花羞的羞愧难当，而“捱”字则表明她在波月洞与妖精在一起是度日如年的。她为什么羞愧？为什么觉得日子难过？因为贵为公主，却成为妖魔传宗接代的工具，有悖于人伦风尚，良心上受到了极大的谴责，精神上十分痛苦。本来她是不想把这不幸的消息告诉父母的，但因为对父母非常思念，又担心死后成为冤鬼，所以就大着胆子放走唐僧，让他代为捎书，以表达自己的心意。

第三层次，请求父母发兵来解救自己。正文末了一段是这样写的：

> 伏望父王垂悯，遣上将早至碗子山波月洞捉获黄袍怪，救女回朝，深为恩念。草草欠恭，面听不一。

百花羞这封信的最后请求，是上面两个层次铺垫的必然归宿。被妖魔强占为妻虽有悖人伦，但对于百花羞来说事件的发生是身不由己的。故而，她在陈述了事情原委之后，紧接着提出救援请求也就十分合理。她多么盼望父母赶快发兵前来解救自己，多么希望回到宝象国与父母团聚！

信的结尾是：

逆女百花羞再顿首顿首。

自称“逆女”，说明三公主百花羞的自责是很深的，所以她只好以叩首下拜的礼节来弥补对父母的孝心了。从这里，我们既看到了传统伦理道德观念的深刻影响，也感受到了作者的良苦用心。

（二）少女秘信的深层隐意

初读百花羞的家书，我们感受到的是一位女子陷入困境时苦恼、悲凉、痛楚的情绪，而这种情绪又时时透露出儒家伦理纲常的影响。从这个角度来看，《西游记》是具有很浓厚的世俗生活气息的，这正是它为什么能够让不同阶层读者喜爱的原因。

然而，如果我们再往深层发掘就会发现，百花羞的信在儿女情长与妖魔氛围交杂的背后，还有更为奇妙而深刻的意涵，这就是道教养性修真内丹学的真信精神。

老子《道德经》在描述大道性状的时候曾经说：“其精甚真，其中有信。”老子所讲的“信”即“道信”，也就是大道流行变化的信息。老子关于“道信”的思想对后来道教理论建设具有很大的影响，尤其是唐末以来的道教内丹学更是借助老子的“道信”来描述内丹大药的状态，指导性命修养的实践活动。

内丹修炼，有采药之说。“药”，也就是人体内的真精，所谓“采药”就是采撷真精，加以烹炼，使之成为体内金丹。由此看来，体悟真精便是很重要的一个环节。道门中人常常把真精称作信，例如金代道士马莅昭在注释南北朝道士陶植《金丹赋》“因知窈窈冥冥，其中有精”的时候就以一个“信”字来表征内丹之玄妙。在他看来，内丹大药就是信。另外，天水逸人赵大信在《谷神赋》的自注中说：

重之不足复叹之，养神之道实玄微。
静信若令交宝气，他人无知我自知。

这首七言诗中的“静信”暗示的也是真精大药。在天水逸人赵大信看来，作为静信的真精是可与宝气相交合的。当自己感受到静信与宝气交合的时候，内丹就开始化育了。

事实说明：老子所说的“信”到了道教丹家那里已经成为内丹大药的一个重要概念了。了解这一点，对于我们理解《西游记》关于少女秘信的情节是很有必要的。统观其脉络，我们可以说，《西游记》的少女秘信其实是以怪诞化的艺术方式来表征道教养性修真的内丹修炼过程。这个问题可以从两个方面来解读。

首先，我们来看看百花羞家书的一个关键时辰：“十三年前八月十五日良夜佳辰”。“十三年”这个时间概念在《西游记》中反复出现。第九回的故事是从“贞观十三年”开始的，而第十三回写三藏法师与唐太宗结拜为兄弟，并出长安往西天取经，其时间也是贞观“十三年”，第二十九回中百花羞的信叙说离开宝象国的时间还是“十三年”。如此反复出现十三年，这绝不是偶然的，而是作者有意安排的。以往的学者对《西游记》中反复出现“十三年”的问题早已有所关注。刘一明在《西游记百回详注》中指出，这个十三年，“大有深意，不可不辨”。经过长期研究，刘一明认为，《西游记》中的“贞观”并不是单纯的一个年号而已，而是表示内丹修炼的“静正而观”，合于老子《道德经》第十六章“致虚极，守静笃，万物并作，吾以观复”的精神旨趣。《李安纲批评西游记》采纳了刘一明的观点，我也完全同意这种解释。这里，需要补充的是，十三年为什么暗示着内丹学的观复呢？那是因为丹法理论采用了《易经》的“十二消息卦”来形容火候进退。所谓“十二消息卦”指的是：复、临、泰、大壮、夬、乾、姤、遁、否、观、剥、坤。西汉时期的《易经》专家用这十二消息卦表征一年十二个月。东汉的魏伯阳将十二消息卦引入丹经《周易参同契》之中，用以表征炼丹火候的阴阳进退。十二消息卦既可以代表一年十二个月，也可以表示一日十二时辰。不论从年的角度看，还是从时的角度看，十三都代表阴阳进退过程中新一轮的开始，也就是十二消息卦走了一轮又回到开头的复卦。刘一明《西游记百回详注》把这叫作：

> 贞下起元，一阳来复。

《易经》的复卦（䷗）上五爻为阴爻，唯有最下一爻是阳爻。这个阳爻，代表内丹修炼时药苗的出现，即老子所说的“其中有信”。百花羞寄给宝象国父母的信中所出现的“十三年”就是这种暗示。至于“八月十五日”这个佳辰，也一样具有内丹药信的象征意味，因为内丹学常常以月亮的晦、朔、弦、望来比喻内丹大药合炼过程的变化，所以“八月十五日”与“十三年”合在一起就特别值得琢磨与玩味。

其次，我们来看看百花羞与波月洞魔王的关系，就更加能够体会到少女秘信的内丹学隐意。道教内丹学的重要表征方式之一，就是把内丹修炼过程中阴阳二气的关系比作夫妻，把彼此的配合看作是夫妻交媾，例如宋代金丹派南宗传人石泰在《还源篇》中就说：

夫妇初欢合，年深意转浓。
洞房交会处，无日不春风。

读了这首五言诗之后，我们再回过头看看百花羞与波月洞魔王的关系，就能体会到《西游记》作者的深刻用意。

百花羞与魔王有没有“欢合”呢？表面看来似乎没有，但在深层次里却是有的。向来，人们把夫妻称作冤家对头，百花羞与波月洞魔王正是冤家对头的典型表现。

碗子山波月洞魔王本是天上二十八星宿的奎星神，而百花羞则是披香殿的侍香玉女。他们在天界因有情而准备私通，由于担心玷污了天宫胜境，所以相继下界。侍香玉女托生于皇宫内院，奎星不负前期盟约，变作妖魔占山为王。却不料，侍香玉女投胎于皇宫内院之后失却以往记忆，想不起前世盟约，奎星神只好把百花羞摄掠到洞府。尽管百花羞总感到与妖精结为夫妻不伦不类，但他们毕竟有缘，连孙悟空都说他们是“因前世前缘，该有这些姻眷”。

百花羞与奎星神的结合十分怪诞，一方是公主，一方是魔王。这就造成矛盾，而正是这种矛盾象征着内丹修炼的复杂性。奎星又称作奎木狼，属木，百花羞是兑卦，属金。作为女人，百花羞是弱小的，所以她在赏月时被奎木狼捉拿回波月洞；作为精气蕴聚的象征，百花羞又是强大的。因为属金的百花羞要克木，所以一封家书通过唐僧之手传到宝象国的时候，奎木狼的衰运就到来了。

这正是：

误入歧途，唐僧魔洞受煎熬；
巧传家书，公主波月克木狼。

奎木狼最终是怎样被制伏的呢？请看下一章《三家结义》。

第二十四章　三家结义

上一章，我们说到，宝象国三公主百花羞被碗子山波月洞妖怪奎木狼抓去当了十三年妖妻，而唐僧就在这个时节误入波月洞。在危急关头，百花羞解救了唐僧。与此同时，百花羞请求唐僧传信宝象国。我们侧重分析了百花羞家信的内容以及深层涵义。本章我们要说的是三家结义。

（一）三家结义意涵初探

谈起结义，人们很容易会想起三国时期刘备、关云长、张飞在桃园借酒盟誓的故事。在《西游记》里，义也是非常重要的思想内容。这一点，在该书第三十一回《猪八戒义激猴王，孙行者智降妖怪》中尤其突出。回首一诗写道：

> 义结孔怀，法归本性。

“义”，繁体写作“義”，属于上下结构的字。上半部分是羊头，说明它与羊有关；下半部分“我”表示用“手”操“戈”，象征兵器与战争。古时候出兵打仗或者开展其他重要活动，必须举行祭祀神明的典礼。祭祀神明要有供品，羊就是主要供品之一。在祭祀典礼中，羊肉、人手、武器，造就了激荡人心的气氛。祭祀完了，大家一起吃羊肉，一起上战场，不分彼此，情谊融融。因为祭祀，大家团结在一起，为实现共同目标而奋斗，义就有了责任、义务、公正等含义。

“孔怀”是什么意思呢？这个词最早见于《诗经·小雅·常棣》：

> 死丧之威，兄弟孔怀。

根据东汉经学家郑玄的解释，“孔怀”本是表示兄弟之间互相思念，后来引申成为兄弟的代称。从字面上看，义结孔怀说的是人们遵循大义结拜为兄弟。

不同姓氏、血缘的人能够结拜为兄弟，他们所遵循的大义是什么呢？“法归本性”四个字作了回答。“法”，既是佛法，也是儒法，更是道法，一个法字把传统的儒、释、道三家都统在一起了。儒、释、道三家虽然各有其法，修行方式不同，但殊途同归，都是为了回归本性。佛教将本性称作佛性，儒家称作天性，道家称作道性，实际上讲的就是合乎天道的自然之性。所以，义结孔怀的“义”，就深层意蕴上来看，就是表示符合自然法则。

在《西游记》中，是谁义结孔怀呢？第三十一回回首诗二段作了暗示：

兄和弟会成三契，妖与魔色应五行。

在这里，“兄和弟”指孙悟空、猪八戒、沙和尚三人。可见，《西游记》也有三结义。什么是“三契”呢？在古文字中，“契”的右边是一个刀形；左边三横一竖，表示用刀在一块小木条上刻下三个记号；至于底下的“大”，本写作“木”，由于传抄错误，“木”成为“大”。既然木已成舟，人们便以“木”为“大”了。最初，刻上这样的记号，可能是为了某种约定，后来引申为符契、契约，表明缔结了一种特定的关系。《西游记》讲“三契”就是孙悟空、猪八戒、沙和尚三人配合默契，情同手足，这就是三家结义。

“兄和弟会成三契”的诗句是随便凑合上去，还是故事情节的概括呢？我认为，这绝不是作者一时心血来潮，弄一些华丽的文辞来修饰，而是与故事情节相互配合的。

这样说有什么根据呢？只要我们回顾一下第三十一回就能够明白。这一回的回目叫作：《猪八戒义激猴王，孙行者智降妖怪》。回目里出现了两兄弟，猪八戒与孙悟空。看起来好像少了一个人，但故事一展开，就发现沙和尚也在其中。

猪八戒是怎样“义激”猴王呢？他“义激”了猴王之后，又是怎样牵出沙和尚的呢？看过《西游记》的人应该对猪八戒模仿妖精口气骂孙悟空的那一段话记忆犹新。猪八戒上了花果山，在孙悟空面前娓娓动听地讲起自己如何对付妖精的事。他说自己曾经这样对妖精讲："我有个大师兄，叫作孙行者，他神通广大，善能降妖，他来时教你死无葬身之地。"猪八戒这样描述，显然是为了博得师兄的好感。接着，他说妖精听了自己的话，越加愤怒，于是大骂：

> 是个什么孙行者，他敢来惹我！他若来，我剥了他皮，抽了他筋，啃了他骨，吃了他心！饶他猴子瘦，我也把他剁碎着油烹！
>
> ——第三十一回

孙悟空和八戒兄弟情

这段骂够狠的，不仅要剥皮、抽筋、啃骨，还要吃孙行者的心呢！最后一句更绝，说人家"猴子瘦"，这当然触到了孙猴子的痛处，因为他确实瘦。不要说与具有啤酒肚的猪八戒相比，就是与沙和尚相比，孙猴子也是小个头。这孙猴子，眉骨高，眼睛低，两边颧骨突出，腮边凹陷，真可谓瘦骨嶙峋，可恨的妖精还要把人家剁碎油煎，实在欺人太甚。听了这话，孙猴子不大怒才怪！果然，孙猴子受不了这样的侮辱，气得抓耳挠腮，一阵暴跳，大叫要是拿住妖精，必定“碎尸万段，以报骂我之仇”。可见，猪八戒的激将法是用得很成功的。就凭这一点，我们就不好再称他为“呆子”，而应该改称智多星了，甚至应该推荐他去担任国际IQ俱乐部的副理事长。

猪八戒“义激”美猴王的结果，就是把孙悟空请出花果山，到波月洞营救了沙和尚，降伏了妖精黄袍郎，到达宝象国，让被变成老虎的师父唐僧重新恢复人形。回顾这些情节，我们完全可以肯定地说，第三十一回所谓“义结孔怀”以及“兄和弟会成三契”，并非是作者装点门面的辞藻，而是从情节中概括出来的，可见作者独具匠心。

说到这里，也许有人会提出：孙悟空、猪八戒、沙和尚跟随师父到西天取经，他们义结孔怀，这在中国传统文化大背景下，完全可以理解，但为什么要把三家结义与妖魔联系起来呢？换一句话来说，在“兄和弟会成三契”之后，为什么紧接着说“妖与魔色应五行”？难道孙悟空、猪八戒、沙和尚的兄弟情谊是因为妖精帮助才缔结的不成？

我可以肯定地回答：没有妖精刁难，唐僧三徒弟就不会义结孔怀。

首先，我们来分析一下“妖与魔色应五行”的字面含意。这里把妖魔分解为两个词是修辞的需要，因为前一句有“兄与弟”，所以下一句就来个“妖与魔”对仗。实际上，妖魔是一路货色，都是干扰正道修行的不良因素。本来妖魔是非常丑恶的，但他们却用许多迷人的外相来装扮，这就是“色”。在不同场合，妖魔的“色”具有不同表现，但概括起来却不离青、赤、黄、白、黑，而这五种颜色又可与木、火、土、金、水五行相对应，这就叫“色应五行”。比如第十六回出现的黑熊精是黑色，苍狼精是青色；再如第三十一回的奎木狼，又称黄袍郎，是黄色。不同颜色代表五行的相生相克，这种相生相克，又与孙悟空、猪八戒、沙和尚的秉性构成了复杂关系。

其次，我们来看看妖精的刁难对孙悟空、猪八戒、沙和尚“会成三契”的作用。大家不会忘记，唐僧误入波月洞，被群妖绑缚，成为“蛇头上的苍蝇”。虽然有宝象国三公主相救，唐僧最终得以离开妖洞到达宝象国，为百花羞传递书信，请求救兵来捉拿奎木狼，但奎木狼也不是省油的灯。这个天上奎星变成的妖魔，不仅活捉了前来降妖的沙和尚，吓跑了猪八戒，而且化成俊俏男子，到宝象国骗取了国王的信任。在众目睽睽之下，奎木狼一派花言巧语，声称唐僧乃是当年叼走百花羞的斑斓猛虎，并且运用黑眼定身法的邪术让唐僧当场变成老虎。而这个时候，沙和尚被绑在波月洞，猪八戒因为早先战不过奎木狼，便躲进荆棘草丛之中睡觉。情急之下，白龙马化成宫娥，与化成俊男的奎木狼喝酒、唱歌，他想乘机除掉奎木狼，却被奎木狼抛下的满堂红大铁棍击伤后腿，只好钻进御水河避难。对这些情景，《西游记》第三十回有一首诗形容：

意马心猿都失散，金公木母尽凋零。
黄婆伤损通分别，道义消疏怎得成！

“意马”暗指白龙马，“心猿”“金公”暗指孙悟空，“木母”暗指猪八戒，而“黄婆”则暗指沙和尚。当唐僧被奎木狼运用妖术变成斑斓猛虎而锁在铁笼子里的时候，孙悟空、猪八戒、沙和尚以及白龙马都不在场了，所以说“失散”“凋零”“分别”。这种情况逼得白龙马不得不口吐人言，劝说猪八戒到花果山请求孙悟空前来解救师父，也逼得猪八戒只好忍受被师兄奚落、嘲笑的难堪，苦苦相求，最终才把孙悟空请到波月洞制伏妖精。从这个角度看，妖精黄袍郎实在是促成孙悟空、猪八戒、沙和尚三兄弟重新聚义的最大帮手，因为他的刁难对于取经的最后成功来说乃是不可缺少的磨炼，也是不可多得的推动力。因此，大唐王朝如果要举行取经表彰大会，实在应该给黄袍郎颁发一个特别奖。

（二）三家结义的丹道寄托

到这里，关于孙悟空、猪八戒、沙和尚三家结义的情节分析本可以画上句号。然而，话犹未尽。回过头再读第三十一回开头的诗，发现故事情节并不是单纯表现作为社会伦理道德的义，这个义似乎还另有所指。为什么这样说呢？因为该诗在“义结孔怀，法归本性”之后，紧接着有这么两句：

金顺木驯成正果，心猿木母合丹元。

“丹元”就是内丹药苗。因为药苗是结丹的元素，所以称作丹元。有趣的是，第三十一回讲到孙悟空变化成宝象国三公主百花羞与波月洞妖怪黄袍郎周旋时，又有一段关于内丹的描写：

> 那怪携着行者，一直行到洞里深密之处，却从口中吐出一件宝贝。有鸡子大小，是一颗舍利子玲珑内丹。

黄袍郎为什么把修炼多年的内丹吐出来呢？原来孙悟空变化成百花羞，叙说猪八戒窃走沙和尚，接着又把两个儿子抢去的事情，她表现得痛心疾首。黄袍郎看到自己结发十三年的老婆如此伤心，就把内丹吐出来，目的是让老婆吞了金丹医治心痛。但他没想到眼前的百花羞是孙悟空变化的。就这样，黄袍郎长期修炼的内丹落入孙大圣的肚子里。这个情节进一步证实第三十一回的确有内丹修炼的象征隐意。

黄袍郎与百花羞

这种内丹是怎样修炼的呢？作者通过对孙悟空的心理活动描写，暗示了修炼的程序。当孙悟空看到黄袍郎吐出内丹时，心中暗喜道：“好东西耶！”为什么是好东西呢？因为在孙悟空看来：

这件物不知打了多少坐工，炼了几年磨难，配了几转雌雄，炼成这颗内丹舍利。——第三十一回

“坐工”又称“坐功”，就是静坐修炼的功夫，这不是一朝一夕能奏效的，必须经过长期实践。在修炼过程中，可能出现精神恍惚等异常现象，甚至走火入魔，可以说是“磨难”。至于“配了几转雌雄”，说的是炼丹的火候。历史上，道士炼制外丹，以“转”来表示金丹火候的进展阶段。金丹烧炼，一般要经过九道工序，因此有九转金丹的名称。而“雌雄”则表示火候的阴阳进退，“雄”是进阳火候，“雌”是退阴符候。此类字眼，本用以表示外丹炼制，后来引入内丹修炼，所以才有“几转雌雄”的说法。

孙悟空吞了黄袍郎修炼多年的内丹，这就呼应了丹道修炼的“雌雄”斗争与协和的主题。按照传统理论，金丹修炼有阴、阳两种不同元素，既然有阴阳，就有矛盾对立，甚至斗争。这种状态早在汉代的金丹学著作《周易参同契》中篇已经作了描述：

龙呼于虎，虎吸龙精。

龙在东属木，虎在西属金，一阴一阳，必然缠绵打斗。所以，我们看到猪八戒到花果山就经历了一番戏剧性打闹。他混在猴群里一起磕头，被发现之后，孙悟空故意说猪八戒是“夷人”，还奚落他是不是也带着师父的“贬书”前来。由于请不动师兄，猪八戒怏怏不乐地下山。他走了三四里路，就埋怨起来：“这个猴子，不做和尚，倒做妖怪！这个猢狲，我好意来请他，他却不去!”猪八戒自言自语，无非是发发牢骚，没想到孙悟空早有准备，暗中派了两个小猴子盯梢。小猴子听到猪八戒一路上骂声连连，回去报告孙大圣，孙大圣吩咐众猴捉拿猪八戒。众猴蜂拥而上，把猪八戒打翻在地，抓鬃扯耳，拉尾揪毛，捉了回去。众猴拉拉扯扯，把猪八戒心爱的直裰子都揪破了。猪八戒被抬到花果山，孙悟空先是责问他为什么一路骂人，接着又声称要“先打二十个见面孤拐，再打二十个背花，然后等我使铁棒，与他送行!”慌得猪八戒磕头如捣蒜，搬出观音，又搬出菩萨，这才解了围。这段情节正是《周易参同契》“龙呼于虎，虎吸龙精”的演

绎，因为猪八戒属木，孙悟空属金，木为龙，金为虎，金克木，所以猪八戒受制于孙悟空。

然而，冲突不会永久持续下去，猪八戒的请求终于打动了孙悟空。于是，孙悟空跟随猪八戒来到波月洞解救沙和尚，彼此不计前嫌，兄弟和好，而师父也欢迎孙悟空归队，重新走上取经之路。到这里，我们再回头琢磨一下“金顺木驯成正果，心猿木母合丹元”以及“兄和弟会成三契”的诗句，就能够明白其中蕴含的内丹修炼的内涵了。

“金顺”意指孙悟空不再给猪八戒找岔子，“木驯”表示猪八戒服服帖帖，尊重大师兄；至于兄弟三契则暗示孙悟空、猪八戒、沙和尚兄弟三人相互配合，没有二心。然而，《西游记》为什么在说了“金顺木驯”之后又讲“心猿木母”呢？为什么要强调“三契”呢？这实际上牵涉丹道修炼三五归一理论的问题。

道教金丹派南宗祖师张伯端在《悟真篇》中说：

> 三五一都三个字，古今明者实然稀。
> 东三南二同成五，北一西方四共之。
> 戊己自归生数五，三家相见结婴儿。
> 是知太一含真炁，十月胎圆入圣基。

原来，道门用方位数字来表征内丹修炼的阴阳和合。内丹修炼，阴阳进退，可以用数字来描述，东方之数为三，南方之数为二，西方之数为四，北方之数为一，中央之数为五。经过激荡对抗，阴阳二气磨合顺

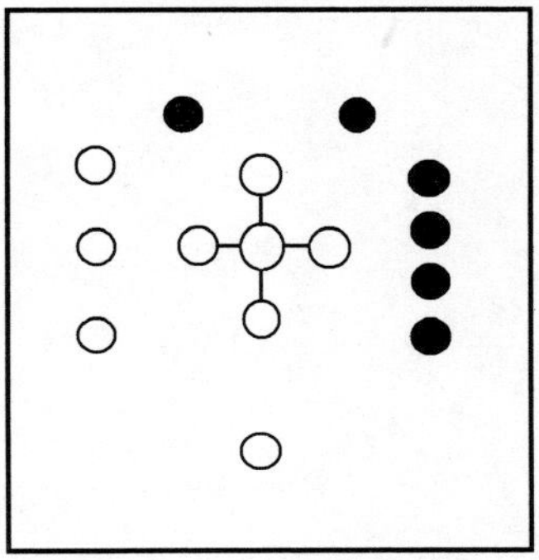

三五归一图

行，阳气由东而南，三与二会合为五，这就是“东三南二同成五”，《西游记》说的“心猿木母”正暗合这一层意思。孙悟空是心猿，猪八戒是木母，木母顺行到了南方，生火为“心猿”，表示内丹修炼进阳火；火逼金行，金在西方，由西方运行到了北方，金生水，于是西方金数四与北方水位之数一会合成五，这就是“北一西方四共之”的意思。五行化运，兄弟和合，孙悟空、猪八戒、沙和尚在宝象国相会，三五归一，气聚丹田，暗示“三家相见结婴儿”。之所以“结婴儿”，是因为金、木、土会合有义，正如十月怀胎，一朝分娩，所以说“十月胎圆入圣基”。

这正是：

邪魔乱性，兄弟失散多劫难；
情投意合，道义回归即修真。

孙悟空兄弟再度会合之后情况如何？请看下一章《葫芦世界》。

第二十五章　葫芦世界

上一章，我们说到，波月洞妖精黄袍郎到了宝象国，要尽花招迷惑宝象国国王，又用黑眼定身法的邪术让唐僧当场变成老虎。危急关头，白龙马口吐人言，力劝猪八戒到花果山请大师兄回来救难，由此构成了三家结义的曲折故事。我们着重考察了孙悟空、猪八戒、沙和尚三家结义的过程，分析了三家结义的多层内涵。本章我们要说的是葫芦世界。

（一）葫芦“装人”与“装天”

葫芦是一种很受人们青睐的植物果实。记得小时候，我父亲喜欢种葫芦，屋前屋后搭起许多葫芦架子。每逢夏天，葫芦果实渐渐成熟，就从架上垂下来，风一吹，滴溜晃动，真像小孩荡秋千，令人赏心悦目。秋天的时候，父亲就把特别成熟的葫芦取下来，制作成为葫芦罐子。我还曾经用葫芦罐子装花生米，在上山玩耍时与小同伴分享呢！

长大后，我发现葫芦其实还是咱们国人的吉祥物。上至百岁老翁，下至稚嫩孩童，见了葫芦，无不喜爱。在传统上，有在门口挂葫芦的习俗，表示迎祥纳吉，招财进宝；许多地方盖房子，要在屋脊上置放一个石制葫芦，辟邪去凶，安宁环境。葫芦的形状各式各样，各有象征含义，其中最受欢迎的是亚腰葫芦。这种葫芦由两个球体组成，人们把它看作夫妻互敬互爱的象征。如果夫妻缘薄，可以摆放一只亚腰葫芦在床头，据说能够加强夫妻情份，增进夫妻感情。

有趣的是，葫芦在《西游记》中也扮演了重要角色。除了第五回写太上老君用葫芦装丹药、第二十二回写唐僧乘坐葫芦搭成的九宫法船之外，第三十三回到第三十五回，更是以葫芦为主线来构造故事。这几回主要是写孙悟空与平顶山莲花洞妖精金角大王、银角大王斗法。莲花洞妖精有五件宝贝：紫金红葫芦、羊脂玉净瓶、七星宝剑、芭蕉扇、幌金绳。在这五件宝贝里，以紫金红葫芦最为重要。

大家知道，通常所说的紫金是一种综合了金、铜、铁、镍等多种元素的合金。有资料显示，俄罗斯是生产紫金的大国，我国广东省有一个县叫作紫金县。既然叫作紫金县，那么此地应该存在着丰富的制作紫金的矿藏吧！《西游记》的“紫金红葫芦”是用哪里的原料制作而成的？是进口的还是国产的？不得而知！不过，既然叫作紫金红葫芦，其品质一定很高贵喽！

据说，紫金红葫芦非常神奇。第三十三回讲到，孙悟空被银角大王运用搬山法术压住，金角大王与银角大王讨论如何把孙悟空拿住。金角大王问：“拿什么宝贝去捉孙悟空？”银角大王回答：“拿我的紫金红葫芦，你的羊脂玉净瓶。”于是，金角大王就搬出宝贝，并且问：“派谁去捉拿孙悟空？”银角大王回答：“派精细鬼与伶俐虫去。”然后，银角大王就告诉二位小妖使用宝贝的方法，告诉他们到高山绝顶，把宝贝底儿朝天，口儿朝地，叫一声孙行者，如果孙行者答应了，就会被装进去。接着，就贴上“太上老君急急如律令奉敕”，如此这般操作，孙行者“一时三刻就化为脓”了。照此说法，紫金红葫芦的功能是相当强大的。

在《西游记》中，围绕紫金红葫芦展开了许多曲折的故事。其中，小妖与孙悟空交换葫芦的情节尤其耐人寻味。

在金角大王与银角大王的委派下，精细鬼与伶俐虫带上了紫金红葫芦与羊脂玉净瓶前往孙悟空被压的地方，准备收拾这个眼中钉。没想到孙悟空在五方揭谛以及土地神的帮助下早已脱身，他发现山凹里霞光艳艳，感到惊奇，就问土地神：“那是什么东西？”土地神告诉孙悟空：“那是妖精的宝贝放出来的光，想必是妖精要用什么宝贝来降伏你。”听了土地神的话，孙悟空心生一计，他请诸神回去，自己变成一个老真人。等到小妖来了，孙悟空就伸开金箍棒，小妖不曾防备，绊了脚跌倒。他们爬起来，本要与孙悟空计较，却让孙悟空的一句话“道人见道人，都是一家人”说软了。既然是“一家人”，彼此也就攀谈起来。孙悟空与两个小妖攀谈，其实是在套话，为的是搞清楚妖精手里宝贝的神通。果然，小妖一五一十地介绍手中宝贝的神奇功能与使用方法，好像是在进行产品展销推介一样，讲得绘声绘色。孙悟空乘机提出：“那就把宝贝借给我看看吧。”小妖正洋洋得意，没有提防，就把宝贝递给孙悟空。与此同时，小妖请求孙悟空把自己的宝贝也“借与我凡人看看压灾”。孙悟空拔了一根毫毛，变出一尺七寸长的大紫金红葫芦。妖精看了，就说孙悟空的葫芦虽大却不中用。孙悟空问：“为什么不中用?”小妖说自己的宝贝能够装上千人，言外之意是你老真人的葫芦恐怕没有这样的能力吧？没想到孙悟空却回答说他这个宝贝可以“装天”，也就是把整个天装进葫芦里面。猴子的话果然有诱惑力，伶俐虫当即与精细鬼商量如何换葫芦的事，但精细鬼觉得老真人的葫芦那么好，恐怕不会换。伶俐虫就说，那就把玉净瓶也贴上，两个换一个。这话正合孙悟空的心意，所以这笔买卖也就做成了。

两个小妖之所以下定决心换葫芦，是因为孙悟空的葫芦“装天”表演实在太精彩。为了让两个小妖相信自己葫芦的超级妙用，孙悟空低头掐诀，口吐咒语，叫日游神、夜游神、五方揭谛神到天宫玉皇大帝那里“借天”。这时候的玉皇大帝鉴于孙悟空是为了保护唐僧到西天取经，就派哪吒三太子到真武大帝那里借了一面皂雕旗，在南天门上一展，把日月星辰都

葫芦装人、装天

遮住了。而孙悟空就把毫毛变成的葫芦往天上一抛，葫芦随风飘起，飘飘荡荡，足有半个时辰。小妖看到天空突然黑了，就问："刚刚还是晌午，怎么一下子就暗了呢?"孙悟空说："天已经被装在葫芦里了，所以你看不见。"两个小妖既惊讶，又高兴，紫金红葫芦很自然地就落到孙悟空手里。

"装天"这个构想很奇特，如果我们回顾一下古代的葫芦传说，就会发现其中的一些关联。在历史上，有关葫芦的传说很多，其中，壶公传说最有趣。壶公就是以壶为法器的神仙人物，壶其实就是葫芦的别称，所以壶公又可称为葫芦公。南宋著名诗人文天祥《赠一壶天李日者》诗云：

汝南市人眼，壶小天地大。
谁知卖药翁，壶宽天地隘。

这四句诗即用了壶公的典故。诗人告诉我们，在汝南人眼中，葫芦很小，而天地却很大；但是，在卖药翁那里，葫芦很宽，相比之下，天地就显得狭隘了。这个卖药翁是谁呢？根据晋代葛洪《神仙传》以及北宋张君房编《云笈七签》的记载，他就是壶公。据说，壶公在汝南卖药，从来不

神仙壶公

二价，凡是吃了他的药，什么疑难杂症都会消除，简直灵验得很！那时候，周围人都不知道他是神仙，唯有管理市场的小官吏费长房知道壶公非同寻常：

> （壶公）常悬一空壶于坐上，日入之后，公辄转足跳入壶中，人莫知所在，唯长房于楼上见之，知非常人也。——葛洪《神仙传》卷五

于是，费长房想办法接近他。终于有一天，壶公叫费长房日暮时再来。见面之后，壶公告诉费长房："你只要看见我跳入壶中，就可以学我的样子，进入壶里。"费长房按照壶公指点的步骤进行，终于进入了壶天世界。这个壶天世界是什么样子呢？葛洪《神仙传》卷九这样描写：

> 既入之后不复见壶，但见楼观五色重门阁道，见公左右侍者数十人。

费长房进入壶里，不再感觉那是一个壶，而是一个仙境，其中楼观掩映，门阁森罗。住在里面的壶公，有左右侍者几十个。

关于这种壶天世界，张君房《云笈七签》卷二十八有类似的描写。该书称，有一个叫作施存的人学习金丹大道：

> （他）常悬一壶，如五升器大，变化为天地，中有日月。如世间，夜宿其内，自号"壶天"，人谓"壶公"。

这个壶公或许不是葛洪《神仙传》所讲的传道于费长房的那个神仙人物，但他身边悬挂的壶却有类似的功能。进入这样的壶里，仿佛置身于天地之间，日月星辰一览无遗。

追溯一下早先的壶公传说，我们不难看出，孙悟空以葫芦"装天"的情节有深厚的文化背景。当然，《西游记》并不是直接将历史上的壶公传说搬入书中，而是进行了精巧的艺术再创造。这除了表现在借真武大帝的皂雕旗来遮住日月星辰之外，作者还写了孙悟空准备就交换葫芦的事签署合同文书。小妖说没有笔墨写合同文书，改为发誓吧，孙悟空同意发誓。于

是，小妖说，如果反悔，“一年四季遭瘟”。孙悟空接着也说，如果反悔，照样是“一年四季遭瘟”。这可以说是一个毒誓。对妖精来说，发誓是为了拥有这个能够装天的大葫芦；对于孙悟空来说，敢发这样的毒誓，是因为他的那个葫芦本来就是假的，现在得了便宜又卖乖，当然说什么毒誓都可以。

（二）葫芦来历与雌雄之分

在《西游记》中，关于“紫金红葫芦”还有两个情节值得深入探讨。一是葫芦来历，二是葫芦“怕老公”的事。

首先，我们来考察一下葫芦的来历。孙悟空用假葫芦换取了小妖手上的紫金红葫芦后，将身一纵，跳到南天门前，谢了哪吒太子麾旗相助之功。然后，就准备用紫金红葫芦来装金角大王与银角大王。没想到，“道高一尺，魔高一丈”，妖精还有许多其他宝贝，尤其是藏在妖精母亲那里的幌金绳更是厉害得很。孙悟空虽然设法弄到了幌金绳，却不知道如何念咒，结果让妖精夺回幌金绳，反绑住了孙悟空，然后又从孙悟空身上搜出紫金红葫芦。但是，孙悟空毕竟是孙悟空，他变化多端，真假难辨，一会儿是孙行者，一会儿是者行孙，一会儿又是行者孙，弄得妖魔如坠五里云雾之中，真葫芦又回到孙悟空手上，而妖魔掌握的依然是个假葫芦。不过，银角大王并不知道自己手上的葫芦是假的，还想按照装人的一贯套路来装孙悟空，所以雄赳赳、气昂昂地叫喊孙悟空的名字；而这时候的孙悟空也底气十足，报出家门，并且从袖子里掏出葫芦。银角大王一看，十分吃惊，因为孙悟空手上的葫芦与自己的葫芦简直一模一样，所以就追问：“行者孙，你那葫芦是哪里来的?”

孙悟空当然不知道紫金红葫芦的真正来历，只好反问妖魔：“你那葫芦是哪里来的?”孙悟空这样问，其实是想让妖魔讲出葫芦的真来历，如此才好应对。银角大王没有领悟这一层意思，就老老实实地讲起了葫芦的来历：

> 这葫芦是混沌初分，天开地辟，有一位太上老祖，解化女娲之名，炼石补天，普救阎浮世界。补到乾宫夬地，见一座昆仑山脚下，有一缕仙藤，上结着这个紫金红葫芦，却便是老君留下到如今

者。——第三十五回

紫金红葫芦是由来已久的，早在天地初分的时候，它就存在了。它长在仙藤上，本来就是仙家的果实。其中，女娲补天的事尤其值得注意。

大家知道，女娲补天本来就与葫芦有关。实际上，女娲之名就潜藏着葫芦信息，“娲”本念作瓜，就是葫芦的意思。此种意涵在古史传说中也能够找到蛛丝马迹。例如彝族创世古歌《梅葛》说，天神发洪水换人种，幸存于世的两兄妹尊天神旨意成亲，后生下一个葫芦，从中衍生了汉、彝、苗、藏等九族。又如广东海南岛黎族传说，黎、汉各族是由葫芦里出来的兄妹俩相配所生子女的后裔。由此我们可以看出，女娲的名称实际上是生殖繁衍的象征，代表着种族的生生不息。

女娲为什么补天？相传远古时期，共工与颛顼争帝位，不胜而头触不周之山，导致天柱折，地维绝，四极废，九州裂，天倾西北，地陷东南，洪水泛滥，大火蔓延，人民流离失所。女娲看到她的子民们陷入巨大的灾难之中，就十分关切，决心炼石以补苍天。她炼什么石来补呢？据说是炼了五色石来补的。五色石是什么样子的？依我的认识，这应该是依照五行观念而构想出来的。五行对应的颜色有青、赤、黄、白、黑五种，所以也就有了五色石。不过，如果再深入一层发掘就会发现，女娲手上的五色石并不简单，其中很可能有调整历法的内涵。我们知道，上古时期曾经形成了一年三百六十天的历法，后来人们发现这种历法与月亮运行轨迹存在一定的误差，故而通过闰月方式加上五天，以足运数。所谓“五色石补天”，恐怕是补上五天的暗示。由于补上五天，历法就显得更加完善，这是有利于民生的大事，难怪连妖精都赞美说是“普救阎浮世界”。

按照古史传说，先有女娲，再有葫芦。但在银角大王的叙说中，女娲并没有化成葫芦，而是在补天时发现了葫芦。这样的差别不足为奇，因为传说一久就会有歧义。对这种歧义，我们可以不必深究。

现在，值得深入辨析的问题是：女娲是在什么情况下发现葫芦的呢？文中说是“乾宫夬地”。这是一个什么地方呢？只要看看《伏羲六十四卦次序图》就可以明白。按照传统方位，左东右西，脚踏北部，头朝南方，那么乾宫夬地就是西北，而我国昆仑山就在西北部，所以银角大王接着说“见一座昆仑山脚下”，可见葫芦是来自西北的昆仑山。它自然生成，在昆仑山脚下，由于女娲补天，才被发现。

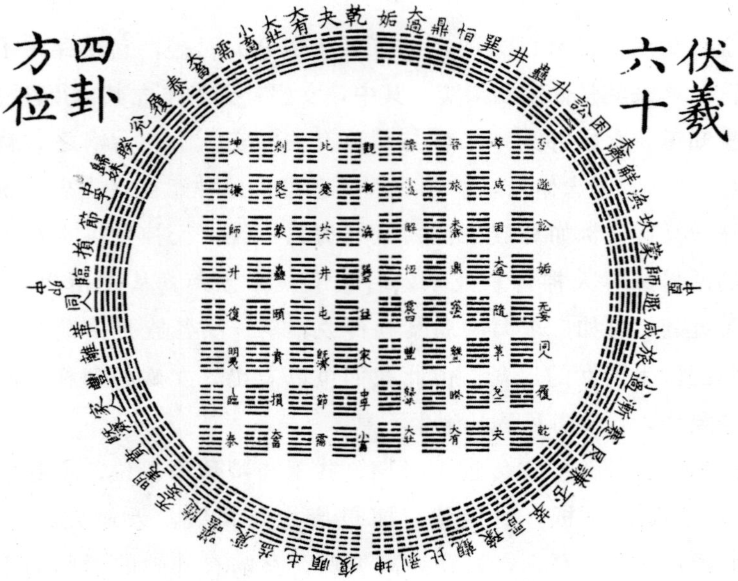

伏羲六十四卦次序图

本来葫芦只有一个，可是孙猴子却用毫毛变出另外一个葫芦，并且使用七十二变的法术，把真的葫芦弄到自己手里，假的递给了妖精银角大王。当银角大王说出葫芦来自昆仑山脚下的时候，孙悟空也声称自己的葫芦是从那里来的。其差别在于：银角大王说女娲发现的葫芦是一个，而孙悟空却说有两个。不仅是两个，而且是一雌一雄，自己拥有的一个是雄的，而妖精手上那个是雌的。听了孙悟空的雌雄高论，妖精就讲："莫说雌雄。但只装得人的，就是好宝贝。"孙悟空顺口回答："你也说得是，我就让你先装。"孙悟空为什么底气十足，要让妖精先装呢？因为真的葫芦在自己手上嘛，让妖精先装，无论如何是装不进去的。妖精不知真情，所以跃跃欲试，纵身跳到空中，叫一声："行者孙！"孙大圣连连答应了七八声，就是装不进去。于是，银角大王从空中坠落下来，跌脚捶胸地大叫：

> 天那！只说世情不改变哩！这样个宝贝，也怕老公，雌见了雄，就不敢装了！——第三十五回

我们如何理解银角大王说的这句话呢？这虽然是从妖精嘴巴讲出来的，但却是作者特别设计的，说到底还是暗示内丹大道的火候原理。内丹火候，有阴有阳，为了表达火候进退，内丹家常常以夫妇、雌雄作为比喻。按道教看来，人要延年益寿，就得去掉阴气，培补阳气。私心、欲望、作恶都属于阴气，妖魔象征阴气，所以驱魔归正、行善济世就是内丹修炼的入手功夫。而宝贝葫芦“怕老公”恰恰体现了以正压邪的思想旨趣。内丹学大师张伯端《悟真篇》说：

漫守药炉看火候，但安神息任天然。
群阴剥尽丹成熟，跳出樊笼寿万年。

此诗中的“群阴剥尽”四个字尤其重要。“群阴剥尽”也就是纯阳，所以八仙人物吕洞宾又称作纯阳子，正是暗示内丹修炼必须行善积德。在《西游记》里，真葫芦最终被孙悟空所掌握，妖精的假葫芦“怕老公”，这暗示的就是阳胜阴退。之所以阳胜阴退，是因为正道光明，精神永存，因此说“跳出樊笼寿万年！”

这正是：

葫芦世界，奥妙无穷验真假；
女娲补天，行善积德归正宗。

那么，到底如何剥尽群阴呢？请看下一章《师徒赏月》。

第二十六章　师徒赏月

上一章，我们说到孙悟空与莲花洞妖精围绕葫芦而展开一系列斗法，阐述了葫芦“装人”与“装天”的文化背景，分析了紫金红葫芦的来历与古史传说的关系，解释了雌雄葫芦的思想意涵。本章我们要说的是师徒赏月。

（一）唐僧门外说月象

对于中国人来说，月亮多么富有诗意！查考古代文献，我们会发现，以月亮为吟咏对象的诗词作品数不胜数。早在《诗经·防有鹊巢》中便有“月出皎兮，佼人僚兮”的吟唱。魏晋时期，曹植作《七哀》诗，以月亮为寄托，描写少妇的哀怨情绪，折射了诗人苦楚、徘徊的矛盾心境。唐宋以来，咏月诗词大量产生。其中，李白的《静夜思》更是脍炙人口。诗人写道：

床前明月光，疑是地上霜。
举头望明月，低头思故乡。

此诗被当代诗评家称为“千古思乡第一诗”。的确，我们从诗中可以体会到诗人思念故乡的深厚情感。李白是在唐开元十五年（727）创作这首诗的，当时他寓居湖北安陆。尽管白日奔波可以冲淡离愁，但到了夜深人静的时候，心里就泛起了阵阵思乡波澜。半夜醒来，诗人发现月光洒在床前，迷离恍惚之中，感觉好像是秋霜披在地上。于是，他本能地抬起头来，遥望天上的明月，那思乡的情绪像滔滔江水奔泻而出。诗人展示了游子思乡的共同性，所以能够引起后人巨大的共鸣。

李白吟诗

有趣的是，月亮在《西游记》中也是颇为重要的一个文化符号。这里，我们且不说散见于全书许多地方作为自然景色的月亮描写，光是第三十六回的回目就很耐人寻味：

心猿正处诸缘伏，劈破傍门见月明。

这个回目最为关键的字眼也就是最后两个字："月明"。在内容上，作者正是围绕这个关键字眼做文章的。书中有个情节，描写唐僧夜宿宝林寺，举步出门小解，只见明月当空，情不自禁地叫："徒弟！"听到师父的喊声，行者、八戒、沙僧都出来侍立左右。看到清光皎洁的月亮，唐僧感慨万千，于是口占一首古风。其中有这么几句：

万里此时同皎洁，一年今夜最明鲜。
浑如霜饼离沧海，却似冰轮挂碧天。
别馆寒窗孤客闷，山村野店老翁眠。
……
今宵静玩来山寺，何日相同返故园？——第三十六回

唐僧师徒吟诗

把这首诗与李白的《静夜思》对照一下，我们会感受到那种遥望明月而思乡的共同情感。起始两句把我们带进了一个特殊的时刻：中秋之夜。因为中秋的月亮最为圆满，看得最为清楚，所以说“最明鲜”。接下来，作者以神妙的笔触描写明月的状态，他把明月比作“霜饼”“冰轮”，用一个“离”字，把月亮升起的景象写活了，体现了月亮冉冉上升的动感，然后又用一个“挂”字彰显了月亮的位置，而“沧海”“碧天”既给人以无以伦比的开阔感觉，又写出了月亮的皎洁无瑕。这样的月色、如此开阔的视野本来应该是令人十分舒畅的，可是我们感受到的却是作者的伤感心境和思乡情绪。唐僧由那一轮明月想到了“别馆寒窗”，还有“山村野店”，仿佛看到别馆中那郁闷的“孤客”，看到了月光下老翁酣睡的情态。在这里，“孤客”二字可以说就是唐僧的自我写照，渲染了客处他方的别离情绪。在苦闷中，一轮明月引起了作者对家乡的无限怀念，所以有“何日相同返故园”的追问和感叹！

唐僧观赏月色时为什么会感到苦闷？月色为什么会引起唐僧的思乡之情呢？因为他们师徒刚到宝林寺的时候，很受了些气。自从降伏了莲花洞的金角大王与银角大王之后，唐僧师徒收拾行李，继续前行。他们翻山越岭，来到了宝林寺。这时候天色已晚，他们希望借宿于宝林寺。考虑到几

云雾中的宝林寺

个徒弟嘴脸丑陋、言语粗疏、性刚气傲，可能会让寺中僧人惊慌失措，于是唐僧自己进入山门，向寺中僧官借宿。可是，他碰了一鼻子灰，寺庙里的僧官不但不让借宿，而且还讲了许多侮辱性的话，说唐僧是什么云游僧人，“不是个诚实的”等等。唐僧稍作解释，那僧官便又骂三藏“油嘴滑舌”，而且还引用古语，指桑骂槐地说：

老虎进了城，家家都闭门。
虽然不咬人，日前坏了名。——第三十六回

言外之意是说：你们这几个行脚僧就像是让人恐惧的老虎，名声很坏。总而言之，在宝林寺僧官心目中，这些远道而来的行脚僧根本靠不住，所以无论如何不能借宿。

以上情况就是第三十六回回目所暗示的“诸缘”，也就是导致心识攀援的种种世相。由于“诸缘”的存在，最初“一轮明月满乾坤”的景象随即隐去，代之而起的是宝林寺僧官的冷言冷语，这真是人离乡贱啊！无奈之际，唐僧暗暗扯衣揩泪，忍气吞声，急忙走出宝林寺，见了三个徒弟。孙悟空看见师父脸上的泪痕，就一再追问，唐僧只推说此处不方便。孙悟空知道自己师父被人家欺负了，当然很恼火，随即进了大雄宝殿，指着三尊佛像道："你本是泥塑金装假像，内里岂无感应？我老孙保领大唐圣僧往西天拜佛求取真经，今晚特来此处投宿，趁早与我报名！假若不留我等，就一顿棍打碎金身，教你还现本相泥土！"孙悟空这话虽然是面对佛像说的，但其实是冲着寺里和尚来的。果然，他的话把一个正在值殿烧香的庙工吓住了，他战战兢兢地跑到方丈室报告情况。僧官一听，就开门，孙悟空迎面就要撞进去，老和尚吓得赶紧关门，孙悟空顺手打破门扇。最后，宝林寺僧官被制服了，所有的和尚都听从孙悟空吩咐，跪在山门迎接三藏师徒入内安寝。这一段描写，正所谓劈破旁门，因为劈破了旁门，阴霾驱除了，月亮就从云层里钻出来。此时此刻，唐三藏看到月亮当空，自然是感慨万千，他不仅把徒弟们都喊出来赏月，而且对着当空皓月抒发思乡之怀。

（二）晦朔弦望自有期

然而，《西游记》第三十六回出现的明月景象是仅作为唐僧思乡之情的寄托还是另有深意呢？我以为是另有深意。这从孙悟空、猪八戒、沙僧的谈论与对诗中就可以看出来。

在听了唐僧口占古风诗之后，孙悟空近前说：

> 师父啊，你只知月色光华，心怀故里，更不知月中之意，乃先天法象之规绳也。

按照孙悟空的说法，月亮晦朔弦望的周转变化是有规律的，这种规律正是《周易》"先天法象"的依据。什么叫先天法象呢？就是自然本初的状态。"法"指的是法则，"象"即形象，"法象"就是客观运行规律的外在表象。月亮每个月有规律地运行，就是先天法象。因为这种运行完全是自然而然发生的，不是人为制造的，所以对人的生命护养来讲具有启示意义。

月亮的晦朔弦望变化的周期如何呢？所谓“晦朔弦望”指的是月亮从亏到盈再到亏的过程中的四种状态。“晦”指的是每月最后一天，“朔”指的是每月月初，也就是新月。“弦”指的是月中分，这有两种情况，上弦月与下弦月，上弦月以阴历初八为准，下弦月以阴历二十三为度。“望”指的是每月十五日的月圆状态。

从阴阳角度看，月亮晦朔弦望的变化具有什么特点呢？对此，孙悟空有一段精彩的解释，他说：月亮周转到三十日的时候，作为“阳魄”的金散尽了，而作为“阴魄”的水盈满了，此时的月亮黑而没有光芒，这就叫作晦。在晦与朔的两天时间里，月亮与太阳正如夫妇那样，发生交感，月亮感阳精而受孕。既然受孕，就会有新生。于是，到了初三，一阳初现；到了初八，二阳萌生，这时候的月亮，一半是“魄”，一半是“魂”，好像拉直的绳子一样，所以说“其平如绳”。此后，阳气逐渐增加，到了十五日，三阳备足，一月圆满，这就叫作望。到了十六日，一阴生；二十二日，二阴生，这时候的月亮，一半是“魂”，一半是“魄”，又呈现绳子拉直的样子，所以称作下弦。到了三十日，三阴备足，所以称作晦。听了这样的解说，我们不能不感到，这孙猴子果然见多识广，像是一个天文学家在滔滔不绝地透析月象的奥秘。

孙悟空为什么这么饶有兴致地分析月象呢？或者说，作者为什么让孙悟空来讲述月象的阴阳变化呢？说到底，还是为了生命的护养与修炼。所以，孙悟空接着又说了一段更加富有深意的话：

> 此乃先天采炼之意。我等若能温养二八，九九成功，那时节，见佛容易，返故田亦易也。——第三十六回

什么是“先天采炼”呢？这就是以月亮自然运转之象为法，采取自身体内的丹药，提升健康水平，延年益寿。“采”说的是采药，而“炼”就是炼药。按照道门内丹家的说法，体内的精气就是最好的补药，通过自身意念调整，也就是用意念关注肚脐下一寸三分的地方，渐渐地会有一种热感，这就叫作得药。得了药之后，继续用意念引导贯注，调整呼吸节奏，慢慢地热气就会循着任脉、督脉运行，这就是炼药。

什么叫“温养二八”呢？原来，这讲的是炼药的具体过程。二八之说

最早见于东汉时期道教炼丹经典《周易参同契》上篇：

> 上弦兑数八，下弦艮亦八。两弦合其精，乾坤体乃成。二八应一斤，《易》道正不倾。

由此，我们可以看出《西游记》第三十六回中孙悟空叙说月象，乃是以《周易参同契》作为依据。这里的“上弦”“下弦”都是就月象说的，即上弦月与下弦月。而兑与艮都是卦象。正如《月体纳甲图》所示，《周易参同契》用震、兑、乾、巽、艮、坤六卦表示月亮运转的阴阳进退，用坎、离两卦居中表示月体。兑卦表示上弦，艮卦表示下弦。这两个卦的数为什么都是八？因为月亮周转一圈，达到圆满，如果把一圈的数转换为古制一斤十六两之数，那么半斤之数就是八，上弦月与下弦月恰好都是半象，所以有“二八应一斤”之说。对照一下《周易参同契》就可以明白，《西游记》中孙悟空所讲的“温养二八”，其实就是炼药过程中调整火候阴阳进退。

什么是“九九功成”呢？这也是从《周易参同契》来的。该书中篇说：

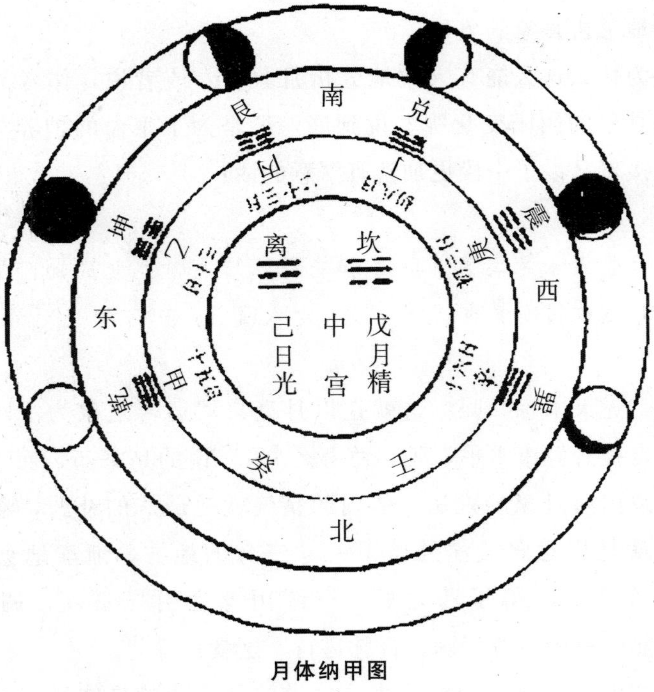

月体纳甲图

用九翩翩，为道规矩。

“用九”本是《周易》占卦的基本概念。九不是孤立的，而是与其他数字密切相关的，并且体现在具体事物中。这个问题，可以从人的手指得到印证。一只手有几个指头？有人说六个，也有人说四个，我不否认有这样的特殊情况，但一般来讲是五个。认识了人的手有五个指头的一般情况，我们就能明白“用九”的涵义，也能够进一步揭开孙悟空所谓“九九功成”的奥秘。为什么这样说呢？让我们先来看看《周易》是怎样把我们的五个手指头化成数字的。《周易》中有一句话叫作：“三天两地而倚数。”“三天”加上“两地”是不是五呢？当然是。

所谓“三天”指的是三个奇数，即一、三、五，它们都属于阳，所以又称作天数，因此有天一、天三、天五之说。三个天数一、三、五相加，其和为九；与此相对应，两个偶数二与四，又叫作地数，其和为六。在《周易》中，以九代表阳爻，以六代表阴爻。“用九”是说占卦时遇上九，意味着阳爻变成阴爻。与此对应，“用六”意味着阴爻变成阳爻。

后来，道门将“用九”概念应用到炼丹理论中，表示火候变化经过九个阶段，所以有九转金丹之说。孙悟空说的九九功成，指的是遵循月亮周转规律来修炼内丹而获得成功。按照孙悟空的说法，只要能够以月亮为法象，温养火候，就能够成就大丹，从而使真气回复于“故田”。这里的“故田”就是真气发源地，与唐三藏赏月诗中的“返故园”一词相呼应，暗示气归丹田的技术操作过程。

听了孙悟空的话，唐僧若有所悟，满心欢喜。不过，沙和尚却不是很满意，他认为大师兄孙悟空论月象，只是说到上弦属阳，下弦属阴，阴中阳半，得水之金罢了。在沙和尚看来，师兄并没有把道理完全说清楚。于是，他也念了一首诗：

水火相搀各有缘，全凭土母配如然。
三家同会无争竞，水在长江月在天。——第三十六回

我们经常听人说起水火不相容，这在现实生活中有数不胜数的例证。像发生森林火灾，用水喷洒，目的是扑灭大火，这就叫作水克火，说明水

与火在本质上不相容。但是，沙和尚这首咏月诗却说出了另外一种情况：水与火不但不相克，而且还相互搀扶，这就像夫妻一样，在生活中难免磕磕碰碰，但一阴一阳相互配合，最终生出儿女来。男女为什么能够结合成为夫妻？媒婆很重要。如果说“水火”是夫妻，那么“土母”就是媒婆。内丹修炼，就像男女结合成为夫妻，需要媒婆穿针引线，最终才能使阴阳二气交媾产子。可以看出，沙和尚把他们三兄弟看作炼丹的三个要素，大师兄、二师兄是水火阴阳二气，而他自己就是“土母”，只有三家配合默契，才能办成大事，炼成大丹。

听了沙和尚的吟唱，师父唐僧茅塞顿开，对沙和尚的诗句相当赞赏，以为他是“理明一窍通千窍，说破无生即是生”。这时候，猪八戒拉住长老说：“师父，莫听乱讲，误了睡觉。”于是，他也念了一首赏月诗，作为睡觉的理由：

> 缺之不久又团圆，似我生来不十全。
> 吃饭嫌我肚子大，拿碗又说有粘涎。
> 他都伶俐修来福，我自痴愚积下缘。
> 我说你取经还满三涂业，摆尾摇头直上天！——第三十六回

猪八戒虽然也看到月亮有圆满的时候，但他更注意月亮不圆的情况，由此联系到自己的生活，说月亮之缺，正如自己的人生一样，并非十全十美。可以看出，猪八戒是一个现实主义者。在他心目中，既然月亮不是时时圆满，而是有圆有缺，那么我老猪肚皮大，多吃点饭，平时不太讲究卫生，把口水粘在碗的旁边，你们就别太计较啦！在他看来，保证吃饭、睡觉，这是最为迫切的，至于有人说什么修“来福”，他就“痴愚”了，他只能立足于实际生活，因为天色已晚，他疲倦要睡觉了！

这正是：

> 明月当空，三藏师徒诗兴发；
> 真言秘语，万里经路梦情牵。

三藏师徒夜宿宝林寺是不是能够平稳度过呢？请看下一章《起死回生》。

第二十七章　起死回生

上一章，我们说到唐僧师徒在宝林寺门外赏月的情况。月色勾起唐僧的思乡之情，他口占一首古风。唐僧在月明星稀的宝林寺门前当场吟诵，徒弟们也诗兴大发。他们每人各有诗句，霎时间都成了诗人，互相唱和。由于时间已晚，好睡的猪八戒提醒大家莫误了睡觉。唐僧看徒弟们走路辛苦，便吩咐他们先去睡下，而他自己却温习起自幼学习的经典来。他念一会儿《梁皇水忏》，看一会儿《孔雀真经》，就这样一直念到三更时分，长老不觉困盹，伏案合眼，朦胧进入梦乡。他这一梦，不仅引出了一桩命案，而且使得乌鸡国王起死回生，真是令人拍案称奇啊！所以，本章我们就来说说起死回生的事儿。

（一）乌鸡国王的遭遇与月象

起死回生，意味着有人死了又活过来。到底是谁死了又活过来了呢？这样的情节与前面所说的师徒赏月有联系吗？如果有联系，其间的联系体现在哪里呢？

为了回答这些问题，我们得从唐三藏诵经之后所做的那个梦说起。唐三藏诵经过后，迷迷糊糊做起梦来。在梦里，唐长老感觉一阵狂风吹过，他抬头看见门外站着一个人，浑身上下水淋淋的，眼中垂泪，口里不停地叫喊“师父”。经过一番询问，三藏法师才知道，眼前的男子原来是乌鸡国王。他告诉三藏法师，乌鸡国就在宝林寺的正西方，离宝林寺有四十里远。五年前，乌鸡国发生了大旱灾，举国上下哀鸿遍野，民不聊生。这样连续三年，天不下雨，河干井枯。国中仓廪空虚，文武两班停发俸禄，国王也只能勒紧裤腰带，吃素无荤。他仿效治水的大禹，与万民同甘共苦。正在危急关头，忽然从终南山来了一个“全真”道士，这位道士好生了得，能够呼风唤雨、点石成金。于是，国王就请他登坛祈祷，果然有应。只见令牌响处，大雨哗啦啦就下来了，解除了乌鸡国的燃眉之急。

由于这位道士非常能干，又有义气，乌鸡国王就与他八拜为交，以兄弟相称。可是，谁知道这道士原来是假货！他是一只狮子变的。这假道士在骗取了乌鸡国王以及朝中众臣的信任后，就寻找时机陷害国王，准备夺取皇位。在一个阳光灿烂的日子里，乌鸡国王与假道士游览后花园，到了八角琉璃井的旁边，假道士突然往井里抛下什么物件，井中出现万道金光。假道士哄骗乌鸡国王到井边看是什么宝贝，乘机就把乌鸡国王推下井，然后用一块大石板盖住井口，再填上泥土，移了一株芭蕉栽在上面。接着，假道士摇身一变成了乌鸡国王，登上国王宝座，接受文武百官的朝拜，三宫皇后、六院嫔妃都归属他了。乌鸡国王告诉三藏法师，那假道士虽然变作他的模样，但少变了他手中的一柄白珪。

唐僧梦见乌鸡国王

乌鸡国王向三藏法师说明，并不是自己要打扰法师，而是山前护法诸天神告知法师大徒弟齐天大圣颇能降妖，所以特来拜请法师帮忙。乌鸡国王说罢，叩头拜别，准备离开，却不小心跌了一跤，三藏惊醒过来，才知是一场梦。

接着，三藏向徒弟们说梦，然后孙悟空根据梦提供的线索，带上猪八戒找到了后花园的那颗芭蕉，挖下去，现出一口深井。孙悟空让猪八戒下井打捞宝贝。猪八戒声称井太深，不好下去，孙悟空就掏出金箍棒，让猪八戒顺着金箍棒下井打捞，果然找到乌鸡国王的尸体。孙悟空又强迫猪八戒把尸体背回宝林寺，唐三藏看到尸体，就要求孙悟空把他救活。于是，孙悟空只好飞到第三十三重天的兜率天宫，找到太上老君，要了一粒九转金丹，带回宝林寺，最终把死去三年的乌鸡国王救活了。

作为艺术构想，《西游记》中三藏之梦当然是虚构的。不过，从文化史角度看，这样的情节并非没有来历。如果我们翻检古代文献，就会看到大量的"再生人"故事。光是《太平广记》中，此类故事就有 12 辑，共计 118 篇。此外，其他典籍里也每每记载再生奇闻。例如干宝《搜神记》卷十五载有这么一个故事。秦始皇时代，有一个长安人，叫作王道平。在少年时，王道平与同村一个唐姓小女一起玩耍，唐小女长得眉清目秀，容色俱佳，两人发誓长大后就结为夫妇。不料王道平被抓到了南国，九年不归。唐小女的父母眼见女儿长大了，就准备把她嫁给刘祥为妻。小女因为曾经与王道平发誓结为夫妻，所以不肯更改，但父母还是逼她出嫁刘祥。这样经过了三年，唐小女终日闷闷不乐，心中思念王道平，终于怨愤而死。三年之后，王道平返乡，就问邻居关于唐小女的情况，邻居把情况向王道平说了。王道平问邻居："唐小女的坟墓在什么地方？"邻居就把王道平带到了唐小女的墓前。王道平悲痛哽咽，三呼唐小女的名字，并环绕坟墓念诵祝祷心语：

> 我与汝立誓天地，保其终身，岂料官有牵缠，致令乖隔……生死永诀。然汝有灵圣，使我见汝生平之面；若无神灵，从兹而别。

他说完，再度哭泣。这时候，王道平突然听到唐小女说话。唐小女叙说自己愤恨而死三年，但念君之情，所以"妾身未损，可以再生，还为夫妇"，她呼请王道平迅速开冢破棺。王道平立刻开启墓门，仔细察看，唐小女果然复活。于是，唐小女穿戴整齐，跟随王道平回家。唐小女的丈夫刘祥听说了这件事，感到无比惊诧，就写了行状，向州县长官申诉。州县经过核查，认为这是一桩奇案，无法明断，就草拟了奏本，向秦王报告。秦王决断，唐小女归王道平为妻。最终，其寿命一百三十岁。

这样的离奇故事在古代很多。《搜神记》记载的唐小女死而复生的故事自然是一种民间传说，在流传过程中可能经过了许多补充、改造，具有艺术夸张、想象的成分，不必信以为真。我介绍这个故事只是想说明：《西游记》关于乌鸡国王起死回生的情节是有深厚的文化背景的。虽然我们不能说《西游记》是直接受了《搜神记》的影响而创作乌鸡国王起死回生的情节，但无论如何我们无法否认这种创作是以历史上众多再生故事为基础的。正是在充斥着各种各样再生故事的氛围里，《西游记》作者受了启发，再加以丰富的联想，从而演绎了乌鸡国王起死回生的离奇情节。

然而，《西游记》写乌鸡国王起死回生，只是追求离奇情节以吸引读者眼球，还是另有深意呢？我以为，两者兼而有之。

一方面，通过乌鸡国王起死回生的故事，再加上猪八戒下井打捞尸体、背尸体回宝林寺以及在宝林寺哭尸等插科打诨的描写，的确可以营造幽默的气氛。古代说书人可以在这样的情节基础上进行发挥，引起大家的快感，增添生活乐趣。

另一方面，乌鸡国王起死回生，又具有象征隐意，这就是以人的死而复生来暗合月亮的阴晴圆缺。乌鸡国王被推落古井，这不正是月亮周转到了“晦”的环节吗？而乌鸡国王从古井中被打捞上来，并且被救活，这不是月亮周转到了初三时在半空中再现了吗？接着，乌鸡国王随着三藏师徒回到自己的国土，孙悟空降伏了假国王，使它现出狮子原形，真国王又荣登宝座，这不正是月亮周转到了“望”的时候吗？由此可见，人生也正如一个月亮啊！

记得宋代诗人苏东坡有一首词《水调歌头》，正是把人生与月亮联系在一起。其中有这么几句：

人有悲欢离合，
月有阴晴圆缺，
此事古难全。
但愿人长久，

千里共婵娟。

乌鸡国王被推入古井，与家人阴阳两隔，三年不见天日，这代表了人生之别离与悲哀；而他被救活，与妻儿见面，重返王宫宝座，再享天伦之乐，开始了新的人生！他的遭遇说明，永远的圆满是没有的，有圆就有缺，有缺就有圆。所以，最为重要的是“但愿人长久，千里共婵娟”。抬头看看天空中的月亮，淡泊名利，修身养性，这样才能够宁静致远、益寿延年啊！

（二）乌鸡国王遭遇中蕴含的生活理趣

《西游记》从三藏师徒于宝林寺门前咏月吟诗，写到乌鸡国王的起死回生，作者以神奇的艺术手法描写乌鸡国王的特殊经历，让三藏师徒都参与到故事情节中。这样的艺术构思对我们的人生有什么启迪呢？

第一，生死自然，避免伤害。

乌鸡国王死而复生的故事表明：有生必有死，有死必有生。这是自然界与人类社会不可避免的规律。关于这一点，我国先民早有许多精辟的论述，例如《庄子·大宗师》就说：

死生，命也。其有夜旦之常，天也。

在庄子看来，死与生都是命所规定的。什么叫作命呢？命就是大自然不可抗拒的力量和发展趋势。生是不可抗拒的，死也是不可抗拒的，这就是天命。有生有死，这就像黑夜、白天的交替一样，是常规，所以说“其有夜旦之常，天也”。

既然如此，那就应该坦然地对待生死问题。不用对生感到特别快乐，也不用对死充满恐惧，应该把生与死看作是天所赐予的福分。《列子·天命》说：

可以生而生，天福也；可以死而死，天福也。

宇宙造化，出现了生命的轨迹，这是天道自然；反过来看，阴阳更替，由生而走向死，这也是天道自然。所以人们应该乐天知命，泰定自若。

然而，必须指出，承认生死自然，这并不等于完全听任外界力量的摆布，没有任何自我保护措施。按照道家的立场，大自然造就了生命，作为个体，应该自我保护，以尽天年。什么叫作尽天年呢？就是达到生命的自然寿限。例如每个人在正常情况下活到一百二十岁，这就叫作尽天年；如果不能尽天年，那就叫作夭折。造成夭折的原因有很多。其中，有自然原因，也有人为原因。

就自然方面来看，人的生存环境本来就包括了自然因素，狂风、暴雨、山洪、地震、瘟疫等等都可能消减人的寿命，甚至造成人的突然死亡。

就人为方面来讲，由于私心欲望的驱使，人与人之间彼此欺骗，相互倾轧，这些也是造成夭折的重要原因。《西游记》所写的假全真道士谋害乌鸡国王，这就是人为原因导致的结果。这个假道士虽然是狮子变成的，但已经拟人化了，表现的是人间社会的相互关系，所以最终还是在揭露人为因数对生命的戕害。

乌鸡国王为什么会受陷害呢？关键在于他不能辨明真假。在经过三年干旱之后，狮子精来到了乌鸡国，声称自己是从终南山来的全真道士。因为这个假道士登坛作法，呼风唤雨，使了些小手段，缓解了乌鸡国多年的旱情，所以乌鸡国王也就相信了他。狮子精骗取了乌鸡国王的信任之后，等到机会一来，就下了毒手。好在乌鸡国王命不该终，在古井里，井龙王用定颜珠把他定住，使得乌鸡国王的躯体没有坏损，所以还能起死回生。从乌鸡国王的遭遇里，我们可以得到的教训是：凡事多动脑筋，以免蒙受诈骗。

第二，敬畏生命，通达天机。

在乌鸡国王的故事中，有一个情节体现了三藏师徒对生命的敬畏，这就是猪八戒哭死尸。孙悟空与猪八戒一起到了乌鸡国后花园古井找到了乌鸡国王的尸体，孙悟空让猪八戒把尸体背回宝林寺。然后，孙悟空准备上天到兜率天宫向太上老君要九转还魂丹来救治乌鸡国王。在临走之前，孙悟空说："现在是三更时分，等到我从天上回来的时候，恐怕已经天明了。时间这么久，这乌鸡国王的尸体放在这里冷冷清清的，不像个模样，得有举哀人对着他哭，这才好呢。"不消讲，举哀哭尸的任务还是落在猪八戒的头上。这猪八戒接受了哭尸任务之后，孙悟空又接着解释哭的种类：

哭有几样：若干着口喊谓之嚎，扭搜出些眼泪儿来谓之啕。又要哭得有眼泪，又要哭得有心肠，才算着嚎啕痛哭哩。——第三十九回

看起来，这孙悟空还是个精通哭学的专家呢！他把哭作了分类，由简单到复杂，讲得头头是道，他这样说无非是要猪八戒尽心哭，嚎啕痛哭。而这猪八戒灵机一动，不知道从哪里扯来一张纸条，卷一卷，往鼻孔里通了两通，顿时打起几个喷嚏，就眼泪汪汪，很伤心地哭了起来。他嘴里不住地絮絮叨叨，数黄道黑，真的像死了人一般，哭到那伤心处，连师父三藏法师也受感染，心酸滴泪。

对于这段情节，清代学者刘一明在《西游记百回详注》第三十九回注释中有这样的提示：

一哭之中，包含无数苦情，讥讽多少痴汉！若人悟得哭中意，便是千峰顶上人。

照此看来，哭是非常重要的。所以，我们不能让猪八戒哭尸的情节轻易地从眼皮底下溜过。

那么，我们如何理解猪八戒哭尸的问题呢？可能有人会提出，这恐怕是孙悟空捉弄猪八戒的一个小手段吧？初看起来，好像是这样。因为猪八戒背了死尸回到宝林寺的时候，曾经挑拨师父念紧箍咒，逼迫孙悟空救治这个已死三年的乌鸡国王。孙悟空脑瓜子疼痛，要一点手段，惩罚一下师弟猪八戒，这完全符合猴子的个性，也符合情节发展的逻辑。然而，如果我们再琢磨，就会感觉其中另有深意。

这里，我们首先得解释一下哭尸的由来。值得注意的是，“哭”字上面两个“口”乃是器皿的象形，两口之下的“犬”是古时候以狗血驱逐邪气的写照。上古时期，先民们以为狗血有去除邪气的功能，所以在许多特别情况下都要举行喷狗血的驱邪仪式。如果死了人，就要摆设几个器皿，在喷洒狗血的同时，令生者嚎啕痛哭，那声音通过器皿传播出去通达死者灵魂。在这过程中，哭尸的人一方面表达了自己对死者的怀念，另一方面也

通过嚎啕痛哭，让积压在自己内心的郁闷情绪抒发出来，达到化瘀通气的目的。所以，孙悟空让猪八戒哭尸，表面看起来好像是在泄私愤报复，其实是孙悟空对猪八戒最大的关照和爱护。在后花园古井里，猪八戒承担了打捞死尸的任务，长时间浸泡在古井水中，受到寒气侵袭，如果让猪八戒闲着没事干，外在寒气深入体内五脏，而内在的郁闷心情又不能发泄出来，那就会抑郁得病，问题可就大了。所以，孙悟空让猪八戒嚎啕痛哭，这可以说既是体现了传统的敬畏生命的态度，也是对猪八戒最好的保护，通过这么几个小时的痛哭，不仅把寒气逼出来，而且使得浑身上下气血通畅。从这个角度看，适当地哭乃是治病养生的一种特殊方法。

从仪式的层面来看，猪八戒哭尸乃是乌鸡国王起死回生必不可少的环节。因为，起死回生其实就是以通达的办法来激活生机。可见乌鸡国王起死回生乃具有典型的象征意义。作者以离奇的故事情节暗示了内丹修炼过程中通达天机的神妙技术，而哭尸则象征着对生命力的一种唤醒。从这个意义上来讲，哭尸不仅是对生命的敬重，也是一种自我修炼方式，其中蕴含着极为奥妙的哲理。

这正是：

唐僧夜梦，乌鸡国王出古井；
八戒痛哭，化瘀行气有神功。

三藏师徒救活了乌鸡国王之后情况如何？请看下一章《红孩归顺》。

第二十八章　红孩归顺

上一章，我们分析了乌鸡国王死而复生的情节与月象的关系，说明乌鸡国王死而复生就是月亮晦朔弦望运行规律的变形表现，指出了两点生活启示：生死自然，避免伤害；敬畏生命，通达天机。本章我们要说的是红孩归顺。

红孩儿

（一）初识红孩儿

在《西游记》里，红孩儿与哪吒一样都是少年形象。当然，并不是我们平常所见的那种天真烂漫的少年，而是具有非凡本事却顽劣的孩儿。

三藏师徒别了乌鸡国王，来到一座高山。他们看见一个小孩儿吊在松树枝上。这小孩儿大喊救命，让三藏长老十分同情，于是吩咐猪八戒放了绳索，救了小孩儿。这个小孩儿即红孩儿。

就一般情况来看，三藏长老吩咐猪八戒解救红孩儿，这是义举，因为救人于危难之际，乃是佛家应有的立场，无可非议。然而，关键在于这个红孩儿根本不是什么遭窃人家的孩子，而是妖精！他是牛魔王的儿子。在孙悟空大闹天宫以前，牛魔王曾经是孙悟空的拜把兄弟。五百年后，孙悟空被观音菩萨点化，又被三藏长老从五行山下解救出来，去恶从良，但牛魔王依然是妖精。红孩儿是妖精的儿子，所以生性顽劣，找了许多借口让孙悟空背着他走，然后吸气搬物来压孙悟空。老孙知道红孩儿是妖精之种，就准备动手处置；而红孩儿也察觉老孙将有非常举动，立刻出了元神，真身伫立在九霄云上，悄悄使劲，给孙悟空背上的假身增加重量。这时候，孙悟空感觉背上越来越重，就把红孩儿假身掼到大石头上，让他粉身碎骨。红孩儿在半空中弄了一阵风，顿时飞沙走石，在混乱之中，红孩儿把三藏长老掠走了。本来，孙悟空想通过亲情关系来劝导红孩儿放回师父，但红孩儿根本不认孙悟空这个“叔叔”，愈发逞凶。他的拿手绝技是通过捶打自己的鼻子喷射火焰来伤人，这一招实在厉害，别说猪八戒怕得赶紧逃窜，连孙悟空也没有办法化解。可见，这红孩儿的确本领高强，难以对付。

《西游记》为什么要塑造这样一个身怀绝技的少年形象呢？我认为，除了营造紧张的气氛之外，还有更深的用意，这就是暗示性命修养的内丹火候操持法度。

按照性命修养的内丹学理论，内气调理到一定阶段，就会有气集丹田的感受，内丹家把这种感受称作得药，并且用十月怀胎孕育婴儿来比喻。例如宋代金丹经典《悟真篇》就说过：“婴儿是一含真炁。”为什么婴儿是“一”呢？原来，内丹家用五行与卦象相配合来解释得药的迹象。根据传统的五行学，一在北方，代表水，所以这个“婴儿”乃是水中生；于后天八卦方位来看，北方是坎卦所在位置，一阳居于两阴之中，这就叫作“一含真炁”。内丹家修炼，运行真炁，由北而南，于是本出于北方坎卦水位的婴儿就跑到南方离卦火的位置。到了这个时候，就应该从有为进入无为状态，才能达到温养真炁的目的。但是，在实际操作过程中，许多修炼者却不能掌握要领，依然是有为运作，结果走火入魔，导致偏差。

悟空背红孩儿

从某种意义来讲，《西游记》中红孩儿形象正是内丹修炼过程中“婴儿”现形的表征。因为红孩儿有个雅号叫作圣婴大王。其中“圣”字很值得注意，道门丹书《性命圭旨》在讲述婴儿现形时也是用“圣”字来形容，称火候数足，圣胎已圆。正如女人怀胎，最终要生出孩子来，这是很神圣的事情，因此称作圣胎。通过比较可以看出，《西游记》的“圣婴大王”与《性命圭旨》所说的“圣胎”在基本精神上是完全一致的。只是《性命圭旨》的“圣胎”是从正面说的，而《西游记》中的“圣婴大王”却有反讽的意味。为什么这样说呢？我们只要看看第四十一回形容红孩儿吐火的那首诗就能够明白：

炎炎烈烈盈空燎，赫赫威威遍地红。
却似火轮飞上下，犹如炭屑舞西东。
这火不是燧人钻木，又不是老子炮丹；
非天火，非野火，乃是妖魔修炼成真三昧火。

这里，《西游记》连续用了多个叠字来形容红孩儿口吐之火的猛烈。接着笔锋一转，连续用了四个否定句，描述其火的非同寻常。它既不是燧人氏钻木而形成的人工火，也不是太上老君炮制外丹时那种鼎炉之火，既不是天上的火，也不是自然野火，而是真三昧火。大家已经知道，在佛教、道教里，常有三昧真火或者真三昧火的说法，表示心脏、肾脏、膀胱三者协调而形成的原初能量，因为能量巨大，所以称作昧。本来，能够产生真三昧火，意味着内功有成，是值得庆贺的事情。但是，问题在于这里的“真三昧火”不是通过内丹正常程序形成的，而是妖魔修炼而成的。这里的“妖魔”表示的正是火候操持过程中用意过度而出偏差，所谓走火入魔是也。从这个角度来讲，红孩儿的狂虐放肆正是火候操持不当而导致偏差的写照。

那么，偏差的根源在哪里呢？我们从中可以得到什么教训呢？一句话：偏差从自己内心来。分开来讲，主要有两个方面：

第一，多心乱性，不由自主。

《西游记》第四十回有这么一段情节：三藏依言，策马又进，但走不到一里远，又听得叫声：“救人！”听到这叫声，三藏长老对徒弟说：“想必是个有难之人，我们可去救他一救。”这说明三藏长老是很有慈悲心的，时时刻刻想到救人。从常情来看，这合乎佛门修养的基本准则。然而，如果不分场合地发慈悲，这实际上等于没有慈悲。所以，孙悟空回答师父：“师父，今日且把这慈悲心略收起收起，待过了此山，再发慈悲罢。”为什么要把慈悲心略收起呢？因为对妖精讲慈悲，就会导致妖精作孽，危及自我与他人的生命安全，这实际上是最大的不慈悲。再说，有慈悲就有不慈悲，有不慈悲就有善恶之分，有善恶之分，就是多心。从内气调理的角度来看，起了分别心，就会被情所牵，不能安宁，不能自主，这是心魔产生的第一根源。

第二，偏执于静，为魔所弄。

性命修养，要从“静”字入手。老子《道德经》有云：“致虚极，守静笃，万物并作，吾以观复”，这讲的就是通过自我虚化而入静的步骤。后来内丹家发挥了老子的思想，将入静的步骤援引到内丹修炼过程中，力图通过垂帘、观鼻等程序来达到宁心静气的目的。在一定阶段，注重静养是必须的；但是，如果刻意追求静的功夫，说明自己还没有真正达到静的高境界，依然是有为法度。此等刻意追求静的功夫，等于不静，或者说依然没有真正入静。《西游记》第四十回有诗为证，诗云：

道德高隆魔障高，禅机本静静生妖。

人们常说，道高一尺，魔高一丈，此诗说的就是这个意思。从自我心性调养角度来看，刻意求静，内心想着如何静，机心太过，于是产生种种幻觉，并且把幻觉当作真实，这就是妖。《西游记》这两句诗实际上就是告诫世人：刻意求静，也是偏执，其结果不但不能宁心静气，反而乱了心性。《西游记》中红孩儿这个圣婴大王多方作怪，就是对刻意求静的一种讽刺，其深刻教训值得后人吸取。

（二）驯服红孩儿的修真旨趣

既然丹道火候操持会造成偏差，走火入魔，那就应该降魔，才能祛邪归正。为了说明这个道理，《西游记》第四十一回、第四十二回主要通过两个情节来表现。

第一，东海借水。

红孩儿会口吐烈火，能不能强攻？事实证明不能。在几经挫折之后，沙和尚提出了解决难题的基本思路：

以相生相克拿他。

要制服红孩儿，只能从五行相生相克的角度来考虑问题。沙和尚这一提醒让孙悟空明白过来，于是孙悟空笑着说：“兄弟说得有理。果然我们着忙了，忘了这事。若以相生相克之理论之，须是以水克火，却往那里寻些

悟空力斗红孩儿

水来，泼灭这妖火，可不救了师父？”沙僧道：“正是这般，不必迟疑。”得到了沙师弟的支持，孙悟空立刻到东海借水去了。东海龙王表示，这件事得四海龙王一起干才行。孙悟空说好，那就一起干吧。随后，四海龙王带着虾兵蟹将，跟随孙悟空到了“号山枯松涧火云洞”。孙悟空在门口叫阵，把红孩儿引出来，彼此对骂、打斗了二十回合。红孩儿眼看不能战胜孙悟空，就虚晃一枪，捏起拳头，捶打鼻子，喷出火来。孙悟空连忙大叫：“龙王何在？”那龙王四兄弟率领众水族齐心协力向红孩儿喷水，却不能止住红孩儿的火势。危急时刻，孙悟空又撞入火中，抡起铁棒，要打妖精。红孩儿将一口烟劈脸喷过来，孙悟空被烟火熏得难受无比，赶紧跳进水里浸泡。谁知道，这一浸，被冷水一逼，火气攻心，昏死过去，要不是猪八戒使用按摩禅法，恐怕孙行者从此命归黄泉了！

这段情节蕴含什么道理呢？从纠正火候偏差的立场来看，其中有两点启示：

（1）凡水制火，反克自伤。

孙悟空请来四海龙王助力，所有的虾兵蟹将都向红孩儿喷水，这好像是当今消防部队开动了众多喷水车，其喷出的水足以把方圆数百里的陆地都变成大海，本来是可以遏制大火蔓延的。可是，在这场较量中，漫漫大水却灭不了小小红孩儿吐出来的火。这是为什么呢？因为红孩儿吐出来的火属于三昧真火，那是内火，而四海龙王的水是孙悟空借来的，属于外水。企图用外水来治内火，这就好像水中捞月啊！不仅如此，孙悟空在火势猛烈的情况下跳进溪涧，也是非常危险的。生活经验表明，如果你进行了一场激烈运动，浑身冒汗，立刻用冷水冲洗或者在空调下猛吹冷风，会导致疾病。轻者感冒发烧，重者得风湿性关节炎，甚至有死亡的危险。

小时候，我曾经听父辈说起，以前有个农民养了一头水牛，每日晚上，农民把水牛牵到一个废弃的瓦窑里睡觉。有一只老虎知道了这个情况，就预先躲进瓦窑的一个角落里，等到水牛进入瓦窑，老虎就猛扑过来攻击水牛，这水牛与老虎发生了激烈战斗。第二天早上，农民进了瓦窑牵牛，发现水牛把老虎压死了，非常吃惊。他看见水牛非常疲惫，以为它口渴了，就拉到附近一口井旁，让水牛喝水。据说这水特别冷，水牛因为战斗了一个晚上，的确渴了，喝了很多冷水，结果不久就死了。这个事例说明，在极端疲劳的情况下是不宜立刻大量喝冷水的。

回顾一下《西游记》的有关描述，我们可以看出，孙悟空在被红孩儿烟呛火烧的情况下跳进涧水中，这个举动与水牛同老虎战斗之后猛喝冷水致死非常类似。经验告诉我们，忽冷忽热是有害的，而内心躁动发热的时候万万不能以大起大落的外在手段来解决问题，否则会留下病根，危害极大。

（2）按摩开窍，猴王还魂。

孙悟空跳进涧水之中，本想借冷水来浇心火，但被冷水一逼，差点儿命归黄泉。这时候，是猪八戒与沙和尚采取应急施救措施把他救活了。猪八戒让师弟沙和尚扯住孙悟空的脚，把他拽直，然后猪八戒两手搓热，按住他的七窍，用按摩禅法，使孙悟空恢复知觉。这按摩禅法为什么有效呢？因为按摩禅法实际上是把那侵入体内的冷气逼走，猪八戒先是搓手，让两手发热，再按摩孙悟空，使他的体温恢复到正常状态，推动他的内气周转。第四十一回写到这个过程的时候，用了一个简短的描述：

须臾间气透三关，转明堂，冲开孔窍。

这几句话暗示了内丹修炼小周天的路线。所谓“三关”指的是尾闾、大椎、玉枕三个穴位，也就是沿着督脉往上行走；至于“明堂”，本来是古代帝王宣明政教的场所，后来引申到中医学与道教领域。在传统中医学里，有以鼻子为明堂的说法，这在《黄帝内经·灵枢·五色》中早有记载。道教则以两眉之间为天门，入内一寸为明堂。不论《西游记》是以鼻子为明堂还是以眉心一寸之内为明堂，都表明了经过猪八戒的禅法按摩之后，孙悟空的内气重新运转起来，得以冲开孔窍，所以他一醒来就叫了一声“师父啊!”其精神就回过来了。

第二，请圣降妖。

孙悟空被猪八戒救活了，他知道四海龙王的凡水不能消解红孩儿吐出的三昧火，只能另想办法。兄弟三人合计，唯有请观音菩萨前来，是为上策。由于孙悟空刚刚醒来，皮肉酸麻，腰膝疼痛，请菩萨的任务就落在猪八戒身上了。但猪八戒出行不久就被妖精变成的假菩萨所迷惑，并且被拿住，装进一个皮袋子里，吊在驮梁上。万不得已，孙悟空忍着疼痛，亲自到南海请观音菩萨。其结果可想而知，红孩儿也就被降伏了。在观音菩萨降服红孩儿的过程中，有两个细节很有象征意义，值得深入探讨。

(1) 净瓶甘露，洗涤燥心。

孙悟空见了观音菩萨，说起妖精假变为菩萨骗走猪八戒的事，菩萨一听，心中发怒，把一个宝珠净瓶抛入大海里。没过多久，一只乌龟把净瓶驮出水面，孙悟空想拿都拿不动。原来这净瓶一时间已经转过了三江五湖、八海四渎、溪源潭洞，可以说几乎把所有的水都装在里面了。观音菩萨正是用这个净瓶来化解红孩儿的妖火的。同样是水，为什么从四海龙王借来的水灭不了红孩儿的火，而观音菩萨净瓶里的水却可以呢？观音菩萨自己说：“我这瓶中甘露水浆，比那龙王的私雨不同，能灭那妖精的三昧火。”这里所说的“私雨”当然也是比喻象征。既然存在着“私雨”，也就有“公雨”，观音菩萨净瓶里的水就是“公雨”。如果说“私雨”代表着自我意念的膨胀，是贪欲，那么“公雨”就是平等心。因为不起分别，是大慈悲，所以菩萨在发水之前，请号山土地神把周围打扫干净，方圆三百里内，不得有一个生灵，包括窝中小兽和窟内雏虫在内的所有生灵都送到巅峰上安生，然后才开始把净瓶扳倒，倾出大水来。这个细节旨在暗示：去除私欲，无我空灵，这才是养性修真的正途！

（2）天罡化煞，气通周天。

在观音菩萨降服红孩儿的故事里，还有一个重要细节，这就是让慧岸木叉上天向玉皇大帝借来天罡刀三十六把。慧岸得了天罡刀，就回来奉给菩萨。观音菩萨将刀接在手上，又抛出去，念个咒语，化为一座千叶莲台，端坐中间。红孩儿被孙悟空引出洞，来到菩萨面前，知道菩萨是孙悟空的救兵，动手就刺，菩萨不说话，化一道金光，升到九霄空中。红孩儿看到菩萨丢了莲花台，就坐上去了，那莲花台一下子又变成刀尖，菩萨念了咒语，刀尖化成倒须钩，就把红孩儿钩住了。接着，菩萨又给红孩儿套上金箍儿。这个细节暗示：纠正走火入魔的偏差还需以烦恼治烦恼。心魔出现是因为分别而起烦恼，在烦恼非常顽固的情况下，不能一味求静，必须转移注意力，以动制心，动极复静。这样才能内气归元，畅通周转。

这正是：

> 心接外景，火候操持即无序；
> 动合乾坤，性命修行当有功。

降服红孩儿的故事究竟还蕴藏什么其他意义？请看下一章《大圣雷斋》。

第二十九章　大圣雷斋

上一章，我们考察了《西游记》中红孩儿形象的内涵，指出红孩儿乃是内丹修炼过程中婴儿现形的表征，阐述了红孩儿形象与内丹火候操持过程中出现偏差的关系，并就东海借水、请圣降妖的情节做了分析。本章要讲的是大圣雷斋。

（一）火云洞里说雷斋

话说火云洞的妖王红孩儿掠走唐僧，回到洞府后就准备把唐僧煮了吃。为了尽孝心，红孩儿派遣了云里雾、雾里云、疾如火、快如风、兴烘掀、掀烘兴六个小妖去请自己的父亲牛魔王来一起享用。当时，孙悟空正变作苍蝇飞进火云洞观察情况，听到妖王红孩儿传令小妖出洞，孙悟空立刻飞出洞外，到了小妖必经之路上，摇身一变就变作牛魔王。他又拔下几根毫毛变作一群随从的小妖，在那山凹里驾鹰牵犬、搭弩张弓，扮作围猎的样子，等候红孩儿派来的小妖。没过多久，云里雾等六小妖就来了，这些肉眼凡胎的家伙，哪里认得眼前的牛魔王是真是假。六个小妖糊里糊涂地就把孙悟空当作牛魔王请到火云洞。

火云洞妖王红孩儿见自己的父亲来了，就对六个到远方请牛魔王的小妖夸奖一番，然后吩咐群妖摇旗击鼓，列队迎接。孙行者进入洞中，南面正中而坐，红孩儿当面跪下，朝上磕头。行了大礼之后，红孩儿说起近日活捉了唐僧、猪八戒，准备把他们煮了孝敬父王。变作牛魔王的孙悟空称赞红孩儿有手段，能够活捉唐僧、猪八戒，不过，他又表示自己不想在今日吃唐僧肉。妖王红孩儿问父王为什么不想吃，孙悟空说：“我近来年老，你母亲常劝我做些善事。我想无甚做善，且持些斋戒。”听了这话，妖王红孩儿就问：“不知父王是长斋？是月斋？”孙悟空回答说：“既不是长斋，也不是月斋，而是雷斋”。

什么叫雷斋呢？雷斋是素斋的一种。相传阴历六月二十四是雷尊生日。所谓“雷尊”，即雷公，也就是民间传说中负责打雷的神。以往一些地方的老百姓，在打雷的旺季专门吃素，以表示敬仰雷神。据说吃雷斋可以消灾避疫，保佑平安。在历史上，苏州一带的百姓即有吃雷斋素的习俗。一般是从六月初一开始，一直到雷尊生日为止，时间持续二十多天。在开荤这一天，苏州市内观前街松鹤楼菜馆就特别推出时令面点——卤鸭面，用新肥鸭烹制，鲜洁可口，大受欢迎。因此，当地有句歇后语，叫作雷斋素开荤——卤鸭面。这种民间传统表明，《西游记》所说的“雷斋”是有一定社会基础的。当然，从持斋的时间来看，彼此还是有差异的。苏州民间的雷斋差不多等于月斋，而在《西游记》中孙悟空讲的雷斋却是每月四日。

孙悟空为什么讲自己持雷斋呢？以往许多研究者往往把这段情节看作是闲话，也就是随便说说而已。其实，孙悟空此时讲雷斋是有目的的，我们只要想一想当时唐僧师徒的处境就可以明白。唐僧与猪八戒被红孩儿掠

红孩儿与牛魔王

到了火云洞，红孩儿准备把他们煮了，与其父亲牛魔王一起享用。这时候，孙悟空变化为牛魔王，被小妖们请到了火云洞。如果他表示没有特别的饮食禁忌，妖王红孩儿马上就可以吩咐小妖们动手杀了唐僧，并且剥了猪八戒的皮，准备一场特别的人肉宴。这样一来，孙悟空救师父与师弟猪八戒的计划就会落空。如果这个假牛魔王说自己是长斋、月斋，很可能马上就暴露身份，因为在红孩儿心目中，自己的父亲“平日吃人为生”，怎么可能长斋呢？不要说长斋，就是月斋恐怕也很难做到。正是考虑到这些情况，孙悟空说自己持雷斋。按照孙行者的描述，他所持的雷斋就是三辛和逢初六不吃荤。根据六十甲子循环规律，三辛就是每个月中三个带有辛的日子，而孙悟空假扮牛魔王到达火云洞的那一天刚好是辛酉日。所以，孙悟空说：

> 一则当斋，二来酉不会客。——第四十二回

这里的“当斋”就是说遇上辛酉斋日就得按规矩办事，不能破例；而“酉不会客”是说持雷斋的人遇上酉日就闭门谢客。为什么这一天不会客呢？因为酉在五行中属金，而雷斋对应于震卦，主木，酉遇雷为金克木，所以当闭关。这样就有理由在当天不开荤吃肉，也不用请什么外人来干扰了。既然老父亲当天不能吃肉，妖王红孩儿也就无法在当天杀害唐僧了。要知道，能够拖延一天，对于孙悟空救人来说是何等重要！就凭他一个筋斗十万八千里的速度，再加上七十二变的功夫，拖延一天让孙悟空有足够的机会来解救师父与猪八戒。

孙悟空的计策奏效了没有呢？我的回答是：既有，也没有。说“有”，是因为妖王毕竟无法当面戳穿他的父亲老大王持“雷斋”的谎言。说“没有”，是因为这妖王也不是省油的灯，他心里依然有怀疑：回想老大王当初“作恶多端，这三四日斋戒，那里就积得过来”？既然有了怀疑，于是他就抽身走到二门之下，悄悄问了六个小妖精：“老大王是从哪里请来的？”小妖说是半路请来的。这下子妖王完全明白了，原来进洞的这个父亲老大王是假的。为了印证他的这个判断，妖王回到厅堂对行者再拜说：“不久前孩儿驾着祥光出行，遇上祖庭张道陵先生，这张先生精通子平算命奇术，要给孩儿推算一下五星命格，张先生问孩儿是哪年、哪月、哪日、哪

时所生，孩儿因为年幼，记不真了。”妖王这样说的意思是要老大王告知其出生年月日时。眼前这个老大王面无惧色，喜盈盈地说自己年老，连日来有事不遂心怀，所以把孩儿的生时忘了，“且等明日回家，问你母亲便知”。妖王一听，“哏”了一声，群妖立刻枪刀簇拥，朝着孙行者打过来。好大圣，面对群妖击打，马上用金箍棒架住，现了本相，对妖王说：“贤郎，你却没理，哪里儿子好打爷的？”听这么一说，妖王满面羞愧，不敢回视。正在这个时候，孙行者化为一道金光，走出火云洞。这表明，孙行者最终并没有蒙过妖王红孩儿。

（二）雷斋的文化精神与生活意义

孙行者走了，但他在火云洞讲的雷斋却给后人留下了一连串的问号，引发人们的思考和探讨。从表面上看，雷斋似乎只是孙行者忽悠妖王的一个借口；但是，如果我们追溯其思想渊源，就会发现深层次的奥妙。

顾名思义，雷斋是一种传统的斋法。斋是什么意思呢？许慎《说文解字》称：“戒，洁也，从示。”《说文解字》这个解释包含两层含义：一是说斋乃表示洁净，二是说斋的意义从属于示。为什么从属于示呢？这要按照繁体字的写法才比较容易明白。“斋”字的繁体字写作“齋”，为上下结构，字形下半部分有个“示”字，所以说“从示”。最初，“示”字的产生与先民们的宗教信仰有关。“示”这个字的上面两横是古“上”字，代表天；下面的“小”，在古代意思是三，代表“日、月、星”。《周易》曰：“天垂象，见吉凶。”所谓“象”就是物象征兆，而最大的物象就是日、月、星。在先民心中，日、月、星的变化，乃是上天对人的暗示，天神通过日、月、星的种种迹象来告诫人们谨慎从事。

但是，天并非在任何情况下都可以提醒人类、对人类做出启示，人唯有在清洁状态下才能获得天启。因此，举行祭祀神明的仪式特别讲究斋戒。《史记·周本纪》说：

> 武王病。天下未集，群公惧，穆卜，周公乃祓斋，自为质，欲代武王，武王有瘳。

这里的“武王”指的是周武王，姓姬名发，是周文王的次子，西周王朝的开国君主。在周武王发兵消灭了殷商王朝的第二年，他大病一场。王公大臣们看到周武王病了，都害怕起来。为了能够让周武王恢复健康，周公进行“祓斋”。所谓“祓”是古代除凶去垢的仪式，祓斋就是在仪式过程中斋戒，自我洁净。周公拿着贽币，禀告神明，请求神明让自己代替周武王受罚。据说经过这次祓斋祷告，周武王的病就好了。

周武王

从周公为周武王祈祷的情况看，斋戒是由来已久的。东汉末道教产生之后，斋与醮遂联系起来，称作斋醮，成为祭祷神明、修养心性的宗教仪式。《魏书·释老志》说：

张陵受道于鹄鸣，因传天官章本千有二百，弟子相授，其事大行，斋祀跪拜，各成道法。

文中的“张陵”，指的是汉末天师道的创立者；而“鹄鸣”，又作“鹤鸣”，指的是蜀郡（今属成都）大邑县鹤鸣山。据说张陵在鹤鸣山的时候，除了教授老子《道德经》五千文之外，还制作了向天官、地官、水官上章的仪式。其中，关于天官的仪式章本就有一千二百份，可见当时上章已经相当流行。在举行上章仪式的过程中，还要配合“斋祀跪拜”，这说明斋法在当时也是不可缺少的。

东汉末以后，随着道教组织的发展壮大，斋醮成为道教的基本宗教仪式，在民间社会产生了广泛而深远的影响。《西游记》第四十二回讲的雷斋正是以这种社会文化为背景的。了解这一点，对于认识雷斋的文化精神以及生活意义是很有必要的。

雷斋的文化精神是什么呢？从不同立场、不同角度将会得出不同的看法。我的认识可以概括为八个字：法天知时，恐惧修省。

按照传统，斋是礼敬神明和自我修养的一种生活方式，孙悟空讲的雷斋也符合这种基本精神。孙行者在变化为牛魔王初见红孩儿的时候，就说明了他不吃唐僧肉的理由是“你母亲常劝我做些善事”，接下来就说到自己持斋戒，具体讲就是雷斋。可见雷斋是一种以行善为本的自我修持，这与其他斋法在精神上是一致的。

雷斋有自己的特点，就是以雷鸣作为警示，来进行自我身心修养。雷并不是什么时候都会有的，而是有一定的季节性，因此雷斋也就与天时联系起来。从这个角度来讲，持雷斋实际上是以认识和遵循天道为前提的，天道运转，四季往来，人生天地，就应该效法天道，依时而行。

天道最重要的品性是什么呢？这就是生息自然。宇宙造化，万物生息，周而复始，形成了生物链。人居于天地之间，在一定限度上摄取宇宙资源能量来为生存服务，这是合理的。所以，《黄帝阴符经》说：

天地，万物之盗；万物，人之盗；人，万物之盗也。三盗既宜，三才既安。

这段论述的关键所在是“盗”与“宜”两个字。在古文字里，盗是会意字（见图一）。其字形表示看到人家的器皿就会贪婪地流口水，于是私自窃取，这说明盗的本义是偷东西，后来引申为小偷、强盗。《黄帝阴符经》中所谓“盗”能不能理解为小偷或者强盗呢？不能。在这里，作者是以小偷作比喻，说明天地、万物与人之间相互汲取资源是在暗中进行，不知不觉发生的。天地从万物汲取资源能量，万物从人类汲取资源能量，而人类则从万物汲取资源能量，这一切都是自然而然的，是合理的，体现了宜的精神。

甲骨文　　金文　　大篆

图一

什么是宜呢？这也是一个会意字（见图二）。上面的宝盖头“宀”表示地点、处所，下面的“且”本是肉片的象形，宝盖头“宀”与“且”合起来，表示把肉放在适当的地方。引申之，宜表示恰到好处。《黄帝阴符经》里的“三盗既宜”就是在引申义上说的，意思是讲天地、万物与人之间彼此汲取资源能量应该合理有度，这样才能相安无事。

图二

然而，由于欲望的驱动，人类往往过分地汲取天地万物之间的资源能量，以至于造成生态失衡。从这个角度看，雷斋实际上具有约束过分汲取资源能量的意义。因为雷斋之雷本来就是一种象征，具有震慑的功效。在《周易》的八卦象征中，震卦象征雷；反过来看，雷也就是震卦的本象。《周易》为什么特别关注雷声震动呢？因为雷本来就是一种很有震慑力的自然现象。直到今天，我们听到巨大的雷声都会感到恐惧，要是晚上睡觉的时候突然电闪雷鸣，许多人都会被惊醒过来。《周易》抓住了这种现象，从伦理道德方面作了引申和发挥。该书之《象传》说：

洊雷，震；君子以恐惧修省。

这里的“洊”是再或者重的意思，“洊雷”就是重复响雷，这就叫作震。听到接连不断的雷声，该怎么办呢？《周易》指出，作为君子就会惶恐惊悸，自我修身，悔过自新。可以说，雷斋正是以《周易》的“震卦”为思想基础而形成的斋法仪式。

雷斋对人们的现实生活具有什么意义呢？主要有三点：

首先，在饮食方面，雷斋倡导的是：荤素搭配，饮食适量。变化为牛魔王的孙悟空讲的雷斋不是每日都吃素，而是“三辛逢初六”，不外就是四天。在每个月里有四天吃素，差不多是每隔六天就吃一天素食。这说明，《西游记》里的“雷斋”体现的饮食习惯是有荤有素，吃了五六天的荤食，就来一天素食，这样做既可以保证摄取足够的热量来维持生命，也可以避免因为荤食过多而积压能量，引起发胖等问题。从当今的生活情况来看，雷斋的基本精神应该是食饮合时、荤素有节，既不能过素，也不能过荤，应该是两者搭配，恰到好处。

其次，在房事卫生方面，雷斋提醒的是：避冲化煞，阴阳和合。修持雷斋，不仅要注意饮食有节制，能量摄取得当，而且强调男女性生活也要有度，提醒人们应该避免冲煞。什么叫作冲煞？用当今的语言来讲，就是各种不良信号的干扰。雷声也是一种可以引起情绪波动的干扰信号，所以遇上雷电就必须避免男女交媾。按照《礼记·月令》的说法，打雷的时候依然进行男女房事活动，生子“必有凶灾”。古人的这番告诫实在应该引起大家的高度重视！

复次，在导引行气方面，雷斋暗示的是：虚心观复，益寿延年。所谓“虚心”就是排遣躁动不安的欲望，让自己的内心宁静下来，直到虚无空灵；所谓“观复”就是静观内气的循环往复。雷斋为什么暗示着观复的内气调理呢？因为孙悟空讲雷斋时冒充的是红孩儿的父亲——牛魔王。在《周易》里，牛属于坤卦，雷属于震卦。坤在上，雷在下，表示雷在地中，这就构成一个复卦。老子《道德经》说：

> 万物并作，吾以观复。

由此可见，孙行者所谓“雷斋”在更深层次里所暗示的就是服食阳气，具体的操作也就是在子午卯酉四个时辰通过垂帘观鼻来使自己宁心静气，延年益寿。

这正是：

> 行者驾到，火云洞里说斋法；
> 春雷震响，一阳来复空大千。

究竟怎样才能“空大千”？请看下一章《粉碎河车》。

第三十章 粉碎河车

上一章围绕孙行者在火云洞讲雷斋的情节展开讨论，我们讨论了雷斋的由来与社会背景，分析了孙行者谈到雷斋的原因，说明了雷斋的文化精神，从饮食养生、男女性卫生、导引行气等不同侧面发掘了雷斋的生活意义。本章要讲的是粉碎河车。

（一）城门之外粉碎河车

唐僧师徒过了黑水河，来到一个城池。正是早春时节，杨柳吐绿，万象更新。师徒四人，一边观景，一边前进，有说有笑，心情相当愉快。突然间，一声吆喝传来，好像有成千上万的人在呐喊。唐僧心中害怕，勒住缰绳，止步询问几个徒弟到底是怎么回事。八戒与沙僧根据自己的感觉各自猜想，八戒认为那是地裂山崩，沙僧则说是人喊马嘶，唯有孙行者纵身一跃，踏着云光在半空中观看，想探个究竟。正当几个兄弟议论的时候，只见城门外有一块沙地，汇聚了许多和尚，正在“扯车儿哩”。为了能够形成合力，和尚们喊起了“大力王菩萨”的号子，所以把唐僧给惊动了。

这些和尚到底在推什么车？他们要把车推到哪里去？《西游记》第四十四回接下来有这么几句话描述：

> 呀！那车子装的都是砖瓦木植土坯之类。滩头上坡坂最高，又有一道夹脊小路，两座大关，关下之路都是直立壁陡之崖，那车儿怎么拽得上去？

表面看来，这似乎只是一种场景描写。因为显示在眼前的是一部装着杂七杂八东西的车子正在往一条陡峭的小路上行进。

对此，前代注家已经提醒过，这段话颇有深意，绝不能从眼皮底下轻轻滑过。作者一开头就用了一个感叹词："呀!"这分明是要引起读者注意。我经过一番揣摩之后，以为这段话是一语双关，其中一些名词具有象征意涵。

首先，关于车子。这车子看起来虽然很普通，却颇有妙用。联想一下第四十三回的情节，我们就会明白作者赋予车子的隐意。第四十三回的核心情节是过黑水河。三藏师徒来到一条河边，只见黑水滔天，马不能进。有诗为证：

> 滚滚一地墨，滔滔千里灰。
> 水沫浮来如积炭，浪花飘起似翻煤。——第四十三回

这里用"墨""灰""炭""煤"四种东西来形容河水的极黑状态。作品描写水流之黑其实是在表征人体的肾脏。在中医学里，肾脏于五行属水，古人以黑代表水的颜色，《西游记》第四十三回的黑水河可以说就是这种观念的演化。

唐僧师徒过了黑水河，紧接着第四十四回就碰上了和尚拉车。把两组情节连结起来，就形成了"河车"这个词。什么是河车呢？这本是内丹学的一个术语，最早见于汉末魏伯阳《周易参同契》：

> 五金之主，北方河车。

按照俞琰《周易参同契发挥》的解释，魏伯阳所讲的河车隐喻的是黑铅，属炼外丹的原材料之一。之所以把河车与北方联系起来，是因为黑铅为金类，可以生水。所谓金为水母，水中有金，这个"金"就是黑铅，隐于水中，而水在北方，所以说"北方河车"。后来，内丹家对"河车"的意涵作了新的解释与发挥。《钟吕传道集·论河车》说：

> 河车者，起于北方正水之中，肾藏真气，真气之所生之正气，乃曰河车。

《钟吕传道集》所讲的“河车”包含着两个方面的含义：第一，指两肾所蕴藏的真一之气。两肾一左一右，好像日月周转，又好像两个车轮相互配合，故而有河车的雅称。第二，指真一之气的运行。这真一之气周流不息，往来无穷，如车运转，所以用“河车”来形容。

其次，一道夹脊小路，两座大关，实际上是中医学与内丹学夹脊双关术语的形象化表述。

根据《肘后备急方》的记载，人体有夹脊穴，位于脊柱两侧，也就是从两旁将脊柱夹于其中，故名夹脊，又名华佗夹脊穴。其具体位置在第一胸椎至第五腰椎棘突下两侧，后正中线旁开 0.5 寸，左右各有十七个穴位。夹脊就是两排的穴位夹着脊柱，成为关卡，所以内丹学称作夹脊双关。

按照传统内丹学的思路，内丹修炼，就是要引领真一之气冲开穴位，打通脉络。如果能够让真一之气接通任脉与督脉，形成了一个任督循环，这就算是炼成了小周天；如果能够让真一之气在十二经络中循环，这就算炼成了大周天。其中，接通任脉与督脉是基本功，差不多需要十个月时间，所以叫作十月筑基。而要接通任脉与督脉，最为困难的是过胸夹脊这一段，也就是背脊第二十四节上下之中，即背部两个肩胛之间的空窍。两个肩胛，正像两座大山一样，通路十分狭窄。如何引领真一之气通过这个关卡，就成为炼小周天的关键。所以，《西游记》第四十四回以“关下之路都是直立壁陡之崖”来暗示，并且有“那车儿怎么拽得上去”的发问，说明此关卡的确难通。正因为难通，所以要借助车力，一群和尚合力拉车，即是这种情况的表征。

这一大群和尚用力拉车，最终是不是把车子拽过了“直立壁陡之崖”了呢？我们看不到肯定的描述，倒是看到了孙悟空把车子粉碎的情节：

> 那大圣径至沙滩上，使个神通，将车儿拽过两关，穿过夹脊，提起来，摔得粉碎；把那些砖瓦木植，尽抛下坡坂。

和尚拉车，过不了关，孙行者先是帮助他们把车子拽过夹脊两关。可是，一过了夹脊，孙行者却把车子摔得粉碎，并且把车上的东西全都抛下坡坂。孙行者难道存心要与和尚作对吗？不是的。

孙行者这样做非但不是与拉车和尚作对，恰恰是在帮助他们摆脱苦恼与困境。原来，这群和尚所在的车迟国在二十年前曾经发生了一场大旱灾，“民遭亢旱，天无点雨，地绝谷苗，不论君臣黎庶，大小人家，家家沐浴焚香，户户拜天求雨”。正在危急关头，来了三位道士，车迟国国王让和尚与道士一起祈雨。国王承诺，如果祈雨成功，就给粮饷。于是，和尚念经，道士告斗，谁知道和尚念经不管用，而道士祷告祈求，很快就乌云密布，雷鸣电闪，哗啦啦地下起大雨，解除了车迟国的燃眉之急。结果，车迟国国王聘了三个道士为国师，拆了寺庙的山门，毁了佛像，追回了和尚度牒，不让和尚回乡，而让他们为道观打杂、做苦工，包括烧火、扫地、顶门等活儿都由和尚来干。眼下，道士正准备在道观边上盖新的住房，这些和尚拉车，正是建筑工地混乱情况的反映。

悟空一脚踢飞车子

当然，《西游记》安排这样的情节不仅仅是为了表现孙悟空好打抱不平，而且具有更深的用意。什么用意呢？这就是抨击内丹修炼强为的搬运法式，所谓“强为”就是强行作为。本来，内丹修炼接通任脉、督脉，必须是在宁心静气的状态下自然而然形成的。但是，有些修炼者却太有为，意念超常强烈，呼吸过于急迫，搞什么转轱辘搬运，力图以强力来推转河车，导致内气郁结，头昏眼花。为什么会这样呢？因为那车子装的根本不是什么好东西，只是“砖瓦木植土坯”之类的垃圾，所以应该去除。孙行者摔碎和尚拉的车子，就是暗示内丹修炼过程中应该抛弃垃圾，这种垃圾也就是各种强力运作的念头，例如在短时间里希图达到“气冲关窍”“开天目”等特异效果。这些念头的存在，都不利于真一之气的运行，所以应该彻底清除。把垃圾车彻底抛弃了，这一举动暗示这样的道理：不要在色相上用力，而应该由有为转无为，才合于自然天道。

（二）从粉碎河车到去三力

和尚拉的车子被孙行者摔碎了，但事情并没有了结。因为造成和尚被迫推垃圾车、做苦力的根源还存在，这就是三位有来头的“道士”还在车迟国当国师。只要他们继续当国师，即使旧的垃圾车被摔碎了，还有可能源源不断地造出新的垃圾，五百个和尚还得再推垃圾车。

作为车迟国国师的三位道士到底是什么来头？为什么有这么大的能量？他们到底是真道士还是假道士？且听我慢慢说来。

三位国师，老大称作虎力大仙，老二称作鹿力大仙，老三称作羊力大仙，简称之为三力大仙。据说，他们有非凡的本事，“呼风唤雨，只在翻掌之间，指水为油，点石成金，却如转身之易”。不仅如此，他们还有更为奇妙的所谓“神通”，这就是“砍下头来，又能安上；剖腹剜心，还再长完；滚油锅里，又能洗澡”。听起来，真是让人震撼啊！难怪车迟国国王听了，战战兢兢地说：“此三事都是寻死之路!”

面对这样具有特别神通的三力大仙，孙悟空什么态度呢？他退却了吗？当然没有。因为孙行者实在看不下去五百和尚遭受折磨，所以他决心要惩治一下三力大仙。

孙悟空要怎样惩治三力大仙呢？他先是约上猪八戒、沙和尚在半夜里到了三清观，三人扮作三清尊神，即元始天尊、灵宝天尊、道德天尊，偷吃了里面许许多多贡品。恰好三清观有个小道士白天把一个手铃忘在大殿上，他担心手铃丢失了被师父怪罪，于是三更半夜跑到观里寻找，他不小心踩到一个荔枝核，摔了一跤，手铃跌得粉碎，猪八戒忍不住哈哈大

三力大仙

笑，把个小道士吓得惊慌失措，连忙往回跑，向三力大仙报告。大仙以为有什么邪物前来偷东西，就吩咐全体道士点灯察看。他们到了三清观，发现贡品被吃了不少，地上丢了许多果皮、果核。虎力大仙琢磨着，没有邪物来侵袭，为什么贡品被吃了呢？鹿力大仙进一步分析说，贡品很像是被人吃的，有皮的去皮，有核的吐核。羊力大仙说：“两位师兄勿疑，想必是我们日夜诵经，感动了天尊，天尊就驾临本观，享用果品”。虎力大仙听了觉得有道理，就吩咐众道士奏乐诵经，祈求天尊赐予金丹圣水。这样持续念诵了很长时间，弄得孙悟空三兄弟也很难办。为什么难办呢？因为他们三个变化为三位天尊，像泥塑一样，一动不动地置身于神龛，那是多么难受的事情，所以孙悟空只好模仿元始天尊的口气说：“晚辈小仙，且休拜祝，我等自蟠桃会上来的，不曾带得金丹圣水，待改日再来垂赐。”正在诵经的大小道士听到神龛里传出天尊神言，又惊又喜，恐怕失去机会，一个个祈求“活天尊”好歹给他们个长生的法儿。鹿力大仙又上前跪拜祈祷，盼望三清天尊能够留些圣水。由于三力大仙及众徒弟的强烈请求，变化为元始天尊的孙悟空总算答应给一些圣水，让三力大仙及其徒弟们都拿器皿来接。贪婪的虎力大仙爱强，就抬一口大缸放在殿上，鹿力大仙端一砂盆安在供桌之上，羊力大仙把花瓶移在中间。看到三力大仙都弄了器皿来了，孙悟空就说：“你们都出殿前，掩上格子，不可泄了天机，好留与你些圣水。”众道掩了殿门，一齐跪伏丹墀之下。接下来就是孙悟空三兄弟给他们“圣水”了。只见孙悟空掀着虎皮裙，拉了一花瓶小便。两个师弟看到师兄拉小便，连忙也跟着一起拉小便，那呆子肚皮大，溺了一砂盆，沙和尚也撒了半缸。这就是所谓的“圣水”。他们拉完了“圣水”之后，又重新回到神龛，照样如泥塑一般。

得了“圣水”，小道士们不敢先喝，就把茶盅递给虎力大仙，他一喝，抹唇咂嘴，似乎感觉良好。鹿力大仙就问：“师兄，圣水好吃么？”虎

悟空、八戒、沙僧戏弄三力大仙

力大仙努努嘴，说："不是太好吃，有些酣郸之味。"羊力大仙一听就说："让我也尝尝。"他尝的是什么呢？是猪八戒给的"圣水"。所以，一尝就感觉到"猪溺臊气"。这下子，孙悟空知道三力大仙已经识破"圣水"的真面目了，干脆就报了真名，摊了底牌，说："那里是甚么圣水，你们吃的都是我一溺之尿！"众道士一听，拦住门，顺手抓起器具，朝着孙悟空三兄弟乱打起来。

以上这段情节说明什么呢？有人以为，这是《西游记》对道教的嘲弄。初看起来，似乎是这样。因为本章在许多场合称呼三力大仙及其弟子为道士，所以孤立地看这段情节，自然会感觉到嘲弄道教的气氛。

然而，如果我们从整体上加以把握，就会发现《西游记》写孙悟空三兄弟以小便当"圣水"给三力大仙喝，这不是真的要嘲弄道教。关于这一点，《西游记》第四十七回写三藏师徒准备离开车迟国的时候，孙悟空语重心长地对国王说：

> 望你把三教归一：也敬僧，也敬道，也养育人才。我保你江山永固。

这里的"三教"指的是儒、释、道，"三教归一"就是让儒、释、道三教圆融起来，汇成一个整体。孙悟空的言辞里很明确要国王"也敬道"，这体现的正是《西游记》作者的态度。可见，《西游记》并非真的要嘲弄道教，更不是要兴佛灭道。

既然如此，《西游记》嘲弄的又是什么呢？简单地说，就是嘲弄假道士，或者说是嘲弄妖道。请大家千万注意"妖道"这个名称的含义。以往许多人一听"妖道"二字就联想起道士，进而推想为道教，这种认识是错误的。在这里，我要特别指出，妖道不是正道，而是歪门邪道，因此也就与道教无关。

我们从哪里可以看出《西游记》嘲弄的是假道士呢？就从三力大仙的底牌上。《西游记》在写了孙悟空师兄弟以小便当"圣水"嘲弄三力大仙之后，紧接着又用许多篇幅描写孙悟空、三藏法师与三力大仙斗法力，例如比祈雨、比静坐、比猜柜中宝贝，比砍头、剖腹和下油锅。经过一系列斗法之后，三力大仙终因失败而现出原形。原来虎力大仙是一只黄毛虎，鹿力大仙是白毛角鹿，羊力大仙是一只羚羊，都是动物，成精后蒙骗了车迟国国王。

孙行者斗败了三力大仙，使他们最终现出妖精原形，这对于当今社会来说有什么启发呢？概括起来，有两点：

第一，识破假象，正本清源。

三力大仙披着道士的外衣，以神仙的面目招摇撞骗，蒙骗了车迟国的国王，不仅致使车迟国严厉打击佛教，而且败坏了道教声誉。这种以假乱真的现象在现实生活中是很多的，所以人们应该擦亮眼睛，看清底细，以防受骗。

第二，去躁戒急，宁心忘意。

孙悟空用法力斗败三力大仙，这是粉碎河车理念的延伸。从本质上看，三力大仙正是三车的象征。在内丹学，有所谓“牛、羊、鹿”三车，表示真气运行的不同速度。按照正宗丹法理论，真气运行的快慢乃是自然形成的。但是，有些修炼者心情急躁，导致了种种偏差。《西游记》改牛车为虎力，暗示的正是急躁病。三力大仙最终惨死，说明修炼者如果被心中妄想所牵，其后果是不堪设想的。

这正是：

心存妄念，河车难过双夹脊；
意空无为，精气通达一性天。

消灭了虎、鹿、羊三妖精之后，唐僧师徒又遇到什么新情况？请看下一章《男子怀胎》。

第三十一章　男子怀胎

上一章围绕黑水河边和尚推车的情节展开分析，指出河边推车暗示着内丹学的河车思想，我们追述了河车的由来以及隐意，认为孙悟空粉碎河车的象征旨趣在于警示修炼者不可用强力来导引内气运转，否则将会自伤。在此基础上，我们进一步考察了孙悟空惩治假道士三力大仙的过程，指出作者并非是抨击道教，而是要修行者辨明真假，回归自然。本章要讲的是男子怀胎。

（一）子母河饮水怀胎

看到这个题目，大家可能会心生疑问：男人怎么会怀胎呢？有这样的疑问是不奇怪的。因为按照常理，男施女受，女人怀胎生子。即便是其他哺乳动物，在自然状态下，也是雌性怀胎，生产幼子，代代繁衍，这是生物学告诉我们的一般道理。

然而，在《西游记》里，作者却以奇幻的手法，为读者展示了男人怀胎的怪异情节。更加吊诡的是：怀胎的男人不是普通的男人，而是享有盛名的三藏法师以及他的二徒弟猪八戒。

三藏法师与猪八戒是在什么情况下怀胎的呢？《西游记》第五十三回告诉我们：在降服了青牛怪之后，三藏师徒继续前行，不知不觉到了一条小河边上。他们坐上了梢婆的摆渡小船过河，三藏长老看到小河的水特别清澈，突然觉得口渴，就叫八戒取出钵盂舀点水喝。八戒说："师父，我也口渴，正想着喝水呢！"于是，八戒取出了钵盂，利索地舀了一钵，递给了师父。三藏长老喝了有一小半，还剩下多半。这呆子接过来，一口气喝得一干二净，然后服侍师父上马。师徒们继续西行，不到半个时辰，那长老在马上突然呻吟起来，说："腹痛！"八戒随后说："我也有些腹痛。"沙僧道：

船渡女儿国

“想是吃冷水了？”话音未落，师父又说：“疼得紧！”八戒也喊起来：“疼得紧！”他们俩疼痛难忍，肚子渐渐大了。用手摸一摸，感觉有血团肉块，不住地骨冗骨冗乱动着。

这到底是怎么回事？原来，三藏师徒已经到了西梁女国。这里一国都是女人。此国繁衍后代与别处不同，不是靠男女同房交媾，而是通过喝水来达到怀孕的效果。当然，并不是喝什么水都能够怀孕，唯有喝了子母河的水才会怀孕。正因为如此，西梁女国的妇女们平时是不敢随便喝这条小河的水的，只有到了二十岁的时候，她们才会舀这里的水喝。离子母河不远的地方，有一座迎阳馆驿，驿站门外有一口照胎泉。年轻的妇女们喝了子母河的水，不久就会有反应，腹痛怀胎。三天之后，她们就到照胎泉去照一照，如果照出双影来，就证明真的怀上胎儿了，用不了多久就会生产。三藏长老与猪八戒喝的就是子母河的水，他们虽然没有到照胎泉去照，但腹痛的反应显然与西梁女国的女子喝完水的反应是一样的。所以，当小酒肆的老人把情况说明之后，三藏长老面露惊疑，不知如何是好，而猪八戒则扭腰撒胯，哼哼唧唧，好像他已经怀胎，着急地说：“爷爷呀！要生孩子，我们却是男身！那里开得产门？如何脱得出来？”行者笑着说：“古人云，瓜熟自落，若到那个时节，一定从胁下裂个窟窿，钻出来也。”听了这话，猪八戒更是战战兢兢，觉得开始阵痛，仿佛就要生产。沙僧见状，笑着说：“二哥，你别乱扭！要不然错了养儿肠，弄出胎前病来，就麻烦了！”那呆子越发慌了，眼中噙着泪，扯着行者道：“哥哥！你问这婆婆，看哪里有手轻的稳婆，预先寻下几个，这半会一阵阵地动荡得紧，想是摧阵疼。”

唐僧、八戒怀孕

作者为什么要写这样的情节呢？表面看起来好像是在开玩笑，但实际上是冷嘲热讽。作者的用意是什么呢？按照清代著名道士刘一明的看法，这是在批判心怀鬼胎以及食红铅的房中邪门。

什么是心怀鬼胎呢？这个问题，必须从道教金丹派南宗关于男人结胎的事说起。道教内丹学发展到两宋时期逐渐成熟，其代表人物张伯端、石泰、薛式、陈楠、白玉蟾等撰写了许多著作，在他们的著作里往往言及十月怀胎。例如张伯端，在《悟真篇》中的一首《西江月》词里说：

张伯端

相吞相啖却相亲，始觉男人有孕。

所谓“相吞相啖”是说有两种相互矛盾的力量斗争着，对立的一方试图把另一方吞噬，初看起来似乎是你死我活的斗争，但实际上却是你离不开我，我也离不开你，彼此相亲相爱，像是夫妻一样，最终便孕育出孩子来，而孕育孩子的不是女人，却是男人。

再如白玉蟾的《华阳吟》诗也有类似的描述：

姹女金翁常宴会，堂前夜夜牡丹开。
怪事教人笑几回，男儿今也会怀胎。

白玉蟾这首诗，由姹女与金翁宴会入手，进而描写牡丹开花，烘托了生命孕育的气象，然后以半调侃的笔法，提出了男人“怀胎”的问题。

如何理解张伯端与白玉蟾关于男人怀胎的说法呢？这是不是在讲授男女交媾的技术呢？当然不是。事实上，金丹派南宗大师们所谓“十月怀胎”或“男人有孕”等都是比喻象征。关于这一点，白玉蟾的《华阳吟》写得清清楚楚：

> 自家精血自交媾，身里夫妻真妙哉。
> 元神夜夜宿丹田，云满黄庭月满天。

很明显，金丹派南宗讲的“精血”或者“夫妻”并非是从身外去追求，而是强调自家就有“精血”，自家就有“夫妻”，自家就能“交媾”。因为自身精气就有阴阳两个方面，张伯端所谓“相吞相啖”正是形容体内精气的阴阳交感。从这个角度来讲，金丹派南宗是充满生命智慧的，历代大师在这方面的论述对于内丹修炼是颇有创新价值的，也是值得认真总结的一份宝贵的精神遗产。

不过，值得注意的是，由于种种原因，一些所谓行家却对金丹派南宗大师关于男人怀胎的比喻进行了错误解读，造成种种歪曲。在这方面，最有代表性的就是认为内丹修炼必须通过房中男女交媾的双修方式才能达到目的。对此，刘一明在《西游记百回详注》第五十三回注里说：

> 修道者，须要遇境不动，正心诚意，攻苦前进，方能无阻无挡，了性了命矣。而不知者，反疑为修性在内，修命在外，或流于红铅梅子，或疑为采阴补阳，丑态百出，作恶千端，深可痛恨。

刘一明指出修炼界在历史上存在的一个弊病，就是把“修性”与“修命”截然分开，以为“修性”是做内功，而“修命”是做外功，于是形成了向外寻求“红铅梅子”与“采阴补阳”的歪门邪道。

所谓“红铅”，又称先天梅子，说白了，就是女人的第一次经血。大家知道，铅本是一种软金属，一般情况下呈银白色。道教炼丹，以汞化铅，称为大药。后来加以引申，以铅汞代表体内大药——元气、元神，主张通过修炼自身精、气、神以结成内丹。本来，这是大道正途，但是，有一帮心术不正的假修炼者却以铅汞暗指女人经血，以为可以通过服食少女首次经血来延年益寿，刘一明言及的“流于红铅梅子”指的就是这种情况。

至于采阴补阳，也是古代房中术的一种偏门污法。传统房中术的基本精神是什么呢?《汉书·艺文志》说：

> 房中者，情性之极，至道之际。是以圣王制外乐以禁内情，而为之节。文传曰：先王之作乐，所以节百事也。乐而有节，则和平寿考。及迷者弗顾，以生疾而陨性命。

按《汉书·艺文志》的说法，房中术同制乐事一样，是为了禁内情，使之宣而有节。可见，对于人们的生活来说，房中术是有积极作用的。可是，后来社会上却有一批自私无耻之徒，企图通过交媾来采取女人的先天精气，以达男子延年益寿的目的。对这种损人利己的行为，《西游记》是深恶痛绝的，所以第五十三回通过三藏法师与猪八戒饮用子母河水而怀胎的情节来对采阴补阳以及服食红铅予以尖锐抨击。《西游记》为什么把三藏法师、猪八戒喝水的空间安排在西梁女国?为什么说“四众正行处，忽遇一道小河”?说到底就是在暗示：从女人身上寻找所谓炼丹元素是小道，而非大道。三藏长老与猪八戒喝了子母河的水而怀胎，他们所怀的是凡胎，而不是金丹派南宗所讲的圣胎，这不仅于性命修行无益，而且有害，所以必须去除，才能返元归本。

（二）解阳山得泉去赘

三藏与猪八戒因喝水而怀胎后，非常着急。猪八戒想的是如何应对生产，而三藏法师想的是怎样堕胎。他问村口老人附近是否有医家，准备让徒弟去买一贴堕胎药吃了，打下胎来。老人告诉长老：“即使有药，也无济于事，不过，也不是完全没有办法。”按照老人的说法，要堕下凡胎，唯有再喝水，才能解决问题。不过，喝的不是子母河的水，而是另有它水。是什么水呢？老人说：

> 只是我们这正南街上有一座解阳山，山中有一个破儿洞，洞里有

一眼“落胎泉”。须得那泉里水吃一口，方才解了胎气。

——第五十三回

老人说的这些话大有妙处，我们绝不可轻易让它们从眼皮底下溜过。这话的奥妙在哪里呢？就在老人言辞中的那些关键字眼里。

这里的“正南”蕴含着《周易》的离卦。按照后天八卦方位，离卦在南方，所以老人特别点出，要解决问题必须从这个方位入手。为什么呢？因为南方有解阳山。所谓“解阳山”暗示着真阳至理，至于“破儿洞”则象征破除无知妄想，“一眼”就是正法眼藏，“落胎”表示涅槃妙心。

接下来的“泉”字，象征源头活水，至清而不混，有本而流长，其中蕴藏着坎卦，与上面讲的离卦构成内丹火候操持的真法象。为什么这样说呢？因为离卦中间为阴爻，是为中虚；而坎卦中间为阳爻，是为中实。“吃井水一口，方才解下胎气”，这就是抽坎填离，水火相济，阴阳和合，由后天而返先天，凝结圣胎。这就是金丹派南宗所讲的男儿有孕。如此有孕，不着于形象，不落入圈套，光明正大，自然而然。老人所谓“解阳”暗示的正是这样的道理，而“破儿”就是破除与此相违背的邪门歪道。

当然，要去除浊气凡胎，炼就圣胎，这并不是轻而易举的事。孙悟空、沙和尚与聚仙庵里的如意真仙大战数十回合，好不容易才弄到落胎泉的一桶泉水，回到西梁女国的小山村，为三藏长老与猪八戒解了燃眉之急。在这个过程中，《西游记》虽然没有直接描写炼丹火候，但却通过重重隐喻来表征。其中，有两点尤其值得注意：

第一，至诚求真。

当孙悟空到了聚仙庵门外，看见一个老道人盘坐在绿茵之上，连忙放下瓦钵行礼问讯。道人欠身还礼，问行者是从什么地方来。行者说明了自己的身份，告知自己到聚仙庵的目的就是取泉水搭救师父。道人也自报家门，说自己是如意真仙老爷的大徒弟，然后问：“你的花红酒礼都在哪里？”行者说自己是个过路的挂搭僧，没有置办花红酒礼。这时候，道人笑起来说：“你好痴呀！我老师父护住山泉，并不曾白送与人。你回去办将礼来，我好通报，不然请回，莫想莫想！”

可以看出，上面一段对话是围绕花红酒礼展开的。孙悟空要泉水，老道人提出必须备齐花红酒礼。当孙悟空表明没有花红酒礼的时候，老道人便直截了当地告知：没有花红酒礼，那是不可能给你泉水的。

《西游记》为什么围绕花红酒礼做文章呢？为了弄清这个问题，我们有必要对花红酒礼稍作解释。

所谓“花红”本是一种婚姻习俗，系聘礼的一种雅称。古时候，男女订婚，男方送给女方的财物叫作聘礼，也叫彩礼、聘财，但在习惯上则称花红。例如关汉卿《窦娥冤》第二折：“说甚一家一计，又无羊酒段匹，又无花红财礼。”为什么彩礼称作花红呢？这是因为在古代婚俗中，无论是送礼还是回礼，都要在礼物插上金花、披上红绸，以示喜庆。把花红与酒礼连在一起，则是由于酒乃是婚俗中必不可少的东西，它可以沟通感情，活跃气氛，也有表示敬重之意，具有相当重要的作用。花红与酒礼连结，无疑强调了聘礼的齐全。

悟空、沙僧向如意真仙求泉水

随着社会的发展，花红酒礼也延伸到其他领域中。例如拜师，要备拜师礼，甚至认个干爹干娘，也得备一份花红酒礼。之所以这样做，是因为送花红酒礼不仅是一种仪式，而且表达一种诚意。要修炼内丹而结圣胎，必须由诚心正义入手，而诚心正义不能仅仅表现在口头上，得有礼节，备一点羊酒果盘就是礼。这可以说是入门的关键，否则，门都入不了，哪里还谈得上结圣胎呢？

那么，孙悟空说自己是挂搭僧，空着手来聚仙庵，并且与守泉的如意真仙打起来，是不是非常无礼呢？其实，孙悟空奉献的是另外一种花红酒礼。这种花红酒礼不是具体的羊酒果盘，而是通过交手动作来表现。对此，刘一明有一段相当精彩的论述：

> “乘机取水而就走”，酒礼也；“庵门外交手，斗到山坡下”，酒礼也；“取出宝杖打道人”，酒礼也；“向井中满打一桶水”，酒礼也；“取了且饶他”，酒礼也；“把妖推了一交”，酒礼也。一棹全礼件件抬出，为天下后世学人个个细看，要取其水，而完成大道，此等礼物，一件件不可缺少。——《西游记百回详注》第五十三回注

这样的动作，一环紧扣一环，既是武术套路，也是仪式象征。每一个动作可以说代表着一样彩礼、一份诚心。正如在敬酒过程中挥拳传杯、交手为仪一样，十分隆重，难怪到了最后，孙悟空与沙和尚得以取到真水。像这样的情节，我们必须将正面文章反面读，才能真正领悟其神妙。

第三，既济归真。

在孙悟空取水过程中，既以打斗来呈送花红酒礼，也以动作来表征内炼的协调平衡。其中有这么一个细节：说那妖仙措手不及，推了一个蹼辣，挣扎不起。大圣夺过如意钩来，折为两段，总拿着又一抉，抉作四段，掷之于地道：“泼孽畜！再敢无礼么？”孙悟空为什么把如意钩折断呢？其实，这是暗示修炼内丹不能有意，而应该无意，这才是顺其自然的归真法度。有趣的是，孙悟空在夺得如意钩的过程中，不是只折断一次，而是折了又折。对此，刘一明在《西游记百回详注》第五十三回注中也有精妙解释，他认为：“两加四为六，隐示坤六断之义。”意思就是说，如意钩折断两次，就象征着六段的坤卦。本来，在后天八卦里，北面水位为坎卦，这时候变成坤卦，其背后蕴藏的还是“抽坎填离”的修炼路径。因为坎卦（☵）中的阳爻被抽取，就成了纯阴，而南面离卦（☲）中的阴爻被替换了，就成了纯阳，这就叫作水火既济、阴阳相调。为了达到这样的协

调平衡，作者让沙僧完成取水工作，这是因为沙僧属土，在五行上，土可以克水，所以代表水的如意真仙被沙僧打断左臂，如此安排真可谓独具匠心。

这正是：

> 浊水结胎，凡心未退难为道；
> 去除如意，圣功成丹体自然。

三藏法师与猪八戒去除凡胎之气之后情况如何？请看下一章《九九重阳》。

第三十二章　九九重阳

上一章分析了三藏法师与猪八戒饮用子母河水而怀胎以及孙悟空、沙和尚到落胎泉取井水救师傅与八戒的故事情节，指出其中包含批判心怀鬼胎的意涵。由此，我们可以看到《西游记》对食红铅、采阴补阳等被歪曲了的房中术的讥讽态度。本章将延续这条线索，探讨《西游记》取经大圆满结局的性命修行理趣，其思想宗旨可以概括为九九重阳。

（一）重阳与纯阳

三藏法师与猪八戒喝了解阳山落胎泉的泉水而化去胎气之后，他们师徒一路行进，又遭遇了许许多多的劫难。对此，《西游记》第九十九回一开始就借助诸神之口，对三藏法师一生经历过的灾殃磨难一一陈述，每一次劫难都意味着新问题的发生和解决。由于问题一次又一次获得解决，三藏师徒终于取得真经，并且完成了大道修行的程序，获得人生境界的最高升华。这种升华，说一千，道一万，归根结底，就是达到重阳境界，所以《西游记》第九十九回在总结三藏师徒历经的磨难时用了一首七言诗来表征：

> 九九归真道行难，坚持笃志立玄关。
> 必须苦练邪魔退，定要修持正法还。
> 莫把经章当容易，圣僧难过许多般。
> 古来妙合参同契，毫发差殊不结丹。

诗中的“九九归真”暗示的就是重阳，因为传统重阳节是九月初九，而作为唐僧砺炼象征的八十一难恰好是九与九相乘的积，所以回归到“九九”，也就是重阳。这种回归，其义理与魏伯阳的《周易参同契》相合，所以有“妙合参同契”的赞语。

检索一下道教文献，我们可以发现，《西游记》的重阳说并非向壁虚构，而是与全真道性命修行的义理相吻合的。全真道创立者王嚞《重阳全真集》卷一《修行》七言诗云：

玄关夺得不追寻，炼就重阳灭尽阴。
从此频添木上火，由斯再煮水中金。
万般神应还谁见，一个真灵只自钦。
聚则为形散为气，晴空来往永无心。

这首诗第二句出现的“重阳”二字可谓意味深长，可以说既是全真道创始人王嚞的自况，也是全真道修炼法门、修炼境界的高度浓缩。全真道创始人王嚞，号重阳子，这表明他的修行就是以重阳为理想境界，而要达到这种境界，唯有通过性命修行才能实现。重阳是一种什么境界呢？第二句的最后三个字“灭尽阴”回答了这个问题。通俗地讲，所谓“灭尽阴”就是去掉阴性杂质，恢复其纯阳状态。由此可见，全真道所讲的重阳与纯阳是有密切关系的。

吕洞宾

我们知道，被全真道奉为祖师之一的吕洞宾，号纯阳子，道门谓其得到钟离权的丹法传授。今所见《钟吕传道集》对纯阳多有论述。该书《论真仙》篇说："纯阳而无阴者，仙也。"《论日月》篇说："当此时，如人之修炼，以气成神，脱质升仙，炼就纯阳之体也。"《论龙虎》篇说："以其肝属阳，以绝肾之余阴，是以知气过肝时，即为纯阳，纯阳气中包藏真一之水，恍惚无形，名日阳龙。"《论铅汞》篇说："正阳之气乃汞之本也，即真一之水，和合而入黄庭之中，汞用铅汤煮，铅以汞火煎。铅不得汞，不能发举真一之水；汞不得铅，不能变化纯阳之气。"《论炼形》篇说："黄庭大药阴尽纯阳，升而聚在神宫。"在这些论述中，纯阳或用以形容真仙的特质，或用以表征修炼的状态，或用以描述脱胎换骨的一个环节。

有趣的是，纯阳一词在《西游记》第九十九回中也两次出现。其中，最有标志意义的是在叙说晒经情节时所出现的一首七言律诗：

一体纯阳喜向阳，阴魔不敢逞强梁。
须知水胜真经伏，不怕风雷闪雾光。
自此清平归正觉，从今安泰到仙乡。
晒经石上留踪迹，千古无魔到此方。

不难看出，这首诗的思想主旨也在于纯阳二字。诗的尾联所谓"晒经"暗指第八十一难。三藏师徒取了真经，在回国路上，再度到了通天河，老鼋浮出水面，运载三藏师徒渡河。早先，老鼋曾经托付三藏法师，希望他到了西天见到佛祖时帮助询问年寿，但法师专注于取经大业，忘了询问佛祖关于老鼋年寿之事。当老鼋在运送他们的途中提起这件事的时候，三藏法师沉吟半晌，不知如何回答。老鼋顿时明白法师忘记了他的嘱托，心里不高兴，遂把身子一晃，就沉下去了，结果三藏师徒连同白马都落水了，那些真经当然也就浸湿了。本来，真经掉下水，完全可能沉没于河底，再也找不回来，但因为经过这一难，火候数足，法师已经炼就了纯阳之体，所以虽然有难却能够最终化解。可见，纯阳与重阳一样，在《西游记》中都是相当重要的丹道学概念。

那么，重阳与纯阳到底是一种什么关系呢？我以为，二者既有密切联结，但也存在一些区别。关于二者的联结，主要体现在两个层面：

重过通天河

第一，二者的目标都是羽化登仙。

羽化登仙作为道教追求的目标，早在东汉时期即已确立。然而，如何实现羽化登仙的理想目标，道教在不同时期所提出的方案、路径却是不一样的。早期道教主要是把外丹服食、符水咒说作为修炼成仙的方式。随着道教组织的壮大和修行实践的多样化，以内丹修炼为基本功夫的成仙法门越来越成为道教性命修行的主流。就性命涵养来讲，内丹境界有所不同，或为纯阳，或为重阳，但它们都是对内丹修炼状态的陈述，而其基本目标都在于要羽化登仙。

第二，二者都遵循了逆式的思维模式。在道教看来，人与仙的区别就在一顺一逆之间。就人生来讲，父母交媾，男精母血，孕育化生，然后由婴儿而少年，再由少年而青年、壮年、中年、老年，这个过程就是顺的过程，如此顺着往下走，最终必然走到死亡的境地。道教修仙，就是为了避免这种由年轻而老死的过程，于是调转方向，逆而行之。所谓“正为人，逆为仙，只在其中颠簸颠”说的就是这个意思。

不过，我们也必须看到，纯阳说与重阳说之间还是有区别的，这主要表现在两个方面：

第一，就卦象来看，纯阳说的立论根据是三画的经卦，而重阳说的立论根据则是六画的别卦。就三画经卦角度看，所谓“纯阳”也就是通过火候操持，抽取后天坎卦（☵）中的阳爻，以填补离卦（☲）中的阴爻，从而使坎离回复于乾坤，纯阳对应的正是居于天位的乾卦（☰），三爻皆为阳爻，所以称作纯阳。与之相比，重阳则意味着经过了六十四卦的循环，而使内丹火候达到了炉火纯青的境地。

第二，就侧重点来讲，纯阳说侧重于自身精、气、神的修炼，其主要的理论成就是《钟吕传道集》中的内炼还丹之道。由于重阳说是在纯阳说的基础上建构的，在整体理论上显得更加丰富、更加完善。经过王重阳以及七大弟子的共同努力，重阳说系统总结了性命双修的内丹理论与实践。如果说在纯阳说里，性功与命功具有相对独立的操作程序，而在重阳说中，性功与命功尽管也各有程序，但实际上是更趋于和合融通，所谓积功累行意味着内功与外行两者密不可分。换一句话来说，性功之中有命功，而命功里也有性功。从这个意义来讲，济世度人就是大还丹，砺炼退魔就是大修行。《西游记》所谓“八十一难”实际上就是通过外应的方式来体验内炼，升华自我的生命大境界。

（二）重阳的还元意涵与中庸妙趣

关于《西游记》中的重阳理念，除了上述论及的内容之外，我觉得还有两个方面值得再深入探讨。

第一，关于重阳的还元意涵。

第九十九回描写唐僧师徒取得真经，即将回国，重过通天河，时有老鼋前来驮运。行者一脚踏在老鼋脖子上，另一脚则踏在老鼋头顶上，高声叫道：“老鼋，好生走稳着。”那老鼋蹬开四足，踏水面如行平地，将他师徒四众，连马五口，驮在身上，径回东岸而来。接下来，《西游记》用了一首七言律诗暗示其重阳的归根复命精神。其诗云：

> 不二门中法奥玄，诸魔战退识人天。
> 本来面目今方见，一体原因始得全。

秉证三乘随出入，丹成九转任周旋。

挑包飞杖通休讲，幸喜还元遇老鼋。

这首诗的颈联所谓“丹成九转”实际上就是表征重阳境界，因为丹成九转也就是去除所有阴性杂质，达到至阳赫赫的状态，这个状态即是两个三画的乾卦（☰）重叠，成为六画的乾卦（䷀），意味着两个纯阳之乾相重，所以谓之重阳。当然，重阳并非人为刻意地运作而成，而是本来如此。换一句话来讲，达到重阳，这只是恢复原先面目而已，所以说“本来面目今方见”。既然是“今方见”，说明凡俗之人在世事沧桑中由于种种浸染而失去了本来面目。修道成仙成佛无他，也就是要使曾经失去的本来面目再现。如何恢复本来面目呢？这就是通过历炼而“还元”。还者，归也，元者，始也，本也。可见，“还元”就是《道德经》讲的“复归于婴儿”“复归于无极”。

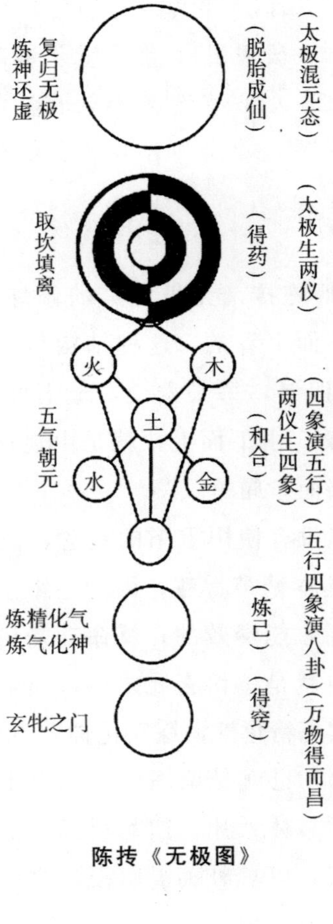

陈抟《无极图》

怎样理解重阳学说中的这种复归呢？如果我们琢磨一下五代宋初著名道士陈抟的《无极图》，就能够比较清楚地认识其思想意涵。如图所示，《无极图》遵循的正是易学的逆数之道。对此，清初学者黄宗炎在《图学辩惑》中解释说，无极图“乃方士修炼之术。其义自下而上，以明逆则成丹之法”，又说：

> 其最下一〇，名为玄牝之门。玄牝即谷神也，牝者窍也，谷者虚也。玄与神，皆莫可指测之谓。在老庄而言，谓玄妙神化，即是此虚无而为万有之原；在修炼之家，以玄牝谷神为人身命门两肾空隙之处，气之所由以生，是为祖气。凡人五官百骸之运用知觉，皆根于此。于是提其祖气上升为稍上一〇，名为炼精化气，炼气化神。炼有形之精，化为微芒之气，炼依希呼吸之气，化为出有入无之神；使贯彻于五藏六腑而为中（之五行），名为五气朝元。行之而得也，则水火交媾而为。又其上之（水火匡廓图），名为取坎填离，乃成圣胎。又使复还于无始，而为最上之一〇，名为炼神还虚，复归无极，而功用至矣。盖始于得窍，次于炼己，次于和合，次于得药，终于脱胎成仙真，求长生之秘术也。

黄宗炎这段话，颇得陈抟《无极图》的修炼要领。按照黄宗炎的解说，我们知道其图是由下而上看的，这种结构与《易经》的卦位顺序是一样的。《易经》的六十四卦，每卦六爻，最下面一爻谓之初爻，由下而上，到达顶端，谓之上爻。由下而上，就是由地达天。陈抟《无极图》就是按照《易经》爻位进路而布局的。

陈抟《无极图》虽然没有使用重阳的概念，但实际上蕴涵着如何修炼自我以达到重阳境界的基本精神旨趣。因为重阳不是一朝一夕获得的，而是需要经过长时间的修炼才能奏效的。就命功来讲，所谓“重阳”包含着五大程序。一是得窍，也就是感悟玄牝之门，理解生命发生与养护的奥妙所在。二是炼己，所谓“炼精化气，炼气化神”，也就是通过自我意识的专注，修炼精气。三是和合，也就是调理体内木火土金水五行的关系，使之达到和合有序，从而发挥整体效用。四是得药，也就是抽坎填离，采取坎卦（☵）中的一阳之真气，以填补离卦（☲）之中阴。五是脱胎成仙，也就是炼神还虚，达到老子《道德经》讲的“复归于无极”。

应该看到的是，在道教看来，身体就像国家，国家就像身体。基于这样的认识，《无极图》的修炼程序，实际上也是性功的修炼程序。换一句话来讲，国家就是一个巨大的炼丹炉，人在应对世间事的过程中，修炼心性，去芜存菁，这就是功夫，这就是大道。正因为这样，所以我们看到从王重阳开始，全真道人特别重视济世利人、行善积德的修行。王重阳确立《立教十五论》，主张精研药物，活人性命，积功累行，超越三界，都体现了在国家社会大熔炉里炼丹的理念。而后，丘处机率领十八门徒北上劝元世祖止杀的壮举，也符合这种性命双修精神。在这一点上，《西游记》可谓得重阳奥旨，所以才有八十一难的故事，才有归根还元的种种暗示。

第二，关于中庸的妙趣。

《西游记》第九十九回的回目为《九九数完魔灭尽，三三行满道归根》，这个回目以“九九数完”，对应“三三行满”，大有奥妙，这两个数字绝不是随便凑上去的，而是精心安排的。就直观来看，八十一难是由“九九”化出，而“九九”又是由“三三”而生。这个“三三”又暗示着什么呢？如果从儒、释、道三教融通的角度看，“三三”应该是暗合了儒家经典《中庸》第三十三章的涵养精神，这一点《李安纲批评西游记》在第九十九回的尾评里已经指出来了，我完全同意他的看法。

这里还需要探讨的是：《西游记》是如何把中庸之道融会贯通于重阳的性命理论之中的？我认为最重要的有两点：

首先是诚的精神。《中庸》里最为核心的思想之一是诚。第二十章谓：“诚者，天之道。”第二十一章称：“自诚明，谓之性；自明诚，谓之教。诚则明矣，明则诚矣。”这种思想对《西游记》影响至深，可以说《西游记》自始至终贯穿着诚的态度、诚的理念，三藏师徒历经八十一磨难而不改其志，最终求得真经，这正是诚的结果。

其次是中的原理。什么是中？《中庸》第一章谓：“喜怒哀乐之未发，谓之中，发而皆中节，谓之和。”对于“中和”这两个字，元代著名道士李道纯在《中和集》里有精道的解释，他认为其精神旨趣是虚静。为什么提出虚静呢？因为人心易动，所以有各种心魔出现。掌握中庸之道，就是要以虚静之法破除心魔，以合大道。事实上，《西游记》八十一难的过程，就是破除心魔的过程。由此可见，中庸的理论在《西游记》里已经成为重阳丹道的修持法门。

这正是：

中正虚静，炼志去魔天地位；
复命归根，火候数足即重阳。

欲探重阳之大妙，请于《周易》《老子》《周易参同契》上再下功夫。

附记：本书的创作开始于 2010 年 9 月 15 日，完成于 2011 年 7 月 18 日，2020 年夏略作修改。谨此志之。